Marie Luise Ritter

Tinder Stories: Ein Sommer voller Dates

PIPER

Mehr über unsere Autoren und Bücher:
www.piper.de

Alle hier im Buch erwähnten Marken, Orte oder Unternehmen werden aus freien Stücken erwähnt. Es gibt weder Absprachen noch eine Beauftragung zur Werbung.

Alle Dates mit Männern haben sich so ereignet. Alle Gespräche mit Freundinnen sind zusammengefasst oder abgewandelt. Fiktion und Wirklichkeit verschwimmen. Alle Namen sind geändert.

ISBN 978-3-492-50318-1

Redaktion: Elisa Kieselmann
Covergestaltung: Alexa Kim »A&K Buchcover«
Covermotiv: Marie Luise Ritter und PNGTree
Litho: Lorenz & Zeller, Inning am Ammersee
Printed in Germany

Marie Luise Ritter
Tinder Stories

Für Euch
Für Mich

Playlist

Now Is Not The Time von Chvrches
Robinson Crusoe von Jules Ahoi & the Deepsea Orchestra
All My Friends von Dermot Kennedy
Homegrown von Haux
Emerald Rush von Jon Hopkins
Schönste Zeit von Bosse
Aurélie von Wir sind Helden
Turn von The Wombats
Nothing's Gonna Hurt You Baby von Cigarettes After Sex
Get Lost von Jules Ahoi and & the Deepsea Orchestra
Aura von Kool Savas
Wish You Were Here von Pink Floyd
Narcotic von Liquido

Vorwort

Ein Sommer voller Dates. Ich habe in Hamburg, in München, auf Ibiza und in Berlin getindert, gedatet, geliebt und gelebt. Na gut, letzteres nur in Hamburg und aktuell in Berlin.

Das hier ist unser Coffee-Date, bei dem wir über das Leben und die Liebe, über Leichtigkeit und alles Schöne im Leben quatschen. Es geht hier um Dates und auch die Erkenntnisse, die mit ihnen einhergehen, über wunderbare Gespräche und das Erweitern des eigenen Horizonts.

Ich würde sagen, dass inmitten dieser Geschichte, der Diskussionen und Gedanken verschiedene Botschaften versteckt sind, die ich gelernt habe – also: Zwischen den Zeilen lesen, und dir das rausnehmen, was für dich das Richtige ist, was du dir aus dieser Erzählung mitnehmen willst. Dazwischen: Fetzen aus meinem Tagebuch.

Das hier ist echt. Kein fiktiver Roman, keine perfekte Liebesgeschichte, kein Dating-Ratgeber, das am allerwenigsten. Sondern Dates, die nicht funktionieren, und dann andere, mit denen es nicht funkt, und das ist okay so. Gespräche mit Freundinnen. Gute und schlechte Dates. Meine Unsicherheit. Ein Hin und Her. Dazwischen neue Freundschaften und dann jemand besonderes. Ein Auf und Ab aus vielen, verschiedenen Personen. So, wie das Leben für mich ist. Bunt und zeitweise sehr verwirrend. Alles ohne Filter. Ungeschönt. Roh und manchmal melancholisch, und dann wieder taumelndes Glück. Und manchmal ein bisschen drüber, wie an dem Abend, als ich den einen wollte, aber dann den anderen aus dem Club mitnahm. Ist halt so passiert.

Wenn ich einfach nur unbeteiligte Leserin dieses Buches wäre, ich würde mir mit meiner Unsicherheit wahrscheinlich echt selbst auf den Sack gehen, so im Nachhinein. Ich konnte mich erst nur schwer einlassen, wusste zwischendurch nicht, was ich will, und wollte dann gar nichts, um letztendlich doch »alles« zu finden. Vielleicht kannst du meine fehlende Entscheidungskraft, mein Weglaufen manchmal nicht nachvollziehen. Das ist okay! Jeder kommt mit einem anderen Rucksack, mit einer anderen Vorgeschichte zu einem ersten Date. Wir lieben alle anders. Das hier ist nur meine eigene Momentaufnahme vom Leben und Lieben in der Großstadt.

Das hier ist übers Singlesein und übers Sich-selbst-Finden. Übers Erwachsenwerden in der Großstadt. Das hier ist eine Liebeserklärung an das Leben und die Liebe.

Halte es gut fest. Und, was ich dir sagen will:
Genau da, wo du gerade stehst, ist absolut richtig.
Hör auf deine Intuition und vertrau auf dich.
Alles was du brauchst, ist längst in dir drin.

Einleitung

`jeden tag besonders machen.`
`das leben unfassbar machen.`
`unfassbar genial.`

… steht in meinem Tagebuch.

Es ist Anfang Mai und seit einer Woche ist Sommer in Hamburg. Und ich? Habe gerade so, so viel Lust aufs Leben, das merke ich, wenn ich morgens um kurz vor sechs auf den Balkon trete und mir den Sonnenaufgang angucke. Es ist Mai und das Jahr liegt vor mir. Ich bin noch nicht lange wieder Single und gerade ziemlich frei. Mir geht es gut. Ich bin bereit.

Ich will Menschen kennenlernen, interessante Bekanntschaften knüpfen, in kleinen, intimen Clubs auf Konzerte gehen. Gespräche führen, die meinen Horizont erweitern, neue Plätze, Cafés und Ecken in Hamburg entdecken. Mehr rausgehen, mehr ausgehen, offener sein. Ohne das lange zu zerdenken oder abzuwägen, installiere ich mir die Tinder-App auf meinem Handy und reaktiviere mein altes Profil. Die 223 Matches von vor vier Jahren sind alle noch da. Ich gehe sie ein bisschen durch, lache über die Unterhaltungen, erfreue mich an meinem damaligen naiven, lebensbejahenden Ich. Das war ein echt guter Sommer.

Vor vier Jahren

Es war gefühlt der längste Sommer meines Lebens. Hannover, Studentenstadt. Eine Geschichte, die im April begann und im September mit meinem Umzug in eine andere Stadt ihren abrupten Schluss fand. Sechs Monate Sommer, nur ich und ein paar Menschen in meinem Leben. Kein Drama, keine fünf Akte. Eher Freiheit, ein unglaubliches Lebensgefühl, völlige Unkompliziertheit, gepaart mit dem erst jetzt für mich aufgeschlüsselten Bedürfnis, ja niemanden zu nah an mich heranzulassen. Es waren sechs Monate Sommer, die sich jeden Tag so neu, so aufregend anfühlten, vor allem, weil ich keinen Tag damit verbrachte, weiter an morgen, an nächste Woche zu denken – sondern immer nur im Moment war.

Ich hatte die vier Jahre, seit ich von Zuhause ausgezogen war, einiges mitgemacht, Enttäuschungen und einen dramatischen Auszug aus einer gemeinsamen Wohnung erlebt, hatte mich allein neu aufgestellt, mich allein gefunden und beschlossen: So ging es mir gerade sehr gut. Ich war auf den Abschluss meines Studiums und eine gute Endnote konzentriert, auf meine Bachelor-Arbeit und meinen Sommerjob als Reiseleiterin für Jugendliche in Spanien, den ich gewissenhaft ausführte. Da war kein Bedürfnis nach jemandem, der jeden jeden jeden Abend da war, nach Sicherheit oder diesem Gefühl, nach jemandem, mit dem ich planen und denken und träumen konnte. Das wollte ich nur mit mir selbst und derweil einfach eine gute Zeit haben. Ich war 22.

Und doch wollte ich Menschen an mich heranlassen, so ein bisschen zumindest. Ich hatte Lust aufs Leben, aufs Tanzen, fuhr mit meinem rosa Fahrrad durch die Nacht, ließ durch Brückengeländer meine Beine baumeln, braun gebrannt von meinen vielen Reisen, feierte den Frühling, den Frühsommer und jeden Abend wie eine Erleuchtung. Die Bars in meiner Umgebung kannte ich besser als meine Küche, ich wusste, auf welches Ihme-Hochhaus man gut kam, um nach den Sternen zu greifen und einen unfassbaren Sonnenaufgang zu erleben, bevor es um acht Uhr in der Früh direkt in die Uni ging, in die Bib oder auch ins Bett, je nachdem, wonach mir gerade war.

Wir waren vier Mädels, ein Team, ich die einzige Ungebundene. Die, die die anderen mit Geschichten versorgte. Die, die jeden Abend um die Häuser zog, um dann meistens gegen vier Uhr elf auf dem Balkon mit losen Bekanntschaften und anderen Studenten über Gott und die Welt zu philosophieren.

Und was hatte ich für unfassbar gute Dates in diesem Sommer, nach drei Sommern in einer nicht ausgefüllten und viel zu spät beendeten Partnerschaft. Aber es gab halt für alles seine Zeit. Manchmal hat man Phasen, in denen man nicht weiß, ob man über plumpe Facebook-Anmachen oder verstörende Tinder-Dates mehr den Kopf schütteln soll. Manchmal möchte man auch monatelang seine Abende allein mit Netflix verbringen – gewollte Einsamkeit, gehasste Einsamkeit. Aber manchmal, da lernt man mehrere Menschen kennen. Im April einen, dann im Juni, dann im Spätsommer, und hier und da ein Flirt dazwischen, nur um sich zu fragen: Wie kommt es, dass wir uns so gut unterhalten? Dass es locker ist, leichtfällt, niemand sich verliebt, und doch Anziehung besteht, intellektuell, aber auch in jeder anderen Hinsicht. Man sich nicht nur einmal, sondern sich wiedersehen will. Einen ganzen Sommer lang. Und: Wo wart ihr die ganze Zeit? So einen Sommer hatte ich.

Ich nannte sie meine Boyband, weil ich in dem Sommer über einen Zeitraum von sechs oder sieben Monaten fünf Männer datete, ein paar Tage oder mehrere Wochen, wir aber die ganzen Monate in Kontakt waren, freundschaftliches Anbandeln und viel Anziehung. Meine Boyband, weil ich es lustig fand, weil ich nicht auf der Suche nach der großen Liebe war, sondern mich treiben ließ. Und weil ich alles, was ich tue, immer mit einer großen Portion Humor nehme. Eine Boyband also. Sänger, Gitarrist, DJ, Bassist und Schlagzeuger.

Mit dem Sänger meiner Boyband ging ich auf ein paar Konzerte, lachte viel. Es war immer lustig und nie zu nah, irgendwie dolle viel Freundschaft. Wir lernten uns an der Uni kennen, liefen uns oft absichtlich und unabsichtlich über den Weg, während nie mehr als das zwischen uns lief. Dann der Gitarrist, die zweite Bekanntschaft des Sommers. Er versetzte mich, immer wieder, ich ihn genauso. Wir tanzten umeinander, er machte mich verrückt und sich selbst gleichzeitig viel zu interessant. Dann, wenn er sich immer mal wieder meldete, wenn ich ihn gerade vergessen hatte – oder eben nur noch zwei statt sieben Mal am Tag sein Profilbild checkte. Jeder hat in einer Boyband seinen Favoriten, meiner war der Gitarrist – wahrscheinlich, weil er am wenigsten greifbar für mich war. Er machte mich wahnsinnig, und irgendwie fand ich das gut. Der DJ war ganz süß, aber er war der, von dem man zu seinen Freundinnen sagt, dass man selber gar nicht sicher ist, wie der in die Liste reingerutscht ist, und der trotzdem zu vielen Abenden dazugehörte. Der Bassist war der Beste von allen: Ein unfassbar guter Mensch, der, mit dem ich hätte durchbrennen wollen, auch wenn es nicht funkte. Weil ich immer finde, dass man sich für die guten Menschen entscheiden sollte, statt sich von den bad boys den Kopf vernebeln zu lassen. Und dann der Schlagzeuger: Der, mit dem jeder Moment einfach nur wie aufgeheizt war, wenn ich ihn alle paar Wochen mal sah, bei dem ich mich wegdrehte, lieber den Raum verließ, damit niemand diese Spannung zwischen uns spürte. *Now Is Not The Time* von Chvrches lief durchgehend.

»Und, welcher von denen ist es oder könnte es sein?«, fragt mich meine Freundin Milli Ende August, als ich sie mal wieder daran teilhaben lasse, dass mit ein paar menschlich echt korrekten Typen der Kontakt, die Treffen über Monate anhalten. »Keiner. Alle. Ich behalte sie am liebsten alle.« In diesem Moment brauche ich gar niemanden, der alle fünf in einer Person vereint. In diesem Moment teile ich meine Liebe, meine Zeit, meine Gesellschaft lieber auf.

Und dann ist da dieser letzte Mittwoch im Sommer, den ich feiere. Die letzte Klausur geschrieben, ich fühle mich frei, war schwimmen und essen, um das zu feiern. Tausend Meter geschwommen, müde und kaputt gewesen, kurz geschlafen und dann den Bauch vollgehauen. Zwei Uhr nachts ist es, als ich von der Party in einem Unigebäude nach Hause komme. Er, der Gitarrist, sitzt schon auf meinem Balkonrand, baumelt mit den Beinen, hat zwei Bier dabei. Ich wohne zwar im ersten Stock, aber das Haus liegt rückwärtig an einer Anhöhe. Mein Balkon zum Hof hinaus ist über eine Mülltonne, wenn man denn weiß wie, gut zu erreichen. Gut, dass ich nie darüber nachgedacht habe, wie gruselig das eigentlich wirklich ist. Er sitzt hier wohl schon seit einer Stunde – einfach nur, weil er mich noch einmal sehen wollte. Oder, weil es auf seinem Nachhauseweg liegt, aber ich entscheide mich für ersteres. Die Party war gut, und ich könnte glückselig ins Bett verschwinden. Dennoch bin ich unfassbar froh, ihn dort sitzen zu sehen, wie er es schon via Textnachricht angekündigt hatte. Was ich nicht geglaubt habe, bis ich die Tür aufschloss und in meiner Küche das Licht anmachte. Und dann wieder aus.

Das hier ist der perfekte Abschluss eines grandiosen Sommertages. Wir führen eines dieser Gespräche, über das man noch drei Tage später nachdenkt, aus dem man ganz viel mitnimmt, auch wenn die Balkonfliesen unter uns gefühlt immer härter werden, und bei dem man nicht merkt, dass es auf einmal fünf Uhr morgens ist und die Sonne aufgeht. Er macht uns Frühstück in meiner Küche, backt Brötchen auf und beschwert sich über den Inhalt meines Kühlschrankes. Ich bewundere seinen Elan nach dieser schlaflosen Nacht, während mein Kopf schwimmt und ich mich auf dem kühlen Balkonboden ausstrecke. Schon besser. Wir picknicken in einem Sonnenaufgang, den man von meinem Innenhof nur erahnen kann, bevor ich an seine Schulter gelehnt wegnicke, er mich eine Stunde später aufweckt, ich ins Bett klettere, er mir noch einen Kuss auf die Stirn gibt, die Tür hinter sich zuzieht und zur Uni fährt. Kriege ich alles gar nicht mehr so richtig mit, weder meinen Weg vom Balkon ins andere Zimmer ins Bett noch wie er geht. Ich bin in einem Schlaftaumel, einen, bei dem man gar nicht mehr richtig denkt, sondern nur noch duselig einen Fuß vor den anderen setzt. Und dann ist er weg.

Natürlich habe ich viel an ihn gedacht und ihm manchmal das, was ich dachte, auch geschrieben. Habe wochenlang von dieser Nacht gezehrt, mir die paar verschwommenen Fotos auf dem Handy immer wieder angeguckt, nicht losgelassen. Aber wir verpassen uns, absichtlich und unabsichtlich, immer wieder. Es war ein grandioser Sommer, mit Abenteuern, Spanien-Reisen, Tanznächten bis neun Uhr morgens, Ausflügen zum See, neuen Bekanntschaften und einer Bräune, die ich seitdem nie wieder erreicht habe. Wir verpassen uns. Bis zum September. Weil ich ihm schreibe, dass ich morgen wegziehe. Und auf einmal ist er da.

»Ich habe übrigens auch eine Tür.« Barfuß tapse ich auf den Balkon und stütze die Arme auf das Geländer. »Ziehst du wirklich morgen weg?«, entgegnet er argwöhnisch, ebenfalls ohne zu grüßen. »Hamburg«, antworte ich nur, wir lassen sehr viel ungesagt, weil wir irgendwie wissen, was der andere sagen will. Er hat zwei Club Mate in der Hand, ich sehe ihm an, dass er weiß, dass ich es ernst meine. Und morgen weg bin.

Wir unterhalten uns eine Weile wie Romeo und Julia, dann gehe ich raus. Zwölf Stunden hat er Zeit, sagt er, um sieben muss er in der Uni sein. Wir treffen uns selten, aber wenn wir uns sehen, dann immer die ganze Nacht. Explosiv. Wir laufen sechs Stunden lang durch unsere nur noch heute gemeinsame Stadt, zu allen möglichen Spots in Linden, an denen wir in dem einen Jahr, in dem wir uns gedatet haben, mal waren.

An jedem Club und jeder Bar vorbei, am See entlang, legen uns ins Gras, wechseln irgendwann bei unserem Stammkiosk zu Bier, er gibt mir seinen Hoodie, und wir enden vor diesem Hochhauskomplex in meiner Nähe. Er erzählt mir alles, was er darüber weiß, was unfassbar viel ist. Er? Ein wandelndes Lexikon und ungefähr der intelligenteste Mensch, den ich je kennengelernt habe. Inzwischen ist es drei Uhr nachts, als wir beschließen, aufs Hochhaus raufzuklettern, um von dort auf den Sonnenaufgang zu warten. Dazu müssen wir über die Parkgarage zum Fahrstuhl gelangen, und die letzten Stockwerke die Feuertreppe nehmen, bevor wir, wie immer, im Hellen auf meinem Balkon landen. Mit ihm ist immer freier Fall, gar nichts denken, eine unheimliche Spannung. Letzter Morgen in meiner Stadt, nach vier Jahren. Als müsste es so sein.

Nicht unbedingt, weil es die längsten Dates waren, gehören sie zu meinen besten Date-Erinnerungen, sondern auch, weil man wusste, dass man sich nicht wiedersehen würde, dass man es nie wieder darauf anlegen würde. Dass diese Nacht hier das Einzige war, was noch blieb, weil wir uns unfassbar frei fühlten, unbeschwert, als gäbe es kein Morgen. Weil die Nacht schon, bevor sie zu Ende war, zu solch einer Erinnerung wurde, die ich nie wieder vergessen würde. Die besser und besser wurde, je öfter ich an sie dachte. Genau deswegen, und dann:

Ein bittersüßer Abschied im Morgengrauen. Ein Umzug nach Hamburg.

Teil 1

Hamburg

Ein Neuanfang mit Tinder

Mai

Ich wache aus meinem Tagtraum wieder auf und fange an zu lachen. Ich war wild, naiv und schlug ständig über die Stränge. Das war echt ein guter Sommer – und ich bin bereit für einen weiteren solchen Sommer. Nur anders. Einen Sommer, der wegen mir ewig andauern konnte.

Die Erfahrungen von vor vier Jahren und alles danach wollte ich nicht missen. Ich liebte meine Freiheit und verliebte mich irgendwann doch. Ich fand mich wieder in einer Beziehung, dann in einer anderen, beide, ohne sie zu suchen oder explizit zu wollen. Ich liebte und ich scheiterte, und jetzt sind wir hier. Ich war älter geworden. Zumindest war ich keine unbedarfte Studentin mehr, wohnte inzwischen in Hamburg statt in Hannover. Irgendwie am selben Punkt wie vor vier Jahren, Single, ungebunden, aber dafür jetzt mitten im Leben mit Job, Wohnung und Hund.

Mein Sommer voller Dates, wie ich ihn erst im Nachhinein bezeichnen werde, beginnt mit der Suche nach Ablenkung und einer guten Unterhaltung für den Abend. Ich lasse die ungenutzten Tinder-Gespräche von vor vier Jahren einfach brach liegen – ich hätte sie besser gleich löschen sollen – und ändere lediglich meine Profilfotos. Eine Mischung aus Urlaub und Leben in Hamburg, eines mit Hund, ein Selfie, passt.

In mein Profil schreibe ich, ganz obligatorisch, meine Größe und dahinter: »1,78. Suche hier nur intellektuell inspirierende Konversationen.« Ist witzig gemeint, weil, wer sucht schon intellektuelle Konversationen auf Tinder, und mir fällt erst Monate später auf, wie abgehoben das klingt. Wow. Mein aktuelles Ich ist immer wieder über mein Vergangenheits-Ich verwundert. Aber das gilt für viel mehr als nur für Profilsprüche.

Zurück in den Moment. Jetzt, vier Jahre später, kann man seinen Namen bei Tinder bearbeiten, also lösche ich zunächst das Marie aus Marie Luise weg, Luise reicht, und widme mich meinem Matchstapel. Ich swipe ein bisschen und finde: Leon.

Leon

Er: Schönes Match, dann sage ich hiermit mal freundlich Hallo!
Ich: Hi Leon. Hattest du einen schönen Sonntag?
Er: Hab die Sonne genossen und bin gerade zurück in Hamburg. Und du?
Ich: Auf dem Balkon gelesen und mir mal wieder Tinder runtergeladen.

Er wirkt groß, hat dunkles Haar, und seine Fotos zeigen ihn im Anzug mit einem kleinen Struppi-Hund vor einer Häuserzeile. Ich steh auf Anzüge. Er sieht wirklich gut aus. Wir schreiben vielleicht zehn, fünfzehn Minuten über Belangloses, als er vorschlägt, lieber über Sprachnachrichten zu kommunizieren. Naiv wie ich bin, schicke ich ihm meine Nummer. Eine Sache, die meine Freundin Janne am nächsten Tag, als ich ihr von meiner neuen Online-Bekanntschaft erzähle, kommentiert mit »Alter, spinnst du? Nie-nie-niemals so schnell die eigene Nummer auf Tinder rausgeben!« Aber dazu später mehr. Als er spontan nach einem Date für den Abend fragt, fühle ich mich nach Monaten des Verkriechens gerade mutig und draufgängerisch. Ich bin heute sogar geschminkt, meine Haare liegen gut und ich habe ein richtiges Outfit an. Weiße Hose, blau gestreifte Bluse, dazu sommerliche Sandalen. Ich fühle mich wohl. Also sage ich zu. Er schlägt ein Restaurant einer italienischen Kette in meiner Nähe vor, nichts Besonderes, aber für so einen ungeplanten Sonntagabend und den schnellen Hunger völlig okay. Ich füttere meinen Hund, streiche noch einmal kurz meine Bluse glatt, nehme Geld und Handy und mache mich auf den Weg.

»Du datest bestimmt viel, oder?« Er zwinkert mir über unsere Teller hinweg zu.

»Ich habe mir Tinder vorhin erst runtergeladen, wie ich geschrieben habe.«

»Ach, das glaube ich dir nicht«, erwidert er. »Du siehst eher aus wie eine ganz Wilde, die von niemandem die Finger lassen kann.«

Wir sitzen ungefähr seit zwanzig Minuten im Restaurant am Fenster, ich bleibe eigentlich nur, weil ich Hunger habe. Es ist mehr als nur schrecklich. Ich fühle mich wirklich wie im falschen Film. Leon und ich, wir reden aneinander vorbei, tauschen Satzfetzen aus und sind eigentlich nur zwei Fremde, die nichts gemeinsam und sich nicht wirklich was zu sagen haben. Dass das hier nichts ist, muss uns beiden doch klar sein. Zwischen uns ist nichts, kein Funke, kein Verständnis, kein Interesse. Trotzdem gibt er sein Bestes, Witze zu reißen, viele auf meine Kosten. Er macht Bemerkungen zu meinem Äußeren, die mehr als daneben sind, und bedient dabei alle sexistischen Klischees. Als ich mich gerade ernsthaft frage, in was ich mich da hineinmanövriert habe, weil ein Date ja kaum schlimmer und zäher sein kann, sagt er ganz langsam, wie in Zeitlupe: »Weißt du, was wirklich schön wäre? Wenn ich jetzt hier meine Hose runterziehen könnte und du mir unter dem Tisch einen blasen würdest.« Ich pruste laut los, ohne, dass seine Worte wirklich zu mir durchdringen, und entgegne mit aller Schlagfertigkeit, die ich in diesem Moment aufbringen kann, dass das doch nun wirklich niemand sehen will. Ich bin völlig perplex. Es wäre richtiger und wichtiger gewesen, an dieser Stelle aufzustehen und zu gehen. Er fasst mein Lachen als Mitspielen auf, als gekonnten Sarkasmus, als Flirten vielleicht, und fühlt sich bestätigt, noch mehr Grenzen zu überschreiten. Dabei meine ich das völlig ernst, auch wenn ich dabei lache. Im Lachen verstecke ich meine Unsicherheit, so mache ich das schon immer. Als wir das Restaurant verlassen, streift er meine Hand und macht eine anerkennende Bemerkung zu meinem Po in der weißen Hose. Es schüttelt mich lautlos vor Ekel. Er ist groß und breit gebaut, und sein forsches, übergriffiges Auftreten macht mir zu viel Angst, als dass ich angemessen reagieren könnte.

Leider wohne ich viel zu nah am Restaurant, um ihn abschütteln zu können. Unten an der Tür stelle ich mich zwischen ihn und den Türrahmen, murmele mehrmals etwas wie »Ich gehe dann jetzt mal schlafen, danke«, aber er drückt sich an mir vorbei in meinen Hauseingang und läuft schnurstracks die Treppe hoch. Ich merke sofort, dass ich diese Situation nicht mehr unter Kontrolle habe, dass dieser mir fremde Mann gerade zu weit geht, dass ich gerade etwas sagen könnte, sollte, müsste. Aber ich bin unfähig, mich zu rühren, wirklich einzuschreiten. Unfähig, einen klaren Gedanken zu fassen und danach zu handeln. Ich stehe neben mir, als würden Körper und Kopf gerade nicht zusammengehören. Ich wüsste nicht, wie er reagiert, wenn ich jetzt Stress mache. Es erfordert vor allem Mut von mir, Mut und Ehrlichkeit. Etwas, womit ich mich schwertue, denn später einfach auf WhatsApp zu ghosten und ihn bei Tinder zu löschen, ist einfacher. Weniger Konflikt. Weniger direkte Auseinandersetzung mit diesem Menschen, der mir Angst macht. Ich wäge deshalb zwischen all meinen Ausflüchten und seinen Reaktionen kurz ab, und während ich das noch tue, habe ich schon meine Wohnung aufgeschlossen, und wir sitzen auf meinem Balkon. Ich sitze fest. In meinem eigenen Zuhause.

Während er redet, verstrickt er sich immer wieder in seltsame Widersprüche. So erzählt er mir erst, er wäre ein typisches Einzelkind, ein paar Momente später geht er auf seine vier jüngeren Brüder ein. Ich höre kaum zu, entdecke dann aber doch jede Menge weiterer Differenzen in seinem Monolog. Einfach irgendetwas daher erzählen, was sich in dem Moment imposant anhört und meine Geschichten übertrumpft. Fühlt sich für mich Nicht-Psychologin wie eine narzisstische Persönlichkeitsstörung an, die mir da gegenübersitzt. Und das als erstes Date als Neu-Single. Klasse. Und dann immer wieder die unpassenden Anspielungen auf mein Äußeres. Ich ekle mich inzwischen einfach nur noch.

Als er endlich geht, fühlt es sich an, als würde ich aus einem schlechten Traum aufwachen. Manchmal habe ich diese Träume, in denen schlimme Dinge passieren. In denen ich merke, dass ich gerade träume, aber nicht in der Lage bin, mich selbst aufzuwecken. So ungefähr waren die letzten drei Stunden, nur, dass sie real waren. Ich habe nicht reagiert. Ich habe ihn in meinen Hausflur und in meine Wohnung gelassen. Sobald er aus der Tür ist, blockiere ich seine Nummer bei WhatsApp.

Ich schicke meiner Single-Freundin Milli gegen null Uhr dreißig den Standort meiner Wohnung und schreibe ihr, dass ich zu Hause bin und es mir gut geht. Es ist ausgemacht, dass ich mich nach jedem Date kurz melde, damit sie sich keine Sorgen macht. Ich finde es wichtig, dass immer jemand weiß, wo ich bin. Wir sprechen vorher darüber, wen wir treffen, und halten uns auf dem Laufenden. Wie schlimm wäre es, wenn von so einem Date niemand etwas wüsste? Da könnte ja alles passieren. Könnte auch so, merke ich jetzt.

Als ich aufwache, ist mir direkt wieder schlecht. Leon. Dieser Blowjob-Spruch. Ich habe ihn mit zu mir genommen. Was ich meinen Freundinnen nicht erzähle, als ich am nächsten Tag davon berichte. Ich lasse es weg, fühle mich schlecht, aber das hier ist einfach nur verdammt peinlich. Meine Geschichte bleibt einfach nach dem Essen offen –»… ja und dann war ich halt zu Hause, puh!« Was war nur los mit mir? Ich verzeihe mir diese eine Notlüge mit dem Versprechen an mich selbst, dass mir das nie wieder passiert. Nie wieder. Genauer auswählen. Einen Selbstverteidigungskurs belegen, vielleicht. Sich trauen, Nein zu sagen. Egal was, Hauptsache, das passiert mir nicht noch mal. Meinen Freundinnen werde ich ein anderes Mal von den unschönen Einzelheiten erzählen, wenn ich mehr verstanden habe, was mich zu dieser Dummheit veranlasst hat.

Vielleicht wären ein paar grobe Regeln ganz gut. So was wie: Mindestens drei Dates draußen, an der frischen Luft, eh ich überhaupt überlege, jemanden in meine Wohnung zu lassen oder ähnliches. Auch wenn sich ein Wein auf meinem schönen Balkon schnell verlockend anhört. Jedes kleine ungute Gefühl in meiner Magengrube ernst nehmen. Und ein Date im Zweifel schon nach zehn Minuten abbrechen, wenn es sich wie Zeitverschwendung anfühlt, kein spannendes Gespräch in Gang kommt. Auch wenn ich nicht weiß, wie ich das schaffen soll. Ich bin nicht der Typ für klare, harte Worte und direkte Absagen. Ich traue mich das schlichtweg nicht.

In einem Anfall von »andere Frauen mit diesem Negativ-Erlebnis zu mehr Selbstbestimmung inspirieren zu wollen« und einem »Ich muss veröffentlichen, dass mir so was auch passiert, dass ich nicht immer stark und tough und bei mir bin«, schreibe ich dieses erste Dating-Erlebnis für meinen Blog auf. Aber dann schreibe ich weiter, Date um Date. Das ist der Anfang von diesem Buch.

Als ich am Tag darauf noch einmal sein Profil aufrufe, um das Match aufzulösen, fällt mir auf, dass die Ganzkörperbilder gar nicht ihn zeigen. Dunkelhaarig, Anzug, Sonnenbrille und ein Hund, das könnte generell jeder sein. Aber die Statur passte nicht, er war in echt viel stämmiger. Und außerdem sieht der Straßenzug im Hintergrund aus wie … New York? Brooklyn? Backstein-Hausfassaden mit schwarzen Feuertreppen. Wieso fiel mir so etwas nicht vorher auf?

Ich wollte mich eigentlich nur ablenken und habe mir stattdessen meinen schlimmsten Albtraum beschert. Ob es besser wäre, die App zu löschen und es dabei für dieses Jahr zu belassen? Dann wäre mein einziges Date in 2018 mit einem Typen gewesen, der am Tisch fragt, ob er nicht seine Hose runterziehen kann. Puh, nee. Ich brauche ein gutes. Also stecke ich den Sonntag und Montag ein bisschen Zeit in die App und versuche mir vorzustellen, wie die Männer so sind, mit denen ich da schreibe. Ich suche eigentlich nur jemand Netten, Höflichen, mit dem ich einen guten Abend bei einer guten Unterhaltung verbringen kann. Ich wähle aus, schreibe ein bisschen hin und her und finde: Benedikt.

Benedikt

Er: Mein Profiltext ließ dich intellektuell anspruchsvolle Konversation vermuten? Da du mich schon hinreichend durchschaut hast: Was gibt es denn über dich zu wissen?
Ich: Ich ess gerne Melone! Mehr eigentlich nicht.
Er: Ich ess gerne Melone und fahre gerne Cabrio.
Ich: Ich ess gerne Melone und fahre gerne Cabrio und liege gerne in Hamburg in der Sonne.
Er: Ich ess gerne Melone und fahre gerne Cabrio und liege gerne in Hamburg in der Sonne und gucke zum Einschlafen gerne Serien.

Keine Ahnung, wie diese Konversationen immer entstehen. Und Benedikt scheint ein wirklich netter Typ zu sein. Er schlägt das *AlsterCliff* für abends nach der Arbeit vor, fragt, ob wir spazieren wollen, was mir gut passt, da ich dort wohne und mit meinem Hund eh abends auf der Hundewiese bin. Heute hat er keine Zeit, aber Dienstag passt ihm gut. Dienstag ist mir dann gar nicht so sehr nach Menschenkontakt, der Himmel ist plötzlich zugezogen, und ich bin irgendwie launisch und introvertiert, aber ich sage nicht ab, weil ich die Leon-Erinnerung unbedingt überschreiben will und weil es für mich ja eigentlich keinen Aufwand bedeutet, diesen Menschen zu treffen. Ich schiebe die Frage, was das über mich aussagt und ob ich seine Zeit verschwende, beiseite. Gegen halb sechs dann lasse ich einfach mein Outfit an, Jeansshorts, weißes T-Shirt und Chucks, schnappe mir meine Hündin Penny und laufe runter zum Cliff. Ein gutes Date, um das von Sonntag zu vergessen, könnte ich jetzt echt dringend gebrauchen.

Benedikt trägt Anzug und kommt gerade von der Arbeit. Und ich meine zu erkennen, dass er einfach nicht besonders fotogen zu sein scheint, denn ich bin überrascht, wie anders er aussieht. Größer. Besser. Erwachsener. »Bene«, stellt er sich vor und nimmt mich etwas distanziert in den Arm. »Luise, Hi«, antworte ich und strahle ihn an. Ich drücke ihm eines der zwei Alster in die Hand, die ich beim Gehen noch aus meinem Kühlschrank gefischt hatte. »Ah wie cool, genau das Richtige jetzt«, freut er sich sichtlich über die kulinarische Verpflegung. Wir fragen uns über den Tag aus und klopfen die üblichen Dinge ab, die einen an neuen Menschen zunächst interessieren: Woher kommst du, wie lange wohnst du schon in Hamburg, wie gefällt es dir hier, was machst du tagsüber und zwischen den Dates sonst so Sinnvolles mit deinem Leben. So was eben.

Ich frage andere gerne über ihr berufliches Leben aus, aber was immer problematisch zu bereden ist: Mein eigener Job. Meistens druckse ich erst einmal rum. »Ja, ich bin selbstständig. Social-Media-Bereich«, ist die Umschreibung, die ich heute wähle. »Aber du bist nicht so etwas wie … 'ne Influencerin?«, antwortet er und guckt relativ angewidert zu mir herunter. Vielleicht bilde ich mir das aber auch nur ein, einfach, weil ich es gewohnt bin. Mein »doch, wieso?« bringt ihn allerdings zum Lachen. »Ich habe noch nie jemanden kennengelernt, der das macht. Cool!«

Es stellt sich heraus, dass er in der Medienbranche arbeitet und tatsächlich im Influencer-Marketing tätig ist, und wir haben neunzig Minuten lang eine wirklich fesselnde Unterhaltung über aktuelle Marketingphänomene und Zukunftsszenarien für Influencer und generell Social Media. Ich persönlich glaube, dass die Blase bald platzt, während er den Zenit noch lange nicht überschritten sieht. Er erzählt mir von den Hypothesen seiner Seminararbeit, ich nicke immer wieder wissend, auch wenn ich mich kaum noch an das Vorgehen in wissenschaftlichen Arbeiten erinnern kann. Wir stoßen beim Reden sogar auf gemeinsame Bekannte in der

Branche, und die Zeit vergeht wirklich schnell. Letztendlich reden wir über Berufliches – und ausschließlich über Berufliches. Über ihn privat erfahre ich vorerst kaum etwas. Aber das bedeutet ja nichts, sondern verlangt eher nach einem zweiten Date. »Ich muss noch zum Sport«, sagt er dann, als unsere Alster längst leer sind, »ich würde ja schwänzen, aber ich bin verabredet. Und das ist echt keine Ausrede, ich gehe dienstags immer spät noch mit einem Kumpel zum Crossfit.«

»Kein Ding, ich habe auch noch zu tun«, wiegele ich sofort ab. Er bucht ein *Drive Now* und springt auf: »Komm, habe für fünfzehn Minuten reserviert, wir können noch ein Stück gehen.« »Wieso, willst du mich nach Hause bringen oder was«, scherze ich. Er überhört die Ironie: »Beim ersten Date nach Hause bringen, nee das ist voll merkwürdig und krampfig dann«, und ich lache laut über unser Missverständnis auf. Das hier war schön. Ich hatte eine wirklich gute Zeit und wir ein entspanntes Gespräch bei einem Spaziergang. Das hier war das, was ich nach dem Fail von Sonntag brauchte. Zur Feier des erfolgreichen Tages bestelle ich mir asiatisches Essen. Er schickt mir, anscheinend direkt nachdem er geparkt hat, via Tinder noch seine Nummer hinterher. Ich speichere sie ein. Als ich mich wieder an den Schreibtisch setze und meine Mails aufklappe, bin ich wirklich beflügelt und viel besser gelaunt als zuvor an diesem Dienstag. Irgendwie inspiriert. Sich mit fremden Menschen austauschen, das sind Gespräche, die man vorher nie vorhersehen kann. Man weiß vorher nie, wohin das Ganze geht, worüber man sich ausfragt. Hat ein bisschen was von Magie.

* * *

Der Himmel dämmert klirrend dunkelblau, als ich mich am nächsten Tag auf den Weg zu ein paar Gläsern Wein auf dem Balkon einer Freundin mache. Wir haben uns bei Josy verabredet, die mit ihrem Freund und ihrem zotteligen Hund aus dem Tierheim eine kleine Wohnung mit Dachterrasse auf der Schanze mit wunderbarem Blick über die ganze Stadt bewohnt. Ein wunderschöner, kleiner Ort, an dem ich zu gerne die Abende verbringe. Überall stehen Pflanzen und über unseren Köpfen hängen Lichterketten. Der Boden ist mit Teppichen ausgelegt, auf denen eine kleine Tischgarnitur in Gelb steht. Josy kenne ich wie Milli seit meinem Umzug nach Hamburg vor vier Jahren. Unsere Wege hatten sich beruflich nach dem Studium gekreuzt, und irgendwann sind wir dann zu dritt unzertrennlich geworden, um gemeinsam die Hürden der Großstadt zu meistern. An diesem Abend ist auch Janne bei Josy zu Besuch, eine Freundin aus Berlin, mit der ich studiert hatte und die Josy noch von früher kannte. Es ist verrückt, wie die Wege von Menschen über ein paar Ecken doch alle miteinander verknüpft sein können.

In dieser Runde, an diesem Abend, mit diesen Frauen fühle ich mich bereit, doch über Leon zu erzählen und meine Freundinnen an diesem schwachen Moment und diesem schlimmen ersten Date in Gänze teilhaben zu lassen.

»Alter spinnst du? Nie-nie-niemals so schnell die eigene Nummer auf Tinder rausgeben!«, ruft Janne, kaum nachdem ich damit begonnen habe, zu rekonstruieren, wie es zu diesem Date gekommen war. »Oder hast du Lust, alle drei Jahre deine Nummer zu wechseln, weil mindestens ein Creep dabei war, der dich nicht wieder in Ruhe lässt?«

»Kann ich doch blockieren«, entgegne ich kraftlos.

»Echt nicht?«, fragt Josy. »Ich hätte meine Nummer auch rausgegeben. Wow, was für eine komische Welt.« Josy grinst unter ihrem krausen, braunen Lockenschopf hervor. Sie und Tom sind seit sieben oder vielleicht acht Jahren zusammen. Tinder und unsere Dating-Geschichten sind für sie wie eine andere Welt, an der sie zu gerne teilnahm, die sie aber zu oft genauso wenig verstand. Da geht es ihr genauso wie mir.

»Beim nächsten Mal stehst du auf, schüttest ihm deinen Drink ins Gesicht und verkündest dem ganzen Restaurant, dass er gerne einen geblasen hätte, ob jemand Lust hat, da kurz auszuhelfen. So was lassen wir nicht mit uns anstellen, ihr nicht.« Janne bedenkt

Josy und Milli mit einem mahnenden Blick. »Du nicht«, sie wendet sich mir zu, »und ich auch nicht.« Sie schlägt ihre langen Beine zum Schneidersitz und zieht ihre schwarze Jeansjacke aus.

Janne ist eine dieser starken und toughen Frauen, die sich nichts gefallen lassen und auf jede Anmache den richtigen Spruch parat haben. Ich bewundere sie schon immer für ihre Schlagfertigkeit, für ihr Talent im Flirten, für ihre Geschichten, allgemein dafür, wie mutig und selbstbestimmt sie durchs Leben geht, wie knallhart sie kontern kann. Leider ist das gar nicht mein Gebiet.

»Vielleicht hatte ich ihm die falschen Signale gesendet«, werfe ich ein, und Milli schaltet sich ein: »Ich glaube, für einen Mann ist es schon manchmal schwierig, zu entscheiden, ob man manches bringen kann. Manche Frau hätte das vielleicht als proaktives Flirten aufgefasst, weil sie grundsätzlich Lust auf ihn gehabt hätte, die nächste schüttet ihm ihren Drink ins Gesicht. Das soll keine Entschuldigung für dieses Exemplar sein«, hebt sie schützend die Arme, als Janne wütend schnaubt, »aber vielleicht eine Erklärung, ein bisschen die andere Perspektive. Nur für den Spruch. Nicht für das sich durch die Tür quetschen und deine Grenzen nicht akzeptieren. Das ging gar nicht.«

»Vielleicht können wir statt bei Männern und Frauen bei Menschen und Menschen bleiben? Ich bin sicher, dass es jeden dieser Charaktere in allen Geschlechtern gibt«, wirft Janne ein, und ich nicke. Milli scheint gedanklich abwesend zu sein. Sie hat die letzten Monate eine Liebeskummerphase wegen einer gescheiterten Liaison erlebt und trauert eigentlich noch immer ihrer ersten großen Liebe hinterher. Die Beziehung war 2013, also schon vor Jahren, zu Ende gegangen. Alles, was sie seitdem erlebt, wird an ihrem Ex als Maßstab gemessen. »Danke. Und ja, Menschen. Mann, das muss ich auch noch lernen.« Ihre langen, schwarzen Haare fallen ihr ins Gesicht, als sie uns noch einmal Wein einschenkt. Sie ist anmutig und groß, außerdem immer elegant angezogen, während ich meistens voller Hundehaare bin und alte Pullis auftrage.

»Ich weiß, was du meinst«, nehme ich dann aber auch Milli in

Schutz, »mit manchen Menschen hat man diese Flirtbasis, dass es von jetzt auf gleich, vom Hallo zu schmutzigen Scherzen übergeht, aber die hatten wir einfach gar nicht, das hat er gemerkt, das habe ich gemerkt.« Ich denke kurz nach und erkenne dann: »Ich glaube, mit dem Spruch hat er versucht, aus einem angebrochenen und eigentlich schon gescheiterten Abend noch etwas rauszuholen, um mal zu gucken, ob er mich trotz fehlender Spannung rumkriegen kann, irgendwie. Was für ein Idiot.«

* * *

Ich hatte Benedikt gestern noch nach einem zweiten Date gefragt, aber er ist die restliche Woche auf Geschäftsreise und hat erst in über einer Woche wieder Zeit. Und weil ich Lust habe, einen Abend in dieser Woche noch mit einem anderen netten Gespräch zu verbringen, schreibe ich mit Zach. Er ist Engländer und beruflich nach Hamburg gekommen. Ich liebe die deutsche Sprache, weil man, wie ich finde, in keiner anderen so gut diskutieren kann. Aber ich mag es trotzdem, Englisch zu reden, weil es meinen Kopf fordert. Und ich mag es, meinen Kopf zu fordern. Auch wenn mein Englisch weit, weit weg von fließend oder perfekt ist. Das ist nur ein Grund mehr, es ab und zu zu üben. Und in Englisch statt auf Deutsch zu reden, bedeutet auch eine ganz andere Dynamik des Small Talks. Beides ist gut, nur anders.

Als ich mich schließlich mit Zachary am nächsten Nachmittag in meinem Lieblingscafé verabrede, fühlt es sich an, als würde ich einfach einen alten Freund wiedertreffen. Ich wollte mich eh heute zum Arbeiten vors *Balz und Balz* setzen, wieso nicht noch eine halbe Stunde länger bleiben und mit ihm ein bisschen quatschen?

Zachary arbeitet seit drei Jahren für ein großes Wirtschaftsunternehmen in Hamburg. Wir reden über englische und deutsche Frauen und Männer, über die Besonderheiten der Hamburger, über den Wohnungsmarkt hier und jede Menge Erfahrungen auf dem Kiez.

Es ist so spannend, wie eine Person, die dich und deine Geschichte nicht kennt, dich empfindet. Und auch ein bisschen so, als könnte man jemand ganz Neues sein und noch einmal ganz von vorne anfangen. Weil du nicht mehr die Person sein musst, die du vor vier Jahren warst, weil du keine Geschichte und nichts zu verlieren hast. Das ist, ganz generell, traurig und schön zugleich.

Genauso verabrede ich mich den Abend darauf mit Mike, der letztes Jahr aus Perth für *Airbus* nach Hamburg gekommen ist. Essen muss man ja eh, wie meine Mama zu pflegen sagt. Ich bin vorher bei einer Freundin, habe meine Stiefel mit den hohen Hacken an, und bin damit größer als seine geschätzten 1,83. Das ist mir relativ egal, ihm aber sichtlich unangenehm, wie wir nebeneinander herlaufen, die Osterstraße lang, und uns nicht zwischen italienisch und asiatisch entscheiden können.

Während wir dann vorm Italiener sitzen und schnacken, sehe ich auf meinem Handy Nachrichten von Benedikt aufpoppen. Ich fühle mich ertappt, habe ein ziemlich schlechtes Gewissen und lasse mein Handy unauffällig in die Tasche gleiten. Vielleicht wäre es richtiger, mich nicht mit mehreren Personen zu verabreden. Vielleicht bin ich selbst gerade das Paradebeispiel der Generation Y, die nur noch datet und sich nicht festlegen mag. Aber eigentlich suche ich ja nur gute Gespräche, und das hier ist doch mein gutes Recht.

Die Gespräche sind nett, aber nichts Besonderes, und für mich ist es positiv ausreichend, es bei einem Treffen zu belassen, um danach alleine nach Hause zu schlendern. Mit manchen Fremden muss man nur für einen Abend zusammenknallen, um sich gegenseitig zu bereichern. Erst einmal zumindest.

Hamburg hat gerade eine vibrierende, glückliche Wirkung auf mich. Alles scheint so verheißungsvoll, und ich bin aufgeregt auf den Rest dieses langen Sommers. Ich habe beschlossen, alles zu unternehmen, um diesen Sommer so richtig besonders zu machen.

besser als gestern
jeden tag aufs neue
mehr, höher, weiter
dabei steht doch jeder tag für sich.

Suche Freunde

Ich komme ein bisschen zu spät, acht Minuten vielleicht, und Benedikt sitzt bedröppelt vor zwei Maß Bier auf der Außenterrasse des *Alten Mädchen*, seine kaum angetrunken, und macht ein Gesicht, als wäre er sehr sicher, dass ich ihn sitzengelassen hätte. Es ist inzwischen Samstag, und nach meinen Treffen mit Zachary und Mike waren zwei gute und produktive Tage vergangen, die ich für dieses Date nur zu gerne unterbreche. Ich freue mich richtig, Benedikt wiederzusehen, und bahne mir zwischen grölenden Männergruppen auf Bierbänken – irgendein WM-Spiel – auf den Absätzen meiner hohen Stiefel den Weg zu seinem Tisch und ziehe fröstelnd meine Lederjacke enger an mich ran. »Hi du«, stehe ich sodann vor ihm, er dieses Mal in einem verwaschenen T-Shirt und einer viel zu großen Jeans. Als ich mich setze, reiße ich die beiden Bierkrüge zwischen uns fast mit. Obwohl ich mich gerade wirklich wohlfühle, bin ich tollpatschig und ungeschickt.

»Oh, ich war mir sicher, du kommst nicht mehr. Und dachte schon: Schade, da habe ich wohl zu viel reininterpretiert«, spricht er frei aus, was er denkt. »Nee nee, der Bus hat nur ein bisschen in dieser Baustelle da hinten an der Schanze festgesteckt.« Und vielleicht hatte ich auch eine Linie 15 zu spät genommen. Mein Tag bisher war ein bisschen knapp kalkuliert gewesen, deswegen freue ich mich jetzt auf ein nettes Gespräch, den Tag zu verlangsamen, vielleicht zwei Bier und dann alleine ins Bett zu fallen.

»Wie war dein Tag?« presst er steif zwischen seinen Mundwinkeln raus, und ich fange an zu plaudern, um ihm seine angespannte Stimmung wieder ein bisschen zu nehmen. Ich gebe mir größte Mühe, mit Witz und Fragen wieder eine warme Stimmung zwischen uns zu erzeugen. Vergebens. Ich habe Interesse an ihm, aber das beruht nicht auf Gegenseitigkeit. Er bleibt das restliche Date sehr bedröppelt und gibt sich so, als müsste er seine Schäfchen in letzter Sekunde noch ins Trockene bringen. Immer wieder versucht er, von meinen Gesprächsthemen abzukommen und lieber die Möglichkeit einer gemeinsamen Zukunft auszuloten, ohne sich aber wirklich für mich, das, was ich mache, wo ich gerne bin, was mich ausmacht, zu interessieren. In der Rolle als sein Gegenüber fühle ich mich als lose, austauschbare Hülle, die nur ein paar richtige Sätze sagen muss, um in sein Bild zu passen.

»Könntest du dir vorstellen, mit mir nach Zürich zu ziehen? Ich sehe da beruflich meine Zukunft. Ich könnte da zu Google und würde da dann natürlich meine bessere Hälfte mit hinnehmen«, skizziert er seine Chancen in der Arbeitswelt.

»Ähm, Zürich. Puh. Klingt teuer. Mein Vater wollte uns als Familie da schon oft hinverschleppen, irgendwie gefällt ihm Zürich wirklich gut, aber ich war noch nie …«, versuche ich anzuschneiden, aber er fällt mir ins Wort.

»Nicht? Aber man könnte da zusammenleben.«

»Man könnte auch zusammen in Hamburg leben. Ach verrückt, tun wir ja schon«, lache ich gequält. Eigentlich könnte ich mir überall vorstellen zu leben. Aber was wurde das hier, ›heirate mich nach drei Dates‹?

Dann trifft mich die Erkenntnis: Ich wurde schon wieder von einem Anzug geblendet. Oh wow. Ohne Anzug hat er diese Ausstrahlung nicht mehr, und ohne meine rosa Brille merke ich, wie viel er redet, wie wenig Fragen er stellt oder wie wenig Interesse er an mir zeigt. Ich fühle mich wahllos und deplatziert. Er redet drei Stunden durchgehend. Von seiner Familie und seiner engen Bindung, speziell die zu seiner Mutter, von seinen Lebensplänen und dass er gerne Kinder hätte, von seinen beruflichen Aussichten und seinem Plan, aus Hamburg wegzugehen. Neben Zürich kommen noch Dublin und Prag infrage, er sieht mich längst in seinem Schlepptau. Dass ich Deutschland sehr mag, übergeht er geflissentlich. Eine Frage stellt er mir dann doch:

»Würdest du das problematisch finden, wenn, sagen wir mal in Zürich, aber eigentlich egal wo, meine Mutter dann oft bei uns wäre. Ich habe sie wirklich gern, und sie könnte ja auch wirklich viel helfen, zum Beispiel bei Kin…«, seine Stimme erstirbt, als ich durch meine Nasenlöcher lospruste. Schon wieder dieses unsichere Lachen, wenn ich nicht weiß, was ich entgegnen soll. Irgendwie gehe ich trotzdem nicht, irgendwie bringe ich unser Treffen tapfer zu Ende, bin nett und freundlich. Ich will ihn nicht einfach mit seiner Idee von Zürich, Google, seinen Kindern und seiner Mutter sitzenlassen. Ich erzähle von mir und frage nach. Ich gebe mir wirklich Mühe, doch noch ein gleichberechtigtes Gespräch entstehen zu lassen. Ich habe das große Bedürfnis, dass sich Menschen in meiner Gegenwart gut aufgehoben und wohlfühlen. Am Ende des Abends bin ich völlig erschöpft.

Ich springe null Uhr dreißig vor dem *Alten Mädchen* ins Taxi und bin äußerst froh, die Situation zu verlassen. Auch diesen Abend muss ich erst einmal für mich verarbeiten. Von Leon mal abgesehen, waren das jetzt vier Dates mit drei Männern, und an keinem der drei bin ich weiter interessiert. Sie waren interessant, jeder für sich, ich habe mich gut unterhalten, aber wir waren nicht auf einer Wellenlänge. Was ja auch okay ist. Ich könnte das abschreckend finden, aber stattdessen beschließe ich, als ich zu Hause die Tür aufschließe, dass sie einfach nur nichts weiter als ein guter Anfang waren.

Benedikt scheint unser Treffen aber doch gut gefallen zu haben. Ich finde am selben Abend und am nächsten Morgen Nachrichten von ihm vor.

> *Er: Danke, dass du doch noch aufgetaucht bist, war echt ein schöner Abend. (00:54 Uhr)*
> *Er: Schlaf dann gut und bis hoffentlich bald wieder. (01:02 Uhr)*

Er: Wie hast du geschlafen? Wann sehen wir uns wieder? (07:55 Uhr)

Ich lasse sie unbeantwortet und beratschlage am Mittwochabend mit meinen Freundinnen in Millis gemütlicher Wohnung in Ottensen, wie man vorgeht, wenn man nicht weitergehen will.

»Was ist das überhaupt für eine Frage«, lacht Milli, als hätte ich sie nach dem Rezept für Nudeln mit Tomatensoße gefragt. »Schreib ihm doch einfach, dass du ihn nicht wiedersehen möchtest, dann weiß er Bescheid, und die Fronten sind geklärt.«

»Aber ich tue ihm doch weh, wenn ich sage, ich will ihn nicht wiedersehen.« Versteht mich hier eigentlich überhaupt jemand?

»Und deswegen ist es besser, ihm falsche Hoffnungen zu machen und seine Zeit zu verschwenden?« Recht hat sie. Und trotzdem war das leichter gesagt als getan. »Notlügen sind immer einfacher als schmerzhafte Ehrlichkeit. Aber ich glaube, es ist für deinen Seelenfrieden besser, da einen Strich zu ziehen und weiterzumachen«, fügt Josy an, und ja, sie haben beide recht.

Als Benedikt am nächsten Tag nach einem Tagestrip an die Ostsee für dieses Wochenende und später nach meinem generellen Interesse an weiteren Treffen fragt, nehme ich all meinen Mut zusammen und schreibe ihm: »Hey Benedikt, ich hoffe, du hattest eine schöne Woche bisher. Ich muss sagen, ich glaube, das zwischen uns beiden passt nicht. Deswegen eher nein.« Trotz Smiley und Herz und betenden Händen dahinter, mit deren Hilfe ich meine guten Absichten ausdrücken will, werde ich sofort bei WhatsApp von ihm blockiert.

Entmutigt ändere ich daraufhin bei Tinder meinen Profiltext zu: »Suche Freunde«.

Einer will indonesisch essen gehen, ein anderer fragt, als meine Mama zu Besuch ist, ob er uns bei einem Weißwein in der Schanze nicht direkt beide kennenlernen kann. Eine unfassbar witzige Idee, nur Mama hat nicht so dolle Bock.

Es ist wie früher bei einem Praktikum – am meisten merke ich, was ich eigentlich nicht will, und währenddessen habe ich eine gute Zeit. Eine meiner wichtigsten Lebenslektionen der letzten Jahre: Zu wissen, was man nicht will, ist manchmal viel wertvoller, als zu wissen, was man will. Das habe ich mit achtzehn bei meinem Praktikum beim Fernsehen gelernt und das merke ich auch jetzt, als ich mich kopfüber in neue Menschen stürze. Der erste, der mein »suche Freunde« tatsächlich ernst nimmt, ist Nils.

Nils

Juni

Er: Ich auch. Meine Kollegen wollen immer nur in die gleichen Clubs.
Ich: Kenn ich. Hi :).
Er: Okay, lass uns Freunde sein. Gehe auch gerne mal Gassi mit deinem Hund, haha.
Ich: Deal!

Nils ist Model, 36, groß und ein wirklich, typisch schöner Mann. Ausgeprägte Wangenknochen, kurze braune Haare, muskulös. Wir schicken uns über den Tag hinweg Memes und Satzfetzen zu, und ich schreibe ihm, so als freundschaftliche Information, dass ich nachher noch ein Tinder-Date habe, auf das ich eigentlich keine Lust hab.

Ich bin achtzehn Uhr fünfzehn mit Henrik, einem Immobilienmakler, zu einem Eis auf dem Jungfernstieg verabredet. Er fragt mich vorher, was ich auf Tinder suche, ich antworte, dass ich der Meinung bin, dass man nur findet, wenn man nicht sucht. Die inzwischen für mich schon übliche Unterhaltung mit meiner Standard-Antwort, und ich bin mal wieder ganz zufrieden damit. Ich weiß es da noch nicht, aber das mit dem Suchen und Nicht-Suchen nach etwas wird ein Thema, das mich das ganze Jahr beschäftigen wird. Dann schlägt Henrik Eis am Jungfernstieg vor, was mir ganz gut passt, da ich in der Innenstadt eh noch einen Fehlkauf zurückgeben wollte. Ich gebe mir damit selbst das

Gefühl, als würde ich mich mit einem Freund zu einem kurzen Schnack treffen, und die Dates sind irgendwie alle so, dass sie eh in meinen Tagesplan passen. Feierabend, noch schnell in der Stadt ein paar Einkäufe erledigen, passt. Einfach, damit es für mich keine Überwindung ist oder ich es in meinem Kopf vorher nicht zu groß mache. Ich bleibe, wie ich bin, fahre hin, lerne einen neuen Menschen kennen und gehe wieder. Die letzten Monate war ich sehr festgefahren in meinen Gedanken und habe mir gar nicht erlaubt, genau diese Leichtigkeit zu fühlen. Dabei sollte es genau so sein, denn ich möchte genau so leben – offen und neugierig auf die Welt.

Irgendwas an seiner beruflichen Geschichte klingt wirklich abstrus, aber mein Interesse ist nicht einmal groß genug, um ihn zu googeln und seine Geschichte von seinen Firmen und Projekten und Immobilien nachzuprüfen. Meine Neugier auf Henrik ist schon vor der Wahl der Eissorte verflogen, welche ich nicht einmal selbst treffen darf, als er beschwingt »zwei Stracciatella!« über den Tresen ruft und mich angrinst: »Jeder mag doch Stracciatella.« Ich habe wirklich Probleme, ihm die Mindeststunde Aufmerksamkeit zu schenken, die ein Date so gehen sollte. Meinem neuen Vorsatz zu folgen und eher zu gehen, einfach nach zehn Minuten abzubrechen, dafür bin ich immer noch nicht bereit. Jemanden nach zehn Minuten mit einem »ich muss dann mal weiter« oder, noch direkter, mit »du, das wird nichts« stehen zu lassen, erfordert nicht nur Selbstbewusstsein und Einstehen für die eigenen Gefühle, sondern auch die Aufgabe jeglicher Höflichkeit und Empathie. Und selbst Menschen, die nicht zu mir und meiner Lebensauffassung passen, möchte ich kein schlechtes Gefühl geben. So wollte ich nicht sein.

Henrik ist so ein Typ, der versucht, mit jeder Pore seines Daseins seinen Status und seine Ziele zu unterstreichen. So einer, der sich coachen lässt, um in seinem Instagram-Profil dann sein Mindset zu unterstreichen. Das klingt urteilend von mir, tatsächlich erzählt er mir aber genau das und zeigt mir seinen Coach und sein Profil. Henriks Frage nach meinem Account wiegele ich unwirsch ab. Warum sollten wir uns bei einem Date gegenseitig unsere Handys und Accounts ins Gesicht halten, sind wir Pokémons, die mit der eigenen Weiterentwicklung prahlen? Unser Gespräch hat gar nicht die Dynamik, um sich tieferen Themen oder echtem Interesse für einander zu widmen. Wir kommen nicht über völlig banalen Small Talk hinaus.

»Frauen müssen schon wirklich Granaten auf Fotos sein, um im echten Leben einigermaßen auszusehen, aber bei dir gehts voll«, haut er dann raus und grinst mich herausfordernd an. Ich bin so überrumpelt von seiner Dreistigkeit, dass mir kein schlagfertiger Konter einfällt. Er ist so jemand, der das, was er erzählt, äußerst gut und interessant findet. Und nur das. Ich zeige mich unbeeindruckt von seinem Jetset-Leben, von dem er mir vorschwärmt, von den vielen Wohnungen, die er besitzt. Alles daran klingt für mich einfach nur traurig. Er ist sichtlich irritiert, dass ich nicht sofort anfange, ihn anzuhimmeln. Ich habe wahrscheinlich zu viel Kontra gegeben, zu sehr über den Immobilienmarkt, die Mietpreisbremse und die Wohnungsnot diskutiert. Fühlt sich sehr gut an, im Nachhinein zu merken, dass man sich nicht verstellt, um von einem Menschen interessant empfunden zu werden und Hinz und Kunz gefallen zu wollen, sondern einfach man selbst bleiben kann. Kurz darauf wird mir auch klar, worauf Henrik mit seiner Frage nach meiner Suche hinauswollte. Er verweist immer wieder auf sein Hotelzimmer in der Hafencity. Nein, danke.

Auf dem Rückweg schreibe ich Nils von meinem misslungenen Date, und er fragt, wo ich bin und ob wir da was essen gehen wollen. Er sei gerade in der Nähe. Das folgende ist also theoretisch mein zweites Tinder-Date an diesem Abend, und es rettet meinen gesamten Tag.

Wir treffen uns beim Spanier, direkt neben dem Italiener von meinem ersten Date, und ich bin bereit, diese Erinnerungen zu überschreiben. Nils umarmt mich fest und freut sich ehrlich, mich zu sehen. Zwischen uns sind keine Erwartungen, und das hier fühlt sich ab Sekunde eins wie ein netter Abend unter Freunden an. Wir bestellen, er irgendwas Kalorienarmes mit viel Salat, ich etwas sehr Fettiges mit vielen Kohlenhydraten. Nils ist wortkarg, aber nett. Als der Brotkorb mit Öl als Vorspeise kommt, schiebt er ihn hektisch von sich weg. »Brot geht nicht, das setzt direkt an«, erklärt er mir. Ich beiße genüsslich rein. Seine Muskeln, die sich unter dem engen T-Shirt abzeichnen, waren mir als erstes aufgefallen. »Wo gehst du trainieren?«, nuschle ich mit vollem Mund. Ich wollte mich auch mal wieder zum Sport anmelden, mein alter Vertrag war schon seit einer Weile ausgelaufen, seither joggte ich nur noch gelegentlich um die Alster. Aber ich vermisste die Yoga-Kurse und High-Intensity-Trainings.

»Kaifu-Lodge, müsste ganz in deiner Nähe sein.« So wirklich nah nicht, immerhin war die Kaifu-Lodge in Eimsbüttel, und ich in Rotherbaum. Aber es war eines der wenigen Fitnessstudios mit angeschlossenem Freibad, weswegen ich es bei meiner Recherche schon gefunden hatte.

»Ist das gut?«

»Ein paar Pumper, ziemlich viele Insta-Models. Aber echt gute Kurse und mega gut ausgestattet. Also ich gehe gerne hin, und ist halt um die Ecke. Zumindest da, wo ich jetzt gerade wohne. Eimsbüttel nervt. Das ist so … außerhalb.«

Ich nicke dankbar. Ich verstehe genauso wenig, wieso jeder einzelne Freund nach Eimsbüttel ziehen will. Muss ich aber auch nicht. Ich hatte es mir immer in unterschiedlichen Wohnungen rund um die Alster gemütlich gemacht und fühle mich dort gut aufgehoben.

»Ich bin da hingezogen, als ich bei meiner Ex-Freundin in Bremen ausgezogen bin«, setzt er an und senkt seinen Blick, »aber die Wohnung ist viel zu groß für mich alleine. Ich bin den ganzen Tag arbeiten, da lohnen sich achtzig Quadratmeter so gar nicht. Vielleicht sollte ich ein Zimmer untervermieten.« Seiner Art, das auszusprechen, merke ich an, dass er nicht gerne dort alleine ist, weil er nicht gerne ohne sie ist.

»Wie lange wart ihr zusammen?«, frage ich also, um ihm die Möglichkeit zu geben, sich mehr auf das Thema einzulassen, »und warum seid ihr es nicht mehr?« Die letzten Worte presse ich ein bisschen raus, nicht sicher, ob ich so etwas überhaupt fragen darf, oder ob ich mich gerade auf zu dünnes Eis begebe. Immerhin kennen wir uns noch nicht.

»Zwölf Jahre. Sie war auf jeden Fall meine große Liebe«, sagt er, und ich bewundere ihn für diese Offenheit. Er spricht das so liebevoll aus, dass es in einem großen Kontrast zu seinen 1,97 und seinen schweren Muskeln wirkt. »Aber wir waren schon immer wie Feuer und Schwefel, oder wie man das sagt. Einfach nicht gut füreinander. Ein bisschen toxisch fast schon. Es war eher ein Machtkampf als eine harmonische Beziehung. Und dann irgendwann habe ich sie betrogen, um das hier abzukürzen. Ich glaube, weil ich damit versucht habe, zwischen all ihren Manipulationen wieder selbst ein bisschen Oberhand zurückzugewinnen. Auch mal was zu tun, was ihr schadet. Das klingt total bescheuert. Aber ja, so war das zwischen uns.«

Mit Menschen, die man nicht kennt, über das eigene Privatleben, ja vergangene Lieben und warum sie auseinander gegangen sind, zu reden, verzaubert mich an diesem Abend noch ziemlich lange. Jedes Gespräch hat so eine ganz andere Dynamik, man bewegt sich viel weniger in ausgemachten Komfortzonen, weil man bei Fremden ja noch gar nicht weiß, wo ihre Schwachstellen sind, wie weit man gehen und was man fragen kann. Es ist ein Austesten, zwei Schritte vor, einer zurück. Und es fühlt sich für mich viel einfacher an, ihm Dinge anzuvertrauen, mich zu öffnen, vielleicht gerade, weil wir uns noch nicht kennen.

Würde ein Wort zwischen uns stehen, dann wäre das Friendzone. Tatsächlich unterhalten wir uns so entspannt, als würden wir uns schon jahrelang kennen. Er versucht nicht, mich zu beeindrucken, guckt auch mal gelangweilt aufs Handy, womit er mich ziemlich zum Lachen bringt. Ich scherze, und wir entdecken viele berufliche und private Parallelen, obwohl er zehn Jahre älter ist als ich. Auch die Stille, die sich ab und zu zwischen uns ausbreitet, fühlt sich nicht befremdlich oder unangenehm an. Wir können ganz fabelhaft zusammen essen und schweigen.

»Gute Nacht, neuer Freund!«, schreibe ich Nils abends noch, und er schickt ein lachendes Emoji zurück. »Weißt du, was ich voll gerne mal machen würde? Stand-up-Paddeln« … lese ich am Morgen darauf in einer Nachricht von Nils, und wir verabreden uns fürs Wochenende dafür. Ich atme auf. Endlich mal ein schönes, unangestrengtes Date. Henrik meldet sich nie wieder.

* * *

Ein paar wirklich gute Sommertage folgen. Ich stehe früh auf, telefoniere viel mit Mama, lege mich mittags mit einem Buch auf die Alsterwiese und schaffe alle meine To-dos, bevor abends die Sonne hinter die große Kirche vor meiner Wohnung zieht. Ich verschwinde zwischen zirpenden Grillen und Grillgeruch. Abends schreibe ich kurz mit Nils, dann laufe ich alleine zum nächsten Cabrio, mache das Dach auf und suche einen guten Radiosender. Es ist irgendein Sommertag inmitten meiner Zwanziger. So ein Tag, an den ich mich nie wieder erinnern werde, wenn ich ihn nicht besonders mache.

Als ich auf die Autobahn abbiege, wird auf einmal mein Kopf ganz frei. Zwei Stunden fahre ich herum, höre *Robinson Crusoe* von Jules Ahoi, *All My Friends* von Dermot Kennedy und *Homegrown* von Haux, ehe ich mit völlig zerzausten Haaren wieder am Ortseingangsschild von Hamburg vorbeikomme und gerade rechtzeitig genug abbremse, um nicht geblitzt zu werden.

Nils sehe ich sogar schon vor dem Wochenende wieder, wir verbringen seinen Geburtstag zusammen bei Trüffelravioli auf dem Mühlenkamp, ehe wir eine weitere Cabriotour dazwischenschieben und vor dem Aurel in Ottensen mit Bier auf der Bordsteinkante sitzen und auf ihn anstoßen. Warum er seinen besonderen Tag mit mir verbringt statt mit Freunden, diese Frage stelle ich nicht. Weil es mich im Zweifel auch einfach nichts angeht. Und auch das zeigt meine Wertschätzung für ihn.

Ein paar Tage später stehen wir nebeneinander auf der Alster auf Stand-up-Paddling-Boards. Ich habe das hier noch nie gemacht. Er lacht mich ein bisschen aus, als ich fast reinfalle, ich stoße ihn dafür als Revanche mit meinem Paddel von seinem Brett.

Ich stehe noch auf meinem Board, er ist schon am Schwimmen, gezwungenermaßen. Mitten auf dem Wasser lege ich mein Paddel kurz quer aufs Board und ziehe mein Kleid über den Kopf, um nur noch im Bikini zu sein. Dann mache ich einen Köpper ins Wasser und kicke dabei das Board viel zu weit weg. »Guck mal, lachen die über dich, weil sie denken, du wärst nackt?«, fragt er und deutet zum Ufer, als ich wieder auf das Brett klettere und im Schneidersitz sitzen bleibe. »Nackt?« Ich sehe an mir runter. Mein Bikini hat einen Lachs-Apricot-Ton, ich weiß nicht, wie das aus der Ferne wirkt. »Kann mir ja egal sein, ich find den Bikini super«, antworte ich, lache und meine es. Warum sollte ich mir über wildfremde Leute Gedanken machen? Dann ziehe ich mich wieder hoch aufs Brett und paddele Richtung Mitte der Alster davon.

Sowieso wird die Alster zu einer festen Komponente meines Alltags, die mich in ihrem Nass auffängt und auf der kräuselnden Wasseroberfläche all meine Lebensfreude widerspiegelt. Ich war vorher noch nie Stand-Up-Paddeln, hatte mir das irgendwie nicht zugetraut. Mich selbst mit verschiedensten Ausreden wie ›Was, wenn ich runterfalle? Was, wenn alle das können, nur ich nicht?‹ davon abgehalten. Es sah für mich spaßig, aber wacklig aus, und ich konnte mich nicht dazu überwinden. Es brauchte Nils, um mich davon zu überzeugen, es auszuprobieren. Eigentlich brauchte es nur einen völlig fremden Menschen, der mir zeigte, wie einfach Dinge sein können, wenn man sie nicht lange bedenkt, sondern macht. Und ich nehme mir vor, dass es für das Überwinden der nächsten Hürde keinen fremden, neuen Menschen, sondern nur mich selbst braucht.

Es ist Mitte Juni, als ich mit Nils über das Leben und die Liebe diskutiere. Er ist der einzige Mann aus dem Mai, zu dem ich noch Kontakt habe und Kontakt haben will. Vor allem, weil er sich noch nicht mit dem Hauch einer Andeutung an mich rangemacht hat. Stattdessen sind wir einfach nur Freunde, die sich immer besser kennenlernen. So erzählt er mir von einem Mädchen, das ihn kürzlich abgewiesen hat, ich erzähle ihm von meiner gescheiterten Beziehung und meinem Liebeskummer der letzten Monate.

Und dann ist da diese Frage, die immer wieder zwischen mir und seinen Erzählungen im Raum steht, weil ich sie ihm stelle: »Hast du die Richtige vielleicht schon gehen lassen? Und gibt es diese überhaupt? Oder machen wir nicht eher eine Person dazu, weil wir uns eben entscheiden, dass sie das ist? Vielleicht ist unser Problem auch einfach, dass wir uns niemals festlegen und verlernt haben, uns festzulegen.«

»Ich habe mich schon festgelegt. Und es hat trotzdem nicht geklappt. Vielleicht, weil sie einfach nicht die Richtige war, auch wenn ich lange versucht habe, sie da reinzudrängen. In diese Rolle. Vielleicht waren wir auch davor nur zu jung und das Timing falsch. Oder vielleicht dachte ich nur, mich festgelegt zu haben. Sie hat mir zumindest immer vorgeworfen, unstet zu sein. Was auch immer sie damit meint.«

»Ich glaube, dass ich mich auf die richtige Person sofort und Hals über Kopf festlegen könnte«, werfe ich gedankenverloren ein und versuche, mir ihn und seine letzte Beziehung vorzustellen. »Damit stehst du aber alleine da, oder?«, lacht er.

»Denke ich nicht. Ich glaube, wenn die richtige Person vor einem steht, kann man nicht anders, als sich festzulegen. Auch wenn man danach nicht gesucht hat. Auch wenn man vorher genauso glücklich war. Ich glaube, wenn es passt, dann passt es.«

»Warum bist du eigentlich so romantisch geblieben?«, neckt er mich, »das passt gar nicht zu dir. Du bist doch eher eine coole und toughe Person. Irgendwie kalt. Ich durchschaue dich nicht.« So was höre ich oft. Dabei durchschaue ich mich selbst oft nicht. Ich sortiere meine Gefühle einfach immer wieder neu.

Nils wird in den kommenden Tagen und Wochen zu einem wirklich guten Freund. So sehr, wie das ein neuer Mensch eben sein kann. Ich rufe ihn an, als ich rausfinde, dass mein Ex-Freund eine neue Freundin hat, und schütte ihm mein Herz aus, jetzt schon. Wir gehen zusammen auf ein paar berufliche Events von mir, und ich melde mich in seinem Fitnessstudio an, um nicht immer nur alleine sporteln zu müssen. Auf dem Weg zu einem Beachklub, in dem ich mit Nils zum Samstag verabredet bin, spricht mich Sven an.

Ich stehe im Bus an der Tür, in einem kurzen hellen Sommerkleid und auf hohen Stiefeln, er sitzt in meiner Nähe, und ich merke während der Fahrt schon, wie er mich die ganze Zeit anstarrt. Er schwitzt, reibt sich die Hände, rutscht hektisch auf seinem Bus-Sitz hin und her, wirkt wirklich unsicher und verhält sich auffällig seltsam. Gedankenverloren widme ich mich wieder meinem Handydisplay und entfliehe in *Emerald Rush* von Jon Hopkins und in meine *Electronic-Sunday-Vibes*-Playlist, die mir gerade um die Ohren knallt, so sehr, dass ich fast meinen Halt am Gänsemarkt verpasse, in letzter Sekunde noch raushechte – und Sven hinterher.

Das merke ich zumindest, als er mir auf die Schulter tippt. Ich fahre herum und lächele ihn an. In diesem Moment denke ich immer noch, dass er mich garantiert nur nach dem Weg fragen will. Denn: Würde ich es mir trauen, einem fremden Menschen mittags um zwölf aus dem Bus zu folgen, um ihn anzusprechen? Höchstwahrscheinlich nicht.

»Hey, ich bin Sven«, nuschelt er und streckt mir die Hand entgegen, »ich wollte dich fragen, ob wir zusammen einen Kaffee trinken gehen.« Er ist unruhig und hektisch und streicht sich fahrig durch die Haare.

»Jetzt?«, entgegne ich entgeistert und höre nicht auf, lethargisch seine Hand zu schütteln, »äh, ich bin verabredet«, stottere ich.

Sven holt tief Luft. »Wann anders vielleicht? Hm naja, du könntest mir ja deine Nummer geben …« Weil ich so überrascht bin, dass jemand sich das traut, dass er hier vor mir steht, geschätzte

Mitte dreißig und fast zwei Meter, dass mich jemand anspricht, macht mich so sprachlos, dass ich alles vergesse zu berücksichtigen, wie, ob er mir sympathisch ist oder ob ich generell gerade meine Nummer rausgeben möchte. Ich nehme sein Handy, das er mir ausgestreckt hinhält, und speichere mich unter meinem vollen Namen ein. Mich hat jahrelang niemand mehr einfach so auf offener Straße angesprochen, ich mache das umgekehrt auch echt selten, und irgendwie bewundere ich seinen Mut, auch wenn ich vorher beobachten konnte, wie viel Überwindung ihn das gekostet hat.

Dabei will ich Sven gar nicht daten, wenn ich ehrlich zu mir selbst bin. Ich bin stundenlang perplex und trage diesen inneren Konflikt mit mir aus, ihn vor den Kopf zu stoßen und meiner Intuition zu folgen oder sie zu ignorieren und ihm ein gutes Gefühl zu geben. Auch Nils' gutes Zureden zu einer Absage später im Beachklub hilft mir nicht. Ich rede mir ein, dass man so viel Mut eine Chance geben kann, dass man am Ende nur die Chancen bereut, die man nicht wahrgenommen hat, dass man manchmal mehr Ja als Nein sagen könnte. Nur hatte ich weder während unseres Gespräches noch danach beim Schreiben ein gutes Gefühl. Meine Intuition schreit laut »Halt!« – und einmal zu oft ignoriere ich sie.

Also treffen wir uns drei Tage später beim Kaffeeladen unter meiner Wohnung, mein Vorschlag, und bestellen einen Kaffee. Nein, ich bestelle nur einen Kaffee, merke ich, als er hinter mir an der Reihe ist und ein Wasser ordert. Ich mit meinem Coffee-to-go im Mehrwegbecher, er mit seinem Wasser in einer kleinen 0,5-Liter-Plastikflasche.

»Ich lebe lieber ohne Sünden«, erklärt er mir. »Kein Alkohol, kein Kaffee. Nichts, dass süchtig machen könnte.« Eine Belehrung darüber folgt, dass es mir dieses Teufelszeug noch heimzahlen würde und dass Kaffee meinen Organismus und mein Leben zerstört. Speziell mein Leben. Weiterhin werde ich von ihm für jeglichen Alkoholkonsum, Tattoos, Partys und Reisen verurteilt. Eigentlich kann ich jede seiner sehr privaten Fragen, die ich stotternd viel zu ehrlich beantworte, weil ich gar nicht richtig weiß, wie mir gerade geschieht, nur falsch beantworten. Ich fühle mich wie in einer sehr unangenehmen Prüfungssituation. Das hier erinnert mich an einen wiederkehrenden Traum, als ich in der Schule vor der Klasse geprüft wurde, ohne je etwas von dem Stoff gehört zu haben. Quälende Minuten der Peinlichkeiten. Wow, das hier ist ungefähr das tiefste Tal der schlechten Dates. Vielleicht bis auf die Blowjob-Sache. Und trotzdem laufe ich mit ihm und einem gewollt toleranten und geselligen Ausdruck auf meinem Gesicht runter zur Alster. Ehrlich gesagt, weiß ich selbst nicht, warum.

Er redet viel über seine Mutter, die direkt im Nachbarhaus wohnt, und ich habe leichte Déjà-vus. Nicht, dass ich es nicht schön finde, wenn Männer ein gutes Verhältnis zu ihrer Mutter haben – bestenfalls sollte jeder das haben! Ich finde es nur schwierig, weil er anscheinend über nichts anderes reden möchte als über sie. An meiner Person ist er überhaupt nicht interessiert. Also muss ich verarbeiten, dass er jeden Sonntagnachmittag stets bei Mutti verbringt, und eigentlich auch Mittwoch und Samstag, sie gemeinsame Insider haben und sie sich die Wäsche mit ihrem Schlüssel aus seiner Wohnung holt. Auch wenn das eigentlich kein Ausschlusskriterium ist, meine ältere gute Freundin Hera macht das auch so mit ihrem Sohn, und die beiden sind einfach ein zauberhaftes Dream-Team. Zu guter Letzt eröffnet er mir, dass seine Mutter ihm gestern geraten habe, doch mal ein nettes Mädel anzusprechen. Klingt wie eine Mutprobe in der fünften Klasse, die er damit jetzt erfüllt hat.

»Und, freut sich Mutti jetzt, dass du jemanden angesprochen hast?«, greife ich seine Geschichte auf und lächele ihn freundlich an. Wenn das hier nur bei einem Date bleibt, konnte ich doch zumindest das Beste daraus machen und ihm ein gutes Gefühl geben. Auch wenn er vielleicht nicht zu mir passte, hatte ich kein recht, über ihn zu urteilen. Ich kannte bislang nur einen Bruchteil seiner Person. Jeder Mensch hat seine Gründe, warum er so ist, wie er ist. »Nur wenn ich sie am Sonntag mitbringe. Also … dich.« Ich kann es gerade so verhindern, meinen Kaffee auszuprusten.

»Siehst du, Kaffee ist nicht gut für dich«, sieht er mein Verschlucken als Anlass, mit seinem Vortrag fortzufahren.

Bislang habe ich dieses Treffen recht lethargisch über mich ergehen lassen, aber selbst ich merke, dass ich jetzt flüchten muss, wenn ich nicht am kommenden Sonntag mit einer fremden (bestimmt sehr netten) Mutti Kaffee trinken und ihr Hoffnungen machen will. Ich verabschiede mich von Sven nach einer knappen Stunde, weil ich ›zurück an den Schreibtisch muss‹, umarme ihn flüchtig und lasse ihn an der Alster stehen.

In welche wilden, neuen, komischen Situationen mich das Daten bringt, ist wirklich irre. Wäre ich meiner Intuition gefolgt, wäre ich hier gar nicht so lange geblieben. Ich lerne viel über mich. Und ich lerne auch: Das echte Leben ist nicht besser als Tinder: Letztlich hält es die gleichen Menschen bereit. Letztlich sind es ja echte Leute, die dort angemeldet sind. Während ich abends auf meiner Couch sitze, unter einer Decke, es ist kalt geworden in Hamburg, wische ich Tobias nach rechts.

Tobias

Er: Rise Against, stark! Und ich hätte dich schon fast in die Tussi-Schublade gesteckt.
Ich: Bitte?
Er: Sorry, ich wollte nur deine Aufmerksamkeit haben. Wie geht es dir?
Ich: Wat, dein Ernst?
Er: Was ist dein Lieblingssong?

Tobias fällt mir auf, weil er laut seiner Bilder viel läuft und weil er über zwei Meter groß ist. Unser Gespräch ist dann aber eher so mittel. Manche Männer sind anscheinend so gelangweilt davon, dass kaum eine Frau zurückschreibt, dass sie dazu übergehen, zu provozieren, um wenigstens irgendetwas als Antwort zu bekommen. Und er weckt in mir das Bedürfnis, ihm und mir zu beweisen, dass ich keine Tussi bin. Tinder bringt mich dieser Tage ein bisschen vom Weg ab, denn warum sollte man einer fremden Person beweisen wollen, dass irgendein Onlineeindruck von drei Bildern stimmt? Aber das realisiere ich erst später.

Ich lasse ihn erst einmal in meinen Matches. Ein paar Tage später fragt er mich, ob wir frühstücken gehen wollen. Ich bin voreingenommen, aber sage ja. Es ist Samstagmorgen um neun, mein Kühlschrank ist leer, und belegte Brote und Pancakes im *Hatari the Corner* klingen echt nach einer guten Idee. Ich bin gerade aus der Dusche raus, es sind vielleicht vier Minuten später, da leuchtet eine weitere Nachricht auf meinem Handy auf, Tobias. Er sagt das Treffen wieder ab, er müsse seinem Cousin helfen. Ich rolle die Augen. Als ob. Also gehe ich alleine frühstücken, direkt im *Bal-*

zac unter meiner Wohnung, spaziere mit dem Hund durch mein Viertel und verbringe einen schönen Samstag.

Sonntag habe ich ihn fast vergessen, als er fragt, wo ich bin. Ich liege auf der Wiese an der Alster, wo er gerade mit dem Fahrrad langfährt. Wir schicken uns die Standorte, und fünf Minuten später steht er mit zwei Eis vor mir. Als Entschuldigung für seine Ausrede. Beim Aufstehen hätte er gemerkt, wie verkatert er wirklich wäre. Er drückt mir eines der zwei schon längst geschmolzenen Eis in die Hand, die er am *AlsterCliff* geholt hat. Schon wieder Stracciatella. In Sekunden sind unsere Klamotten eisverschmiert.

»Und warum hast du mir das nicht einfach geschrieben?«, frage ich verständnislos. »Kann man doch machen: ›Hey Luise, ich habe gerade gemerkt, dass mein Kater zu krass ist und ich kein besonders kommunikativer Gesprächspartner wäre. Und ich würde bei einem ersten Date schon gerne 'nen frischen Eindruck machen. Wollen wir uns lieber morgen Abend sehen?‹ Zack, Nachricht wäre abgeschickt und alle wären happy gewesen. Ist ja nicht so, als wäre mir das Gefühl eines richtig guten Katers fremd«, lache ich gezwungen.

Mich stört das wirklich sehr, ich kann nicht aus meiner Haut raus, aber ab dieser Sekunde kann ich mich nicht mehr entspannen. Er wirkt unehrlich auf mich und dadurch wirklich uninteressant, auch wenn ich höchstwahrscheinlich vorschnell über ihn urteile. Aber der Funke, der hätte überspringen können, ist längst hinter uns in der Alster verglüht. Wir plänkeln ein bisschen rum, dann packe ich meine Decke ein, verabschiede ihn und mache mich auf den Heimweg. Tobias hake ich schneller ab, als ich nach Hause laufen kann.

Nach dem Date blinkt mein Handy wieder auf. »Wie fandst du unser Tinder-Date eigentlich?« Seine Nachricht lasse ich unbeantwortet, weil ich gar nicht weiß, was er nach dieser halben Stunde von mir hören will, in der wir uns mehr um unsere tropfenden Eis gekümmert haben als um ehrliches Interesse aneinander. Wenn ein Date gut wäre, es interessant verlaufen wäre, sich ein gutes Gespräch ergibt, dann muss man nicht nachfragen und sich eine

Absolution für die eigene Empfindung holen. Ob ein Date gut war oder nicht – das weiß man auch so, das sagt einem doch die eigene Intuition, oder?

Abends sehe ich ihn in dieser riesigen Stadt zufällig auf der Schanze wieder. Ich sitze mit Janne aus Berlin und mit Nils auf den Bierbänken einer Bar in der Susannenstraße. Beide hatten mich nach meinen Abendplänen gefragt, und ich liebte es, wie spontan die beiden waren, sich einfach zu dritt zu treffen. Tobias steht gegenüber von unserem Sitzplatz vor der Walfischbar mit einem frisch gezapften Bier in der Hand und in dem gleichen Outfit wie heute Mittag. Hat er sich nicht umgezogen? Er war doch voller Eisflecken?

»Ich verstehe das nicht, das mit den schlechten Dates und mir«, maule ich, sobald er außer Sichtweite ist. »Vielleicht liegt das auch einfach mal nur an mir?«

Vielleicht war ich ja wirklich das Problem? So viel, was nicht passte. Leon, der unter dem Tisch die Hose ausziehen wollte und mich um Oralverkehr bat, Henrik, der beleidigend wurde, als ich sein Jetset-Leben nicht genug anschmachtete, Sven, der einer Mutprobe seiner Mutter folgte, Tobias, der erst zu wenig und dann ein bisschen zu viel festlegen wollte.

»Schlechte Dates härten ab«, kommentiert Nils lachend.

»Also erstens, da waren doch auch nette Unterhaltungen dabei, und die anderen, die waren nicht schlecht, die waren ein Learning. Aufsammeln, weitermachen. Sind doch gute Geschichten – immerhin hast du was zum Erzählen und zum Drüber-Lachen«, kommt von Janne schon viel hilfreicher. »Jeder Mensch ist doch gut so, wie er ist. Für jeden gibt es einen Deckel. Und es waren einfach nicht deine Deckel. Nur weil jemand nicht »dein« Mensch ist, heißt das nicht, dass etwas mit ihm nicht stimmt – oder mit dir.« Sie lächelt mich lebensbejahend an. Ich denke darüber nach. »Ich bin nur so verwirrt aktuell. Will ich weiterdaten, sollte ich auf Tinder tatsächlich mal nach etwas »suchen«, soll ich mich auf das echte Leben wieder beschränken oder einfach alles lassen ...«

»Nicht lassen«, wirft Nils ein. »Wenn du früher in eine neue

Schulklasse gekommen bist, hast du dich doch auch nur mit zwei oder drei Leuten angefreundet und nicht mit der ganzen Klasse. Manche waren dir auch suspekt, manche egal. So ist es mit dem Dating auch.« Über Nils' platten Vergleich muss ich lachen.

»Ja voll«, Janne räuspert sich und schlägt ihre blonden, wilden Haare zu einem Zopf, »über Tinder fehlt dir der Filter, den du im normalen Leben hast. Ein bisschen das Hören auf deine Intuition auch, vielleicht braucht es da ein paar Anläufe. Aber mit dir stimmt alles – und mit den anderen auch. Ihr passt nur nicht zusammen, das ist alles, und das ist völlig okay.« Ich nicke ehrfürchtig und ducke mich ein bisschen hinter Nils' riesigem Kreuz, als Tobias wieder vor der Bar umherläuft und scheinbar immer noch den besten Platz für das Spiel sucht. Es ist WM, heute ist kein Deutschlandspiel, aber irgendwer spielt ja immer. Erst als ich wieder zu Hause bin, atme ich auf.

Zurück in meinen eigenen, sicheren vier Wänden sehe ich mich eine Weile in meinem Flurspiegel an. Sehe meine normale Figur und mein breites Kreuz vom Schwimmen früher. Man, hat mir das viel Spaß gemacht. Meine Größe, die ich früher einmal verstecken wollte, indem ich mich klein gemacht habe, und die ich jetzt sehr an mir mag. Die langen, braunen Haare, die immer liegen, wie sie wollen, und die ich eigentlich nie kämme, um nicht wie in die Steckdose gefasst auszusehen. Mein großes Gesicht, die Zornesfalte aus vielen Jahren mit Migräne, und die anderen Falten, die vom vielen Lachen. Die Tollpatschigkeit, die ich ausstrahle, meine zu langen Arme und Beine. Ich sehe das alles nur, als würde ich eine Bestandsaufnahme meiner Selbst machen, von der Person, die mich da guckt. Ich bin zufrieden mit mir. Das da bin ich. Und jeder, den ich getroffen habe, war auch einfach er selbst. Wir haben nicht gefunkt, aber ich hatte doch eine lustige, verrückte Zeit.

Ja, die beiden, Janne und Nils, haben recht. Ich fühle tiefer in mich hinein. Ich bin erschöpft, aber auf eine gute und zufriedene Art und Weise. Auf die, bei der man weiß, dass Startschwierigkeiten dazugehören und der Sommer gerade erst angefangen hat.

So wie nach einem langen Tag am Meer, ein bisschen zerzaust und kaputt von der rauen Luft, aber mit glücklichen, roten Wangen. Leon, Benedikt, Zachary, Mike, Henrik, Nils, Sven, Tobias. Acht Dates bisher, eine gute Zahl und bereits so viele Erkenntnisse gewonnen. Die Dates haben mich so oder so unheimlich bereichert.

Mein Leben fühlt sich an wie ein großes Puzzle, viele Schnipsel an Unterhaltungen, an Inspiration, die ich nur noch selbst zusammensetzen muss. Und gerade finde ich einen nach dem anderen, die zueinander passen.

puzzleteile
leben in schwarz/weiß-sequenzen
flimmern, dann bunt

* * *

Ein paar Tage später geht der Flieger nach Barcelona und dann der Bus weiter nach Lloret de Mar. Hier kommen wir Jahr um Jahr wieder her, um uns an alte Zeiten zu erinnern, werden nostalgisch. Hier hatten wir früher mehrere Sommer zusammen verbracht. Josy und Tom, mit denen ich in Hamburg immer noch eng befreundet bin, Marten und Hugo, mit denen ich hier mal gearbeitet hatte, und Janne, meine Freundin aus Berlin, hatte sich spontan angeschlossen und uns gleich am ersten Abend zu einer Club-Tour animiert. Wir sind eine große Runde an Freunden, sieben Leute und unter anderem auch dabei: Anton. Er war ein Teil meiner Boyband von vor vier Jahren, der Schlagzeuger, inzwischen ist er ein wirklich guter Freund von Tom und mir geworden. Er war jung verheiratet, kurz nach unseren Sommern hier, und dann verlassen worden. Er hat eine alte Seele, und wir verstanden uns von der ersten Sekunde an, in der ich ihn in Hannover kennenlernte.

Wir treiben und schwimmen durchs Meer, nebeneinander her, auf dem Rücken, die Gesichter zur Sonne gewandt. Ab und zu halte ich mich an ihm fest, damit wir nicht auseinandertreiben. Es ist ein windstiller, heißer Tag. Die anderen liegen verkatert auf ihren Zimmern im Zwei-Sterne-Hotel unweit der Hauptstraße. Auch wenn ich mir da nie sicher sein kann, fühlt sich das hier an wie unser letzter Urlaub in dieser Runde, unser letzter gemeinsamer Urlaub in einer schäbigen, günstigen Pension, während wir uns rund um die Uhr betrinken. Anton wird im Winter Vater.

»Wie hast du entschieden, dass sie es ist? Dass sie es ist, die du heiraten willst?«, frage ich in den blauen Himmel, um uns herum die plätschernden Geräusche von spielenden Kindern und immer wieder Rauschen und Stille, sobald die Ohren unter Wasser tauchen.

»Sie war da und dieser Moment war da, und irgendwie – habe ich mich einfach für sie entschieden.«

»Aber geht das so? Ist Liebe eine Entscheidung?«

»In meinem Fall, ja. Ich habe mich einfach für sie entschieden. Und dann war alles ganz einfach«, erklärt er mir, während wir weitertreiben und zusammen schweigen. Diesen Moment hier würde ich mir gerne einfrieren. Funktioniert Liebe wirklich so? Für ihn oder für mich oder für jeden anderen?

»Ich glaube, bei den meisten Menschen mangelt es nicht an Liebe, sondern an der Fähigkeit, sich zu entscheiden«, sagt er dann.

»Bei uns«, sage ich, »also mir und meiner letzten oder vorletzten langen Geschichte, hat es an Liebe füreinander auch nicht gemangelt. Aber er konnte sich einfach nicht für mich entscheiden. Entscheiden für die guten, aber auch die schlechten Seiten an mir. Für meine super glücklichen und meine tieftraurigen Phasen, für all diese Kontraste, für Höhen und Tiefen. Tiefen waren okay, aber ja nicht zu tief, bitte. Dann lieber gehen. Und vielleicht ich mich auch nicht für ihn. Also, entscheiden.« Ich hatte immer noch an meinem letzten Ende zu knabbern, auch wenn es jetzt schon Monate her war. An der Zurückweisung. Am Gefühl, wieder allein vor einem Scherbenhaufen zu sitzen. »In der Hinsicht – ja vielleicht. Es bedarf vieler Entscheidungen füreinander, immer und immer wieder. Aber die Liebe muss es trotzdem zuerst geben.

Die muss vorher da sein, bevor man erst eine Entscheidung treffen kann. Liebe muss einem die Entscheidung quasi abnehmen, sodass man gar keine Wahl hat, als füreinander bestimmt zu sein.« So sehe ich die Welt zumindest. Ich rede ziemlich viel und dann schweige ich, und wir denken gemeinsam.

»Ich wusste für mich bei meiner Vorgeschichte einfach, dass die nächste Frau, die ich in mein Leben lasse, die richtige sein muss«, erklärt er.

»Und dann hast du einfach festgelegt, dass sie die Richtige ist? Klingt zumindest so. Mir fehlt da die Leidenschaft.« Ich seufze. Klingt unromantisch, unflexibel, festgelegt. Und für mich dadurch irgendwie nicht richtig. Ja, auch wenn ich jetzt gerade nichts Festes suche, bin ich hoffnungslos romantisch.

»Liebe ist was anderes als Leidenschaft. Oder, Liebe ist mehr als nur Leidenschaft. Ich weiß nicht, ob wir vor zwei Jahren so gepasst hätten, speziell mit ihr. Vor zwei Jahren hätten wir vielleicht die Leidenschaft füreinander gehabt, aber sonst völlig aneinander vorbeigeredet«, erzählt er weiter, »aber jetzt war ich bereit, mich für die Liebe zu entscheiden. Ich war bereit.«

»Du weißt, ich freue mich so sehr für dich und über dein Glück. Aber ich komme nicht darüber hinweg, wie mathematisch das klingt«, entgegne ich ehrlich. Ich glaube, ich kann in Freundschaften gut einschätzen, wann der Moment ist, sich einfach nur bedingungslos für jemanden zu freuen, auch wenn man anders ans Leben rangeht. Und ich meine einzuschätzen, in welchen Momenten man tiefer graben darf, mehr nachfragen, weil man sich einander offen und vorurteilsfrei begegnet. Das war einer der letzteren Momente. »Also mathematisch, dass die große Liebe nicht da ist, zack vor dir steht, sondern dass du sie zu einer machen musst. Dass du dir selbst überhaupt Mitbestimmungsrecht einräumst. Ich will so so sehr an Zufall, an Schicksal oder Chemie oder Timing glauben. Ich mag mir lieber vorstellen, dass mich der richtige Mensch, zu egal welcher Zeit, lebenslang umhauen würde. Ich sehe mich da immer eher so als hilflos ausgeliefert. Vor zwei Jahren und in fünf Jahren. Ohne, dass ich was mitzureden habe. Einfach lieben.«

»Ein bisschen war es auch so, und ein bisschen auch nicht. Wir haben geredet und geredet, stundenlang. Alles ausgesprochen. Wir haben uns in Lichtgeschwindigkeit kennengelernt. Wir haben alles auf den Tisch gelegt, wochenlang. Und danach festgestellt, dass es immer noch passt. Dass wir das hier immer noch wollen. Und dann habe ich sie gefragt, ob sie mich heiraten will. Nach sieben Wochen Beziehung.« Das Meer um uns ist schwülwarm, es ist hier seit Wochen nicht mehr abgekühlt. Und ich bekomme trotzdem Gänsehaut.

Den ganzen Rückflug verbringe ich damit, diese Situation in meinem Tagebuch zu verewigen. Ich fliege einen Tag früher zurück als die anderen, und Nils holt mich mit einem Drive-Now-Cabrio vom Flughafen ab. Er sieht riesig aus in diesem winzigen Auto, und ich lache, als ich meine Arme um seine Schultern schlinge, dann werde ich wieder schweigsam.

»Gibt es überhaupt den einen, die eine, die Richtige?«, leite ich die Frage an Nils weiter, die mir seit dem Gespräch mit Anton nicht mehr aus dem Kopf gehen will. »Oder ist es bloß dieses metaphorische Licht, was an sein muss, und der erstbeste, der einem dann über den Weg läuft, der isses?«

»Das hatten wir doch schon. Denk nicht so viel nach«, entgegnet Nils, »und ja, die, den gibt es, wäre ja echt traurig, wenn nicht. Und wenn ich mein ganzes Leben brauche, um sie zu finden, völlig egal. Währenddessen machen wir uns 'ne geile Zeit, wo auch immer, und werden nichts bereuen. Gibt doch keinen Grund, jetzt durchs Leben zu hetzen.« Dann erzählt er mir von seinen Dates und allem, was ich die vorangegangene Woche in Hamburg verpasst hatte. Er hat so eine langsame, gemütliche Art zu reden und das Cabrio durch die Straßen zu lenken, die mich wirklich gut beruhigt. Eigentlich ist es schön, so viele verschiedene Lebensweisen mitzubekommen, aber sich keine zu eigen machen zu müssen, weil für jeden etwas anderes funktioniert. Für Anton, für Nils, für alle anderen, die diesen Sommer für mich so prägen.

über liebe
entscheidung oder schicksal
suche oder zufall
und was ist mit allen, die niemals finden, was sie suchen
lieber nichts suchen
lieber ohne alles glücklicher sein
nichts suchen ist schön
trotzdem finden dann umso schöner
mal treiben lassen
durchs leben, die liebe
durchs meer

Milan

Juli

Er: Was geht bei dir gerade so?
Ich: Aktuell Sangria, und bei dir?
Er: Sommerurlaub in Island?
Ich: Was, dein Fahrrad wurde geklaut? Was für ein trauriger Tag.

Es ist die Woche, in der ich Janne in Berlin besuche, in der bei mir endgültig dieser Knoten platzt. Weil ich sehe, wie unbeschwert sie ihr Singleleben verbringt. Dass sie echt gute Männer kennenlernt, sympathisch, intelligent und witzig. Einem stellt sie mich vor. Wir ziehen zu dritt durch die Nacht, oder eher sie uns an ihren tätowierten Armen hinter sich her. Alles sieht bei ihr so einfach aus. Weil sie nicht zwanghaft nach irgendetwas sucht. Nicht die große Liebe, niemanden zum Heiraten. Vielleicht verknallen oder verlieben. Leidenschaft fühlen. Einfach abends ausgehen und mal mit jemandem reden oder knutschen oder beides, abwechselnd. Ich glaube, so was muss man immer erst bei anderen erleben, um die Möglichkeit zu sehen, so etwas in seinem Leben zu haben. Vielleicht ist das auch nur Berlin. Ich habe mich noch nie so leicht, so voller Möglichkeiten und so unbeschwert gefühlt wie nach dieser Woche. Janne inspiriert mich so sehr, dass ich für den Sonntag, als ich zurück in Hamburg bin, direkt ein Date ausmache.

Habe ich mich bei den ersten Dates noch wie ein unbeholfenes, zwölfjähriges Mädchen gefühlt, das nicht weiß, wie es unerwünschten Berührungen am Po die Grenzen aufzeigt oder generell, was es hier eigentlich will, komme ich jetzt immer mehr an in dem

Gedanken, wie schön es ist, Single zu sein. Wie gut es sich anfühlt, alle Möglichkeiten zu haben, sich austoben oder ausprobieren zu können, ja generell einfach neue Leute in jeder Hinsicht kennenzulernen – da man, und man ist in dem Fall ich, als Single viel mehr aus- und rausgeht, als man es in einer festen Partnerschaft je tun würde. Ist es nicht sogar schöner, mal 'ne Weile absichtlich nicht den Richtigen kennenlernen zu wollen?

Milan ist wirklich witzig, und deswegen verabreden wir uns für den Freitagabend in einer Bar. Er ist, je nach Lichteinfall, dunkelblond bis rothaarig, trägt Hornbrille zu Sakko und hat ein übermäßig großes Gesicht und ein riesiges Lachen. Er ist generell sehr groß, so sehr, dass er mit seinen Gliedmaßen nicht übermäßig viel anzufangen weiß und beim Laufen irgendwie schlackert. Ich finde das ganz zauberhaft. So fühle ich mich auch oft.

Wir treffen uns in der Schanze, ziehen weiter auf den Kiez, singen plötzlich Karaoke in der Thai Oase zu Schönste Zeit von Bosse, als er mich küsst. Ich bin inzwischen so betrunken, dass ich in einer verschobenen Realität merke, dass ich gerade geküsst werde, das aber nicht ganz mitbekomme, und nehme diesen Verlust meiner eigenen Wahrnehmung als Anlass, mir ein Taxi nach Hause zu bestellen. Er springt mit ins Taxi, aber auch das kriege ich kaum noch mit. Ich nehme ihn erst wieder wahr, als wir ein paar Stunden später angezogen nebeneinander aufwachen. Mein alkoholreicher Abend wird mit dem schlimmsten Katersonntag zum Aufwachen quittiert – und einem Milan in meinem Bett, der einfach nicht gehen will.

Er begleitet mich zu meiner Gassirunde runter ans Wasser, zu der ich mich nur zwinge, zum kurz Kaffee kaufen, und wieder hoch in meine Wohnung. Ich mag ihn, aber mit meinem Kater würde ich dann doch gerne lieber alleine sein. Als er kurz nach Mittag endlich geht, schlüpfe ich dankbar erst in die Dusche und dann zurück in mein Bett und verschlafe den ganzen Sonntag.

Weil ich ihn trotzdem wirklich nett finde, stimme ich ein paar Tage später einem zweiten Date zu, bei dem wir nur am Elbstrand sitzen und den Sonnenuntergang ansehen und er mich später zum

Bus bringt, und einem dritten, bei dem er mich zum Kochen zu sich nach Hause einlädt. Das dritte Date, und dann bei ihm zu Hause – ich würde lügen, wenn ich nicht tatsächlich ein bisschen aufgeregt wär. Wir hatten uns bislang wirklich gut verstanden, auch wenn ich ihn noch nicht ganz durchschauen konnte, manchmal komplett auf dem Schlauch stand, wenn er scherzte. Dann nur verhalten kicherte, weil ich nicht wusste, wie er das jetzt genau meinte. Ich bin aufgeregt, und »Kochen« hat doch auf jeden Fall etwas zu bedeuten? Also schnappe ich mir den Hund und ein Outfit, in dem ich mich durch und durch wohlfühle, und nehme wieder den Bus nach Ottensen.

Im Laufe des Abends stellt sich heraus, dass »Kochen« kein Codewort ist, dass es nichts Doppeldeutiges sein soll, sondern, dass er wirklich einfach nur kochen will. Wir wuseln umeinander rum wie zwei Küchenchefs, die den ersten Tag zusammenarbeiten und sich hauptsächlich im Weg stehen. Keinerlei Magie, keinerlei Anziehung mehr zwischen uns. Gegen zweiundzwanzig Uhr dreißig schmeißt er mich raus mit den Worten »Du, es ist schon spät, und ich muss morgen wieder früh raus, es wäre super, wenn du bald die Bahn nach Hause nimmst …« An seinem Mut, ein Zusammentreffen zu beenden, sollte ich mir definitiv ein Beispiel nehmen. Ich lasse mir das nicht zweimal sagen. In Windeseile greife ich meine Jacke, umarme ihn, ziehe Penny an und verschwinde durch die Tür und auf die Straße. Es ist fast noch hell draußen, spät ist es auf keinen Fall. Als ich zum Busbahnhof Altona trotte, quatsche ich meiner Freundin in einer Sprachnachricht auf, wie das dritte Date mit Milan war. Und dass Kochen nur Kochen war. Sie kann es auch nicht glauben.

Ich erörtere das am nächsten Tag mit meiner Schwester am Telefon. Wir sind unterschiedlicher Meinung über meinen gestrigen Abend. Ich glaube, dass er schlicht kein weiteres Interesse an mir hat, was für mich auch völlig okay wäre, während sie sich sicher ist, dass er etwas Ernstes sucht und deswegen die langsame Schiene fährt. Nach drei Tagen, an denen Milan und ich irgendwie merkwürdig aneinander vorbeireden, er viel redet und schreibt, und ich nicht weiß, wohin mit seiner zurückhaltenden Aufmerksamkeit, nehme ich meinen Mut zusammen und schreibe ihm: »Hey Milan, das waren drei wirklich schöne Dates, aber ich glaube, wir sind zu verschieden oder wollen verschiedenes. Irgendwas fühlt sich an, als würde es gerade nicht passen.«

»Ja, ich habe schon gemerkt, dass du eher schüchtern bist, und es eher auf Friendzone hinausgelaufen wäre«, kommt postwendend von ihm per Sprachnachricht. »Wie falsch man sich nur gegenseitig einschätzen kann …« tippe ich daraufhin zurück und archiviere den Chat. Ich bin zu müde, ihm zu erklären, dass ich keinesfalls schüchtern bin und ihn auch bislang in keinen Freundschaftsbereich geschoben habe – dass er das aber sehr wohl gemacht hat. Oder wir aneinander vorbeigeredet haben. Wie auch immer. Der Funke ist verloren und das ist für mich auch okay so. Vielleicht sind wir auch zwei Menschen, die gerade einfach nicht gut kommuniziert haben, dass er zu subtil war, und ich mehr Direktheit gewollt hätte. *»Aurélie, so klappt das nie, Du erwartest viel zu viel. Die Deutschen flirten sehr subtil*«, läuft wie ein Soundtrack dazu in meinem Kopf.

Als ich das Wochenende darauf ausgehe, in die U-Bahn steige, fange ich an, mir die Männer um mich herum mal näher anzusehen. Zu grübeln, wieso das mit Milan so ein kurzes Intermezzo der Bedeutungslosigkeit war und mich so träge und wortlos zurückgelassen hat. Ich fühle mich wie betäubt.

Ich würde mich so so gerne endlich mal wieder richtig verlieben, denke ich innerlich seufzend, als ich aus der U-Bahn trete, die fremden Gesichter zurücklasse und raus an die Luft und in die ausgetrocknete Luft ohne Regen gehe. Ich war mir ziemlich sicher, mein Interesse zu schnell verloren zu haben. Ich hatte für Milan mitgedacht, ich hatte erwartet, wie forsch er vorgehen wird. Ich hatte ihn nach diesem ersten Date und den verwackelten Küssen in der Thai Oase innerlich schon vorgezeichnet, ohne ihm Raum zu lassen, dieses Bild von sich auszufüllen.

Ich glaube, das machen wir oft. Uns zu schnell ein Bild von anderen. Vielleicht ist der tätowierte Typ da auf dem Weg, seine

Oma zu besuchen. Vielleicht ist der, der durch mein Raster fallen würde, weil er zu jung und unsicher wirkt, ein unglaublich charismatischer Tänzer. Vielleicht steckt hinter ihm mit den derben Muskeln ein kleiner Poet. Vielleicht steckt in Milan Sehnsucht und Unsicherheit, vielleicht ist er schüchtern. Vielleicht ist er ganz viel, was ich nicht von ihm erwartet hatte. Ganz viel mehr als mein Bild von ihm. Ich kann Milan nicht ohne Weiteres in eine Schublade namens Sex, Liebe, was dazwischen oder Freundschaft einordnen, wird mir Monate später klar. Genauso wie: Es ist nicht alles grundsätzlich keine zweite Chance wert, nur weil es nicht einfach ist. Tatsächlich höre ich nie wieder von ihm. Und er nicht von mir. Sein Schatten türmt sich zu groß vor mir auf, um einfach so drüberzuspringen.

Vincent

Er: Luise, ich mag deine Bilder. Ich würde dich zu gerne kennenlernen. Was machst du dieses Wochenende?
Ich: Klingt gut. Was schwebt dir vor?
Er: Wie wäre diese neue Bar in Eppendorf, auf dem Eppendorfer Weg. Sagen wir Dienstagabend?
Ich: Während das Spiel läuft?
Er: Das interessiert mich nicht so sehr.

Vincent ist Fotograf in einer Werbeagentur und schon seit anderthalb Monaten sehr hartnäckig. Er schreibt mir jede Woche ein paarmal, auch wenn ich meistens vergesse zu reagieren, tadelt mich für meine Antwortzeiten, neckt mich, aber lässt nicht locker, obwohl ich bislang immer nur sehr kurz und abrupt geantwortet habe und damit keinerlei Interesse zeige. Wäre ein Mann so zu mir, mir wäre schon längst der Geduldsfaden gerissen. Sowieso fällt mir auf, wie anstrengend es sein muss, mit mir Unterhaltungen zu führen. Ich antworte nie direkt, sondern immer mit sehr viel trockenem Humor, mache mich über Fragen und Tinder-Klischees lustig oder weiche aus. Oh Gott.

»Vincent! Schön dich zu sehen«, schreie ich ihm schon von Weitem zu und nehme ihn in den Arm.

Er wartet trotz zweiunddreißig Grad ein paar Abende später in einem langärmeligen schwarzen Hemd auf den Außenplätzen der Bar auf mich. Im offenen Ausschnitt und an den hochgekrempelten Ärmeln sehe ich großflächige Tattoos. Er hat ein richtig liebes Gesicht mit kurzen dunklen Haaren und einem Bart, der von grauen Haaren durchzogen ist und seinen Mund nur noch erahnen lässt. Sein Bart wackelt, während er spricht. Wir verstehen uns auf Anhieb. Als ich ihn frage, wo er in Hamburg wohnt, zeigt er wortlos quer über die Straße ins Dachgeschoss. Ich verabschiede mich im Morgengrauen. Es ist erst vier Uhr dreißig, so früh, dass noch keine Busse fahren. Ich hätte die Linie 4 und dann die 15 nehmen müssen, also laufe ich nach Hause. Ein wunderbarer Spaziergang in einem wie gemalten Sonnenaufgang. Die Stadt habe ich derweil komplett für mich, und für den Bruchteil dieses Moments merke ich, wie sehr ich trotz allem bei mir bin. Trotz aller Dates, trotz aller Missverständnisse. Dass ich nicht trotz meines Single-Daseins, sondern gerade wegen meines Single-Daseins einen wirklich schönen Sommer habe.

* * *

»Wenn ich nächsten Sommer heirate, zieht ihr da alle so ein Rostbeige an? Ich habe dazu ein Foto gefunden …« Milli geht in die Pinterest-App und zeigt ein amerikanisches Paar, umringt von Brautjungfern, in die Runde. Wir sitzen in ihrem Ottensener Garten unter den großen Eichen im Gras, während die Hunde um uns herumtollen.

Ich gluckse belustigt. »Wen heiratest du denn, Milli?«

»Na irgendwen, den ich bis dahin halt finde.« Sie grinst schief, und auch wenn ich weiß, dass das hier alles spaßig und wie lustiges Geplänkel rüberkommen soll, ist dahinter eine große Sehnsucht nach genau so etwas verborgen. Sie redet wirklich oft davon. Von der Familie, die sie bald will. Josy schüttelt teilnahmslos den Kopf und hechtet dann ihrem Hund hinterher, der in einer Ecke den Garten umgräbt.

Mir kam es nicht so gesund vor, sich so sehr nach etwas zu verzehren, das nicht in greifbarer Nähe lag. Träume und Pläne haben ja, aber wenn man für etwas einen Gegenpol braucht, der noch nicht existierte, war es vielleicht nicht die beste Idee, sich immer und immer wieder vor Augen zu halten, was man wollte, aber nicht haben konnte. Wie ein Traum, der einfach nicht zu verwirklichen war. Derweil merkte man, wie wenig Spaß sie am Jetzt hatte. Dass sie nur halbherzig ihr Single-Dasein, die Abende und die Sommer genoss, weil da niemand war, mit dem sie jeden Moment teilen konnte.

Als wäre sie mein Spiegel, denke ich immer wieder über Milli und mich nach. Weil sie so halbherzig bei der Sache ist, merke ich, dass ich mein Single-Leben umso mehr genießen muss. Warum auch nicht? Es ist ein Zustand der Freiheit, und irgendwann, wenn ich alt sein werde und zurücksehe, will ich mir dann eingestehen, dass ich nur rumvegetiert und abgewartet habe, oder will ich sagen, »Scheiße, war das eine geile Zeit?« Sowieso hilft es mir immer, das Jetzt in Relation zu setzen, indem ich aus einer potenziellen Zukunftsperspektive zurückschaute. Und aus der will ich mich gerne zurückerinnern, immer und an alles. Deswegen mache ich aus jedem Jetzt das Beste.

»Du gehst viel zu verkopft an diese Sache ran. Mach dich mal locker!«, ermahnt Josy sie.

»Das ist nicht so einfach, okay? Du hast doch gar keine Ahnung mehr, was daten heutzutage bedeutet. Und wie man sich kennenlernt … und worüber man redet. Du hast wirklich gut reden, ey. Den Richtigen zu finden, ist echt eine krass schwere Aufgabe.« Sie redet, als würde sie den perfekten Schuh in einem Farbton finden wollen, der nicht existiert. Als würde sie mit dem Fernglas durch die Straßen ziehen und jeden genau mustern, der ihr vor die Linse kommt. Und der dann natürlich eine Liste an Eigenschaften, Charakterzügen und Aussehensmerkmalen erfüllen muss, die nicht auf eine A4-Seite passen.

»Also ich finde Tinder übrigens ’ne gute und witzige Sache«, werfe ich ein.

»Braucht man als junge Frau in der Großstadt echt eine App, um Leute kennenzulernen?« Josy zieht die Stirn kraus, als ich den beiden von meinen Treffen mit Milan und Vincent erzähle. Rückblickend schöne Treffen, die ich diesen Monat bislang hatte.

Mein euphorisches »Ja!« geht mir wirklich einfach von den Lippen.

»Nein, im Ernst«, füge ich noch an, »das klingt ja so, als wären das eine normale Männer und das andere Außerirdische. In Dating-Apps wie Tinder sind doch bloß normale Männer, die ich in meinem Homeoffice-Alltag sonst gar nicht getroffen hätte. Es vereinfacht und verschönert das Leben ungemein, wenn man mehr Möglichkeiten sieht, als den Postmann um ein Date zu bitten. Offener Kopf, offenes Herz«, erinnere ich sie dann. Das sagten wir öfter, um uns darauf hinzuweisen, im Kopf bereit für alles Unbekannte und alle Veränderungen zu bleiben. Ich schweige kurz, und die beiden auch. »Wie würdest du das denn machen? Wie würdest du das machen, wenn du heute Single wärst? Würdest du deine Tage allein verbringen oder würdest du Männer auf der Straße ansprechen? Würdest du dich damit begnügen, dass irgendwann irgendwer vor dir steht, und bis dahin einfach nur mit Freunden abhängen?«, frage ich Josy dann, weil es mich ehrlich interessiert, wie sie unsere Welt von heute sieht.

»Wahrscheinlich irgendwie genau so, ja. Ich würde darauf vertrauen, dass man so beim Sport, bei der Arbeit, bei gemeinsamen Freunden sicher irgendwann früher oder später wieder auf jemanden trifft, der interessant scheint. Ich glaube, bei so einer App hätte ich viel zu viel Angst, wer mich da alles sieht.«

»Verstehe ich auch, ja. Aber für mich klingt das zu passiv und zu abwartend. Ich will doch aktiv mitgestalten. Und ich arbeite viel, vor allem von Zuhause. Ich bin selbstständig, habe keine Kollegen, gehe nicht so oft aus, wie ich gerne würde, habe durch viele Umzüge keine große Clique, in der man neuen Menschen vorgestellt werden würde. Wie soll ich da jemanden kennenlernen? Bei Edeka gehe ich meistens in meinem Schlafanzug mit Birkenstocks und fast geschlossenen Augen einkaufen, wenn ich mit Freunden auf Konzerten oder Festivals bin oder einfach nur im Park auf der Wiese liege, habe ich auch keinen Blick für fremde Menschen. Und mir gehts ja nicht mal zwangsweise ums Verlieben. Einfach Menschen kennenlernen, und wenn es nur Kumpels sind, das finde ich schön, und darauf habe ich gerade einfach Lust.«

»Dating ist mir inzwischen ein Rätsel geworden. Alles fühlt sich so weit weg an, so schwierig, wow«, antwortet Josy mir, und Milli fügt an: »Ist es auch, glaub mir.«

»Dating ist schwierig manchmal und schön, also beides irgendwie. Auf jeden Fall anders als früher. Digitaler, schneller, unverbindlicher. Aber auch freier und besonderer. Ich mags.« Unsere Worte versinken ineinander, und ich finde es so schön, wie wir unsere Erlebnisse miteinander teilen können, eigentlich so unterschiedlich sind, aber uns so gut verstehen und akzeptieren. Am Abend treffe ich mich noch einmal mit Vincent, und den Rest der Woche verbringe ich mit dem Lesen meiner Bücher bei sechsundzwanzig Grad in der Abenddämmerung auf dem Balkon. Ich genieße und zelebriere das Alleinsein, ganz oft mache ich auch einfach mal gar nichts und fühle mich in diesem Sommer aufgehoben wie in einer warmen Blase, die ich nie wieder verlassen möchte.

Jeden Morgen stehe ich gegen fünf auf, um mir den Sonnenuntergang an der Alster anzuschauen. Höre das Zwitschern der Vögel durch meine offene Balkontür und spüre das leichte, weckende Anstupsen meines Hundes. Ziehe mir irgendetwas an, mache mir einen Kaffee für den Weg, um dann eine Stunde lang nichts anderes zu tun, als aufs Wasser zu schauen, die vorbeiziehenden Jogger zu begrüßen und das Alleinsein zu genießen. In einem Anflug von Liebe für diesen Moment, in dem man die Welt so sehr für sich hat, lasse ich mir diese Uhrzeit an einem schummrigen Abend auf dem Kiez sogar aufs Handgelenk tätowieren. Um mich selbst immer wieder daran zu erinnern, die Schönheit dieser Welt zu sehen, die, die sie um fünf Uhr morgens hat. Für diesen Moment, in dem man ganz man selbst ist und ganz allein die Stille der klaren Morgenluft einatmet.

die hände freimachen, um mich mal wieder selbst
  zu umarmen
das leben ist so schön, wenn ich es schön sein
  lasse
eine wirklich gute zeit
ein sommer voller dates

Gustav

Meine Wohnung ist nicht ganz aufgeräumt, aber das ist mir egal. Jemand will vorbeikommen, um meine Wohnung zu scouten und sich mein Wohnzimmer anzusehen. Ich hatte sie zwei Tage vorher online inseriert. Mein Wohnzimmer ist vierzig Quadratmeter groß, wenn ich den Esstisch abbaue und die Couch an die Wand schiebe, müsste echt viel Platz sein für Freunde, Freundesfreunde und Bands. Ich hatte mir vorgenommen, mehr Sommerpartys zu machen, mehr Dinnerabende, oder einfach Leute auf ein Getränk einzuladen. Und so ein Sofakonzert mit vielen Leuten, die zu ein paar unbekannten Singer-&-Songwriter-Künstlern einen schönen Abend haben, erscheint mir eine echt gute Idee. Weil mehr Sommer, mehr Abenteuer, mehr spontane Partys. Und die Miete hier ist zu teuer, um die Wohnung nicht bis in die letzte kleine Ecke auszunutzen.

»Ich komme irgendwann demnächst rum«, schreibt er mir, und ich hoffe, dass das nicht ganz so bald passiert, damit ich noch fünf Handgriffe tun kann, die Einkäufe wegräumen, den Papiermüll runterbringen, das Bett machen und den Wäscheständer abräumen kann, aber zehn Minuten später steht Gustav schon vor meiner Tür, um sich meine Wohnung für ein potenzielles Wohnzimmerkonzert anzugucken. Er arbeitet für eine Agentur, die genau so was organisiert. Ich hatte mal auf einer Party einem Freund erzählt, dass ich gerne so etwas bei mir machen würde. Der hatte meinen Kontakt weitergeleitet und deswegen werde ich genau in diesem Moment von einem großen Mann auf meiner Türschwelle umarmt. Ich bereue den Wäscheständer kurz, aber gut, jetzt ist es zu spät. Ich bitte ihn herein, und er läuft durch meine Wohnung. Ich biete ihm eine Cola an und begleite ihn auf den Balkon für eine Raucherpause, er raucht, ich passiv mit, und ich bin von ihm und diesem süßen Spontantreff wie gefangen. Sein großes, schiefes Kinn und seine markanten Gesichtszüge wackeln mit, wenn er lacht. Er redet in einem derben Hamburger Dialekt, fast plattdeutsch klingt das für mich, benutzt Wörter, die ich nicht verstehe. Sein breiter Mund verzieht sich bei jedem Wort. Da sitzen wir zwei Stunden, bis ihm einfällt, dass ein Kumpel längst vor seiner Tür in Eimsbüttel auf ihn wartet, weshalb er sich hektisch von mir verabschiedet. Eigentlich wollte er nur fünf Minuten bleiben.

Dass ich ihn während unseres Treffens anschmachte, fällt mir währenddessen gar nicht so sehr auf. Wir haben einfach eine wirklich gute Zeit. Es ist alles so normal. Ich denke zwei Stunden nicht darüber nach, wie ich aussehe, wie ich dasitze, ob die Position Cellulite macht oder ob meine Brust aus dem Bikini und dem Crop-Top fällt. Mit seinem unbedarften Auftreten und seiner auf mich konzentrierten Aufmerksamkeit gibt er dieser Situation eine für mich völlig neue Sicherheit. Es ist heiß in meiner Wohnung, wir lachen und schwitzen, und er holt sich ein Handtuch aus dem Bad, um sich abzutrocknen und es danach in den Wäschekorb zu werfen, als würde er schon längst hier wohnen. Ich habe nicht im Blick, wie ich wirke, was ich sage, ob ich lässig, witzig oder cool bin – ich denke einfach nicht nach. Das fällt mir auf, als die Tür hinter ihm ins Schloss fällt und ich dann erst bemerke, was für ein schönes Gespräch das war. Wie ein gutes erstes Date, ohne, dass es ein Date war. In meiner Wohnung.

Die nächsten Tage haben wir sporadischen Kontakt, auf jeden Fall mehr, als wir haben müssten. Er fragt mich des Öfteren, was ich gerade mache, schickt mir seine Standorte, aber wir halten uns nie zufällig an den gleichen Orten auf, und um wirklich nach einer Verabredung zu fragen, ist unser eigentlich »berufliches« Kontaktverhältnis zu … beruflich. Ich kenne ihn ja ausnahmsweise mal nicht von Tinder. Was bedeutet, dass das zwischen uns viel mehr Friendzone ist. Mit ihm ist es so freundschaftlich unbeschwert und vor allem ohne gegenseitige Erwartungen aneinander. Vielleicht ist das Segen und Fluch zugleich an Männern, die man über Tinder kennenlernt: Beide Parteien wissen, dass sie bei dieser App registriert sind, um jemanden kennenzulernen. Wofür auch immer. Es geht immer direkt um Absichten, um Suche und Vorstellung. Bei dieser Real-Life-Zufallsbegegnung ist allerdings gar nichts klar – und das macht es für mich umso aufregender. Ich weiß nicht, ob er jemanden trifft, wie sein Leben sonst aussieht, ob er datet. Ich weiß nur, dass ich ihn gerne bis die Sonne wieder aufgeht über sein Leben ausfragen würde. Mal jemanden aus dem echten Leben kennenzulernen, ist für mich die absolute Rarität.

Vier Tage später wage ich am frühen Abend einen kleinen Vorstoß per WhatsApp. (»Wann sehen wir uns eigentlich mal den Sonnenuntergang von deinem Dach an? Ich will neue Dächer spotten.«) Er antwortet gegen dreiundzwanzig Uhr und erzählt mir von seinem Tag mit seinem Kumpel auf ihren Kajaks. Das schriftliche Geplänkel ist oberflächlich und reißt jeden Abend irgendwann von seiner Seite aus wieder ab.

Während ich von unserem ersten Gespräch tagträume, schaffe ich es kaum, meine Arbeit zu erledigen. Ich bin unkonzentriert. Daten ist definitiv schlecht für meinen Arbeitsalltag. Ich fühle mich wie die Ehefrau in einem alten Film, die darauf wartet, dass ihr Mann von der Front, seiner Affäre oder der Arbeit wieder zu ihr zurückkommt, irgendwie so in Warteposition. Ich habe nicht mal mehr Lust, mich nach neuen Männern, interessanten Gesichtern oder potenziellen Dates umzusehen, weder im Club noch auf Tinder. Wie hat Gustav das denn eigentlich geschafft? Immer wieder nehme ich mein Handy zur Hand, gehe in WhatsApp, schaue, ob er online ist, und überlege, was ich ihm schreiben könnte. Und immer wieder erscheint die Stimme in meinem Kopf, die absolut recht hat. Die da sagt: ›Luise, reiß dich zusammen. Du hast vier- oder fünfmal angesprochen, ob er mit auf die Alster kommen oder

Cabrio fahren oder ins Freibad oder mit aufs Dach will. Er hatte immer spontan was anderes vor, hat deine Nachricht über Stunden nicht gelesen oder verneint. Das ist kein Verhalten, das man an den Tag legt, wenn man wirklich Lust auf eine Person hat.‹ Eigentlich muss die andere Person gar nicht aussprechen, ob das Aufeinander-Stehen auf Gegenseitigkeit beruht. Eigentlich muss man sich nur mal die Mühe machen, die Körpersprache des anderen ernst zu nehmen, statt Ausreden für ihn mit zu erfinden. Wenn mich eine Person wirklich interessiert, so wie er das tut, lasse ich alles stehen und liegen, um einen gemeinsamen Abend mit ihm zu verbringen. Wenn jemand vor meiner Haustür stehen und fragen würde, ob ich runterkomme, ein bisschen durchs Viertel fahren oder einen Happen essen gehen, ich würde mir die Schuhe anziehen und losziehen. Wenn ich denn interessiert bin.

Auch wenn sich das einzugestehen für mich an dieser Stelle schmerzhaft anfühlt, habe ich gelernt: Alles kommt schon irgendwie so. Alles findet sich. Warum also Gustav mit aller Macht dazu bekommen wollen, dass daraus etwas wird, wenn wir vielleicht nur richtig, richtig gute Freunde werden könnten, was letztendlich viel mehr Wert hätte? Quasi so wie bei Nils. Ich lasse doch seit einer Weile einfach alles auf mich zukommen. Das war am Anfang nicht leicht, aber jetzt ist es schön. Ich gehe offen auf Menschen zu und will nichts, als gute Bekanntschaften zu schließen und eine gute Zeit zu haben. Was daraus wird, ist mir ganz egal, weil ich es nicht in der Hand habe. Ich suche nicht nur nicht aktiv nach »dem Richtigen« – ich hoffe sogar, dass es noch eine ganze Weile dauert, bis ich ihn finde. Weil das Leben gerade so ungezwungen, so abwechslungsreich, so alleinstehend und so ohne feste Bezugsperson auch wirklich schön ist.

So alleine sein zu können, musste ich erst lernen. Mich mit mir selbst auseinanderzusetzen, warum die Gesellschaft eines Menschen mir das Gefühl gab, mehr ich selbst zu sein oder vollständiger zu sein. Warum es mir manchmal schwer fiel, etwas nur mit mir selbst anzufangen oder warum ich mich alleine weniger traute.

Aber erst einmal entdeckt, wie viel Magie hier drin liegt, in diesem Sommer, im Alleinewohnen, im Alleine-Dinge-Unternehmen, will ich kaum mehr etwas anderes machen. Dieser Sommer fühlt sich ein bisschen an, als würde ich alles, was ich gelesen oder verinnerlicht habe, endlich umsetzen. Ich fahre alleine auf ein Rockkonzert mit dem Auto nach Dänemark, ich fliege alleine nach Portugal in den Urlaub und bin selbst richtig froh darüber, dass ich das inzwischen so genießen kann. Und wieder gerne rausgehe, anders als noch vor ein paar Monaten. Eine Phase im Frühling, als ich nicht wusste, wohin mit mir. Mit Gustav bleibt es dabei, dass er meinen Fragen ausweicht, und ich erinnere mich damit an mich selbst, als ich Menschen wollte, aber eigentlich doch nicht, aber eigentlich doch. Ach doch, lieber nicht.

Nur weil ich gerade in meiner Mitte bin, in mir ruhe, neue Leute daten möchte, nur weil ich Kapazität habe in meinem Kopf für Rooftop-Nächte und Reden bis morgens um fünf, muss das nicht bedeuten, dass er das auch hat. Manchmal hat man so Phasen, da möchte man einfach nur zwischen Arbeit und Freunden pendeln und klarkommen. Da ist kein Platz für Neues. Vielleicht hat er gerade so eine. Also lege ich das Handy in meiner Hand wieder weg. Weil es gar nichts bringen würde, ihn weiter zu bedrängen. Wenigstens Vincent meldet sich: Dass er im Urlaub in Schweden sei und sich freuen würde, mich nach seiner Rückkehr wiederzusehen. Klingt gut.

Angefixt von seinen Kajak-Touren kaufe ich Gustav das aufblasbare Kajak nach, von dem er mir jetzt seit drei Wochen vorschwärmt. Alle paar Abende trage ich es nun fertig aufgeblasen gegen einundzwanzig Uhr bei mir aus der Wohnung und die Milchstraße runter zur Alster, lasse es aufs Wasser und setze erst den Hund und dann mich rein, um eine Weile durch die Fahrbahnen der Tourischiffe zu treiben, Segelbooten und Stand-up-Paddlern auszuweichen und die Beine in dem kalten, algigen Wasser baumeln zu lassen.

Und es gibt Fortschritte, wenn auch nur kleine: Gustav und ich telefonieren inzwischen fast jeden Abend. Er ruft immer gegen dreiundzwanzig Uhr bei mir an, und meistens gehe ich ran. Sein ›Ich wollte mich nur kurz nach deinem Tag erkundigen, Prinzessin‹ wird anschließend immer zu einem zweistündigen Gespräch über das Leben – und nur über das Leben. Nicht über das Leben und die Liebe. Und auch ohne ein Treffen in Aussicht. Ich rufe ihn nie an. Wenn wir telefonieren, liegt er meist auf seiner Fensterbank und raucht einen Joint.

Ich hatte gehofft, dass wir uns ganz spontan mal zwischen Tür und Angel treffen. Ohne Erwartungen aneinander, sodass man es im Zweifel gar nicht als Date bezeichnen müsste. Sondern einfach so: »Hey, ich bin gerade in der Schanze, was machst du?« »Ich bin vorm *Kiosk 2000* auf ein Feierabendbier.« »Ah, da komm ich gleich noch lang.« »Ah passt ja, Bier zusammen?« Und sich dann verquatscht, bis vier Uhr früh bei einer geteilten bunten Tüte und immer noch zwanzig Grad dort sitzt und dann im Sonnenaufgang nach Hause läuft. So ein Nicht-Date wäre für mich das perfekte erste Date.

Abgesehen davon, dass er kein Bier trinkt, dass er gar keinen Alkohol trinkt, ist dieser Punkt für ein ungezwungenes Date überschritten. Damit alles locker ist, muss man sich immer am besten sofort treffen. Einfach so, Bier und los. Wenn man noch nichts übereinander weiß, wenn man noch nicht weiß, worauf der andere aus ist, wenn alles ein bisschen mysteriös und aufregend ist, wenn man sich ganz entspannt kennenlernen kann – und nichts zu verlieren hat. Wir stattdessen schreiben schon drei Wochen miteinander und haben etliche Nächte durchtelefoniert, wir reden viel über unsere Ängste, ich weiß alles über seine Kindheit, seine Familienverhältnisse und was er politisch gerne verändern möchte. Mit jeder neuen Schicht unserer Persönlichkeit, die wir ausgraben, wächst für mich der Druck. Das hier ist jetzt alles andere als locker. Und dabei gab es bisher kein einziges Treffen zu zweit. Und dann gibt es das plötzlich doch.

* * *

Ich war den ganzen Tag auf einem Festival bei Hamburg, bin gerade wieder rein und verharre seit zwei Stunden in der Abendhitze auf meinem Balkon. Es ist halb eins, als er mir schreibt: »Noch wach? Wie war dein Tag, Prinzessin?« Seit einer halben Stunde ist Sonntag.

Ich schreibe zurück, und wir plänkeln ein bisschen hin und her, bis er mich eine halbe Stunde später anruft. Das macht er immer irgendwann, wenn er keine Lust mehr hat, zu tippen. Es ist schwül, wir können beide nicht schlafen. Inzwischen bin ich auf den Balkon umgezogen. »Weißt du, was jetzt schön wäre? Cabrio fahren …«, seufze ich. »Schau doch mal, wo das nächste in deiner Nähe steht.« Ich gehe in die App und sende ihm einen Screenshot. Hundert Meter weiter wartet eins. »Ja dann würde ich sagen, holst du mich in zehn Minuten ab?« Ich verkneife mir, ihn damit aufzuziehen, dass er sich auf einmal doch mit mir treffen kann, dass es keinen Grund gab, sich die letzten drei Wochen so anzustellen, dass das Leben doch wirklich viel schöner ist, wenn man spontan ist. Ich verkneife mir alles, auch wenn mir wirklich viel zu seinem spontanen Meinungsumschwung einfällt, rufe »Deal!«, lege auf und ziehe mich wieder an. Jeansshorts wieder über den Bikini, Hoodie drüber. Kurz Deo auftragen und Zähne putzen. Ich schnappe mein Geld und einen Haargummi und laufe runter zum Cabrio.

Bei ihm in Eimsbüttel angekommen, sehe ich, dass wir fast identische Hoodies anhaben. Dunkelgrün. Beide die Kapuzen auf. »Meinst du, Dunkelgrün ist unsere Farbe?«, scherzt er, als er ins Auto springt. »Hier, ich habe dir auch eine gebaut, für später«, sagt er dann, als er sich neben mir eine Tüte anzündet. Dabei wollte ich gar keine.

Wir fahren durch die Nacht, durch Eimsbüttel und an der Tankstelle vorbei, wo ich mich das erste Mal seit drei oder vier Jahren wieder mit eigenen Zigaretten eindecke, trinken Eistee, er raucht und wählt die Musik aus, ich fahre.

Von Eimsbüttel über Stellingen auf die Autobahn, durch den Elbtunnel zum Hafen und auf die Veddel. Irgendwann stelle ich zwischen riesigen Schiffscontainern mit Blick aufs Wasser den Motor ab. Überall Lichter, Schiffe. Der Mond über uns sieht aus wie eine riesige angebissene Zitrone. »Diese Stadt … die macht mich fertig. Auf eine ganz gute Art. Ich könnte niemals, niemals wieder hier wegziehen. Du?«, frage ich in die Nacht hinein. Er ist schon immer Hamburger, hier geboren, spricht sogar Hamburger Dialekt. Ich bin »nur« zugezogen. Aber wir beide wie im Chor: »Niemals!«

Ich strecke die Füße aus dem Cabriofenster, er kifft, ich rauche, und wie wir uns unterhalten und ab und zu schweigen, über das Leben reden und wieder über Ängste, über unsere Stadt und die Vergänglichkeit, davon, was Hamburg mit uns macht, und wie es uns antreibt, da habe ich so ein Gefühl davon, dass alles so richtig gekommen ist, wie es ist. Die schmerzhafte Trennung im Februar, der schlimmste Liebeskummer danach oder das Aus-Versehen-nach-Hamburg-Ziehen vor knapp vier Jahren. Jetzt gerade, mit Mitte zwanzig, mit dieser Stadt vor der Nase, könnte alles nicht perfekter sein.

»Hast du vor irgendetwas Angst?«, frage ich in die Dunkelheit. Inzwischen habe ich zwei Wochen ständig über dieses Thema nachgedacht und bin auf viele Gedanken gekommen. Ich habe Angst davor, dumm zu werden. Ich habe Angst davor, meine Leichtigkeit wieder zu verlieren. Halt so kleine Dinge. »Zum Beispiel dein Leben nicht richtig zu nutzen?« Das ist auch eine meine Ängste.

»Ich glaube«, beginnt er nach längerem Nachdenken, »ich glaube, am meisten Angst habe ich vor dem Moment, in dem man merkt, dass die eigenen Eltern alt werden. Dass das Leben viel zu schnell vorbei war. Ich habe Angst davor zurückzublicken und zu merken, dass ich irgendetwas verstreichen lassen habe. Vor dem Moment, wenn die Eltern alt und irgendwann nicht mehr da sind. Davor habe ich am meisten Angst.« Ich betrachte die traurigen Linien um sein Gesicht und erinnere mich an alles, was er mir über seine ebenfalls getrennten Eltern erzählt hatte. Dieser traurige, tiefe Ausdruck an ihm ist für mich neu.

Irgendwann starte ich den Motor wieder, und wir fahren die Köhlbrandbrücke hoch. Die Brücke ist wie ausgestorben, es ist inzwischen halb drei nachts. Ich stelle das Cabrio mit Warnblinker auf der rechten Spur ab, gar nicht so ungefährlich, hier, wo die LKW sonst mit sechzig km/h über die Brücke brettern, und wir steigen aus dem Auto aus und stellen uns ans Brückengeländer. Vor uns diese riesige Schiffsstadt, die auch nachts nicht schläft. In der Ferne kann man die Elbphilharmonie erahnen und von den tanzenden Türmen auf der Reeperbahn sieht man die Discolichter in die Nacht schweifen. In der halben Stunde, die wir da stehen und Hamburg betrachten, müssen nur drei Autos auf die linke Spur ausweichen und unser stehendes und blinkendes Cabrio umfahren.

Um vier setze ich ihn wieder ab und fahre nach Hause. Man könnte es, wenn man in seinen Zwanzigern ist und auf so was steht, als schönstes, ungezwungenstes erstes Date der Welt bezeichnen. Und irgendwie weiß ich auch, dass es unser einziges bleiben wird.

Ein paar Tage später wage ich einen neuen Kontaktversuch, aber seine Oma ist im Krankenhaus und er gerade dafür nicht empfänglich. Das merke ich, auch ohne dass er mir das noch mal sagt. Also schreibe ich: »Ich hoffe, deiner Omi geht es den Umständen entsprechend ok. Sag Bescheid, wenn du quatschen willst oder Kajak fahren dich aufheitern würde«, füge einen Kuss-Smiley hinzu und schicke die Nachricht ab. Er bedankt sich mit einem, »Du bist toll, danke«, dann reißt unser Kontakt ab.

* * *

Ich glaube, dass das, was wir suchen, neben Abenteuern und Zuneigung manchmal auch nur Bestätigung und ein bisschen Aufmerksamkeit ist. Eine Freundin von mir, Marlene heißt sie, investiert Stunden, um sich mit Männern zu schreiben, aber trifft sich mit niemandem. Weil es ihr ausreicht, zu wissen, dass sie könnte. Ich schreibe kaum gerne zurück und lenke alles immer lieber direkt auf ein Treffen, um meine Zeit im Zweifel nicht zu verschwenden. Man kann das nicht pauschalisieren, jeder bringt seine Erfahrungen und eigenen Ambitionen mit, mögen die egoistisch sein oder nicht. Und alles ist immer wieder im Wandel. Irgendwie fasziniert mich das am Dating.

Ich versuche fortan, Gustav und seine nächtlichen Anrufe zu ignorieren. Ich habe letztens gelesen, dass man sich die menschlichen Beziehungen, die man lebt, selbst formt. Und wenn man will, dass etwas eine Freundschaft ist, kann und soll man das aktiv in diese Richtung lenken. Für alles andere gilt das auch. Ich habe mit Gustav in den letzten Wochen eine große Passivität gelebt. Er hat vorgegeben, wie viel Zeit er hat, wann er Zeit hat, wann er telefonieren möchte, wie das Ganze für ihn funktioniert, und ich habe mich angepasst. Bin nachts um eins noch wach gewesen, weil er Spätdienst hatte und ich wusste, dass er anruft. Ja weil ich seine Stimme hören wollte und unsere Gespräche geschätzt habe. Andersrum war ich aber nie in der Rolle, etwas zu fordern oder mal selbst vorzugeben, wann ich Zeit hatte und wann es mir passen würde. Ich war immer da, immer für ihn erreichbar. Aber ganz ehrlich: Da habe ich keine Lust mehr drauf. Warum soll nur ich mich anpassen? Ist meine Meinung zur Situation nicht auch entscheidend? Ist es egal, dass ich mich lieber tagsüber treffen und nachts gerne schlafen würde?

Seine zwischenmenschlichen Beziehungen aktiv mitzugestalten, ist auch Selbstschutz. Eingreifen, bevor man sich so sehr in eine Sackgasse manövriert hat, aus der man emotional nicht unbeschadet wieder rauskommt. So sehr ich ihn mag, ist es aktuell für mich das Beste, nicht mehr ranzugehen, wenn er anruft. Und damit die Zügel wieder für mich in die Hand zu nehmen. »Hey, wenn du quatschen willst, lass uns gerne für die nächsten Tage mal verabreden«, schreibe ich deshalb um zweiundzwanzig Uhr dreizehn und stelle dann mein Handy auf Flugmodus. Am Morgen darauf habe ich zwei SMS über verpasste Anrufe von ihm und keine Nachricht, die auf meinen Vorschlag eingeht. Was auch immer mit ihm los ist und warum auch immer er mich im echten Leben so meidet: Ich habe keine Geduld mehr dafür. »Er soll mich daten oder er soll es lassen«, erkläre ich die Lage Josy am nächsten Tag.

»Auf diese halben, schüchternen Dinge habe ich keine Lust. Er wird da noch jemanden haben – und wenn er seine Abende lieber mit ihr verbringt, bin ich damit völlig fein. Aber als nächtliche Ablenkung, wenn er ausnahmsweise ohne sie ist, will ich dann auch nicht herhalten.« Und sie nickt. Oder er hat niemanden und tatsächlich auf mich keinen Bock. Das ist nur meine Vermutung über ihn. Rausfinden werde ich es nie.

Seine nächtlichen Anrufe reißen nicht ab, aber ich stelle mein Handy weiterhin konsequent um dreiundzwanzig Uhr auf Flugmodus. Schlafe erholsam, wache morgens um sechs von alleine auf und bin bereit, ruhig und mit einem Spaziergang den Tag zu beginnen, ehe ich das Handy aus dem Schlaf hole und mir die verpassten Anrufe ansehe, die rapide weniger werden, dafür ab und zu eine Nachricht, immer belanglos und kein Eingehen auf meinen Verabredungsvorschlag. Ich will nur noch Freundschaft, aber nicht einmal das scheint für ihn eine Priorität zu sein, die in sein Leben passt. Ist in Ordnung für mich. Auch »nur« Freundschaft ist nicht immer von beiden Seiten gewollt.

* * *

Es ist Dienstag, Anfang August, es sind drückende dreiunddreißig Grad und laut Wetter-App soll es sich nachts nur auf zweiundzwanzig Grad abkühlen. Ab morgen soll es kälter werden. Das hier fühlt sich deswegen ein bisschen an wie ein vorerst letzter Tanz mit dem Sommer, auch weil ich gar nicht weiß, wie heiß es wirklich noch mal werden wird. Mir ist nach um die Häuser ziehen und die Nacht zum Tag machen, obwohl Dienstag ist, obwohl das alles andere als klug wäre, obwohl ich echt viel Arbeit auf dem Schreibtisch habe. Zu gerne würde ich den lauen Sommerabend bei Gustav auf dem Dach verbringen, der Sonne beim Untergehen zusehen, jeder eine Flasche Wein in der Hand. Ich frage ihn sogar bei WhatsApp danach, und die Nachricht hat direkt zwei blaue Haken. Dann Stille. Mit einer Freundin gehe ich bei ihm um die Ecke in Eimsbüttel was trinken, ihr Vorschlag, der mir aber gelegen kommt, falls er sich doch noch meldet. Aber das tut er immer erst zu spät. Den ganzen Abend schiele ich immer wieder auf meinen dunklen Sperrbildschirm und schiebe irgendwann genervt das Handy vom Tisch in die Tasche.

»Melde du dich doch einfach, wenn du irgendwann mal Lust auf einen Kaffee bei Tageslicht und ein richtiges Treffen hast«, tippe ich am nächsten Morgen und bin aus der Situation zumindest erst einmal raus. Das fühlt sich erleichternd an. Und ein bisschen wie Liebeskummer, von einer Liebe, die nie richtig begonnen hatte. Ich verliebe mich niemals in ein Aussehen, werde nicht angezogen von einem symmetrischen Gesicht oder einem perfekten Lebenslauf. Ich brauche keine Sicherheit und keine Zukunftspläne. Mir reichen Interesse, Ehrlichkeit, Bodenständigkeit und Respekt. Charisma ist toll. Ich brauche diesen ersten Witz, der mich in seinen Bann zieht, und generell Humor. Lachfalten, die Erlebnisse erzählen. Sympathie. In meinem Sommer voller Dates ist er der erste Mann, der mir richtig nah geht, ins Herz oder irgendwo daneben, und das soll auch für eine ganze Weile so bleiben.

verpasste chancen
und irgendwo dazwischen
worte, die fehlen
nicht greifbar
und dadurch schon wieder
viel zu interessant

Ohne echtes Interesse

August

Ich fühle mich ziemlich durchgeschüttelt und habe Probleme, mein eigenes Glück im Alltag wiederzufinden. Für mich waren die glücklichsten Tage dabei immer ganz normale. Unbesondere. Oft Sonntage im Sommer. Als ich meine Freundin Hera, neunundsechzig Jahre und meine ehemalige Nachbarin, zu ihren glücklichsten Tagen befrage, sagt auch sie: »Solche ganz normalen Tage im Sommer. Eigentlich sehr viele Tage. Wenn ich ein gutes Buch gelesen habe oder einfach mir ein leckerer Kaffee gelungen ist. Oder am Strand zu sein.« Sie ist so was wie mein älteres Ich – sie erzählt blühende Geschichten aus ihrem Leben, hat alle Jahre nur so genossen, liebt es, alte Fotos zu zeigen, auf denen sie sich auf Usedom oder Ibiza nackt am Strand aalt, jung und glücklich ist. Das war 1977. Eine ganz andere Zeit, ein anderes Leben, aber doch so gleich. Wir reden viel über Männer und Dates, ihre von damals, meine von heute. Ich liebe es, ihre weise Perspektive auf mein und auf ihr Leben zu haben, weil ich daraus so viel über sie und auch über mich lernen kann und sich Banalitäten wie dieser Liebeskummer wieder kleiner anfühlen, als würde ich ihn aus der Entfernung eines ganzen verlebten Lebens betrachten.

Die Tage vergehen, und ich finde mich mit dem Ende mit Gustav ab. Da ist immer noch dieses merkwürdig kribbelnde Gefühl, dass etwas zu Ende geht, bevor es angefangen hat, das ich schon bei Milan hatte, nur da lange nicht in dieser Intensität wie jetzt. Ich bin traurig und resigniert und nicht wirklich okay damit. Immer wieder versuche ich mir vorzusagen: *Dann hat es halt nicht sollen sein.* In meinem Kopf glorifiziere ich das, was zwischen uns nie war, bausche es auf und mache mich selbst und die Realität daneben ganz klein. Mit Festivals und Janne lenke ich mich ab. Fremde Gesichter, die in Massen an mir vorbeirauschen und nur ab und zu an Farbe und Fokus gewinnen. Aber einmal in diesen Rausch eingetaucht, haben wir eine wirklich befreiende Zeit.

Sein Zelt ist nicht weit weg von meinem, mittags haben wir Flunkyball in großer Runde gespielt, nachmittags haben wir uns am Strand bei der Katermukke-Stage tanzend wieder getroffen, und jetzt sehe ich ihn hier bei Hardwell. Wir sind auf einem Festival in großer Runde. Es ist Sommer. Mal einen Fremden küssen. Warum eigentlich nicht? Ich ziehe ihn zu mir runter und küsse ihn erst vorsichtig, dann knutsche ich ihn ab. Um uns tobt die Menge, ab und an kriege ich einen Ellenbogen ins Kreuz, der Boden staubt, mein Glitzer verrutscht von meiner Wange, meine Freundin neben mir lacht. Das hier fühlt sich so sehr nach Freiheit an.

»Hey, gehen wir ins Zelt?« Genau, er stupst mich eine Stunde später erneut aus dem Nichts in die Seite. Normalerweise verliert man sich auf Festivals ständig, wir dagegen treffen uns immer wieder. Vielleicht, weil er über zwei Meter und nicht zu übersehen ist. Es ist ein Uhr dreißig, die Party gerade in vollem Gange. Meine Freundin tänzelt neben mir umher, die Musik hier könnte nicht besser sein. Ich halte nur so lange wie möglich an vom Tanzen, weil er mich festhält, dann mache ich mich wieder frei und tanze weiter. Ich schüttele den Kopf. Wir haben doch nur ein bisschen geknutscht. Er zieht mich am Arm zu sich ran. Ich schüttele noch einmal den Kopf.

Nicht nur, weil unser Zeltplatz über tausendfünfhundert Meter weit weg ist.

Nicht nur, weil ich seit drei Tagen nicht mehr geduscht habe, sondern nur kurz im See war.

Nicht nur, weil ich ihn erst seit heute Mittag kenne.

Sondern vor allem, weil ich exakt in diesem Moment einfach keine Lust darauf habe, mit ihm in einem Zelt zu verschwinden. Nein. Ich habe an ihm kein Interesse. Und dann tanze ich weiter. Das hier fühlt sich so sehr nach Freiheit an. Das ist genau die Dosis Ablenkung, die ich für mich selbst gerade brauche. Nach vier Tagen Festival habe ich zurück auf der Landstraße den ersten Minibalken Handyempfang: Keine Nachricht von Gustav.

Ich arbeite, gehe mit Nils zum Sport und genieße den Spätsommer, beides gleichzeitig und ausgewogen, als mich Josy ein paar Tage nach dem Festival in ein Gespräch verwickelt. Wir sitzen wieder auf ihrer Dachterrasse, die ich ihr helfe neu zu bepflanzen, nachdem die Sonne weg ist und die Hitze immer noch in den Straßen klirrt. Milli macht eine Spätschicht in ihrer Agentur, deswegen gibt es heute nur uns zwei. Und Gismo, Josys struppigen Straßenhund, der um meine Beine läuft und sich an mich kuschelt.

»Wie ist das jetzt mit Gustav für dich?«, fragt Josy vorsichtig und gießt uns zwei große Wasser aus einer Karaffe ein.

»Ich glaube, am meisten stört mich, dass zwischen uns ja nie etwas passiert ist, weißt du? Ich glaube, das macht es am schwierigsten. Wenn wir es ausprobiert und uns sieben Mal getroffen hätten und danach beschlossen hätten, dass wir Unterschiedliches wollen, dann könnte ich das einfacher in meinem Kopf wieder abhaken. Es bringt mich ein bisschen aus der Fassung.«

»Denkst du, du warst in ihn verliebt?«

»Ehrlich gesagt, das weiß ich nicht. Ich kann das nach so viel Abweisung nicht sagen, dafür bin ich gerade zu verwirrt.«

»Dann warte ab. Irgendwann entknotet sich alles von selbst. Das ist immer so.«

* * *

Erst zwei Wochen später öffne ich die Tinder-App wieder. In der Woche darauf treffe ich dadurch auf Robin und auf Christoph.

»Und, was suchst du hier so auf Tinder?«, ploppt Robins Nachricht ganz oben auf. Das Match ist drei Stunden alt. Er sieht ganz nett aus, lieb irgendwie und so, als würde er nicht wirklich wissen, was er vom Leben will. Irgendein sicherer Beruf, am Wochenende bisschen feiern. Eigentlich habe ich dank Tinder eine ganz gute Menschenkenntnis entwickelt.

Ja, was suche ich eigentlich? Was antwortet man da drauf?

»Nichts soweit«, fange ich an zu tippen und lösche es wieder. Eigentlich ist das die Wahrheit: Ich suche nichts. Nichts Bestimmtes zumindest. Weil ich der festen Überzeugung bin, dass es falsch wäre, etwas wirklich zu suchen, dass ich mich nicht festlegen möchte, wonach mir ist, dass ich neue Bekanntschaften nicht direkt in eine Schublade stecken möchte und ich es viel richtiger finde, das Leben einfach auf sich zukommen zu lassen. Auch drei Monate später ist das immer noch meine Ansicht, eine, die sich immer weiter verfestigt.

Woher soll ich denn wissen, ob diese Person, mit der ich da gerade matche, meine nächste Bettgeschichte wird, die große Liebe oder einfach nur ein wirklich guter Freund. Was sich ergibt, hängt von Chemie und Situation ab. Also warum irgendwas suchen, wenn das Leben eh so passiert, wie es soll? Robin versteht das leider nicht. Ich durchblicke nicht, was er sucht, aber irgendwas scheint es zu sein.

Ich beginne mich zu langweilen und löse unser Match auf. Er ist eh aus Berlin, nicht aus Hamburg, und vermutlich bei meinem Besuch bei Janne in Berlin in meinen Matchstapel gerutscht. Eine halbe Stunde später habe ich eine Nachricht in meiner Inbox auf Facebook. Von Robin. Der mich über Google gestalkt hat, um meinen Nachnamen rauszufinden, dann über Facebook, um mir zu schreiben. Er ist traurig über das aufgelöste Match, hofft, dass es ein technischer Fehler war, hat mich jetzt deswegen extra gesucht und bringt noch einmal zum Ausdruck, wie gerne er sich mit mir verabreden würde. Das hier ist die sympathische Variante von Hartnäckigkeit, und ich weiß nicht, was mich überkommt, aber aus einer Laune heraus sage ich zu. Tatsächlich habe ich vielmehr ein schlechtes Gewissen, beim Matchauflösen erwischt worden zu sein.

Ich bin in der Woche darauf für ein Event in Berlin, habe ein flexibles Ticket für die Rückfahrt. Der letzte Zug zurück nach Hamburg geht zweiundzwanzig Uhr sechsunddreißig. Warum nicht noch die Chance nutzen und Robin kennenlernen? Ich bin auf dem Deck 5 an der Schönhauser Allee, eine Likör-Verkostung, über die ich schreiben soll, und Robin schlägt eine Bar an der Eberswalder Straße für unser Treffen vor. »Hast du Lust auf wirklich gute Gin Tonics? Kann den Berliner Brandstifter da sehr empfehlen …« Damit hat er mich.

Ich bin von der Verkostung schon ziemlich angetüdelt, als ich an der Eberswalder aus der U-Bahn stöckele und ihm unverhofft in die Arme falle.

»Du bist aber groß … für eine Frau«, ist sein erster Kommentar, nachdem er mich umarmt hat. »Wir sind gleich groß«, bemerke ich und zeige auf meine hohen Stiefeletten, »und ich schummle übrigens.« Meine Größe scheint sein Selbstbewusstsein doch ein bisschen zu knicken, und er tapst mit seinen 1,90 unsicher neben mir her, ohne zu viel zu sagen.

Unser Date ist nett, und wir unterhalten uns viel über die Hamburg- und Berlin-Unterschiede, er fragt mich, wie lange ich schon Single bin und wie viele Tinder-Dates ich dieses Jahr schon hatte. Ich erkläre ihm wahrheitsgemäß das Ende meiner Beziehung vom Anfang des Jahres – und flunkere beim Rest. Tut es wirklich was zur Sache, ob ich dazwischen vier, sieben oder zwölf Männer gedatet habe? Und sagt es etwas über mich aus, wenn es dreiundzwanzig waren? Sieht er mich in einem besseren Licht, wenn ich nur drei sage?

Dann erklärt er mir, dass er gerne datet und gerne neue Menschen kennenlernt, dass das ja nur den eigenen Horizont erweitere, dass man sich von jeder Person eine neue Idee mitnehmen könne, und mehr über die Welt oder aber über sich selbst lernt. Und ich denke mir nur JA! JA! JA! Also sind wir doch einer Meinung, was das angeht.

Ich berichte ihm von meinem spontanen Tattoo vom Juli, dass ich jetzt »5AM« am Handgelenk stehen habe, für diesen romantischen und magischen Moment, als Frühaufsteher morgens zum Sonnenaufgang die ganze Welt für sich zu haben, und er sieht mich fasziniert an.

Robin ist einfach nur süß. Kein klassischer Modeltyp, nicht diese Art Schönling, wie man sie sonst vielleicht auf Tinder findet, der das Dating-Game perfektioniert hat, dem höchstens nach Freundschaft Plus ist, sondern so ein ganz normaler Mann. Ein bisschen unsicher, mitten im Leben stehend, beruflich sehr ambitioniert, Brille und schlaksig groß. Ich habe ihn von der ersten Sekunde in mein Herz geschlossen, sehr platonisch allerdings. Irgendwann wird es ziemlich knapp mit meinem Zug, wir rennen, ich drücke Robin kurz an mich und hechte doch noch in ein Taxi, um den Weg abzukürzen. Am Ende des Abends sitze ich leicht beschwipst und gut unterhalten im letzten Zug zurück nach Hamburg. Den Anruf von Gustav ignoriere ich, während ich lächelnd mit Musik auf den Ohren aus dem Fenster in die Dunkelheit starre. Mit Robin erstirbt der weitere Kontakt, weil uns zwischen Berlin und Hamburg zu viel trennt, um das Dating fortzusetzen, und es vergehen drei Tage, eh ich der offenen Nachricht von Christoph in Tinder zurückschreibe.

Er: Luise … überragend … mir wird genau eine Gemeinsamkeit angezeigt und das ist Carlsberg! Was ein guter Start!!
Ich: Ich finde auch, das ist als gemeinsame Interesse absolut ausreichend. Wann gehen wir eins trinken?
Er: Samstag?
Ich: Bist du Samstag auch bei Tekkno Ist Grün?

Er ist bei genau diesem Open Air, und als wir durch die Menge aufeinander zusteuern, beschreibe ich in meinem Kopf diese Woche als Woche der süßen Spontantreffen. Ich frage ihn über lustige Tinder-Storys aus, weil ich inzwischen herausgefunden habe, dass dabei echt witzige Gespräche rauskommen, wenn man jemanden nach seinem bisher schlimmsten und schönsten Tinder-Date fragt. Natürlich kommt irgendwann die Frage nach meinem letzten Date. Die richtige Antwort wäre: Montag, Robin, auf zwei Drinks. Stattdessen sage ich: »Anfang August irgendwann«, und er nickt zufrieden und antwortet: »Bei mir irgendwann Anfang Juni.«

Meist die dritte Frage, nachdem man die Befindlichkeit, das letzte Tinder-Date und das »Wie lange bist du schon in Hamburg?« abgeklopft hat: »Was machst du eigentlich beruflich?« Er blickt mich erwartungsvoll an. Ich hasse diese Frage, das habe ich in den letzten Monaten gemerkt. Weil ich gar nicht weiß, was ich darauf antworten soll. Nur zu gut habe ich da ein ›Aber du bist nicht so etwas wie … 'ne Influencerin?‹ aus dem Mai im Kopf.

»Ich schreibe.«

»Ich leb von Instagram, und du so?«

»Ich berate Firmen in Social Media.«

»Irgendwas mit Medien.«

»Ich häng so online rum.«

»Ich bin Freelancer.«

»Ach, nichts eigentlich.«

»Frage ich mich auch den ganzen Tag!«

»Hauptsächlich 'nen guten Eindruck.«

… Ich habe quasi alles schon geantwortet. Weil es auch irgendwie alles stimmt, weil meine Selbstständigkeit ganz abwechslungsreich ist.

An dem Tag antworte ich Christoph, dass ich blogge und im Social-Media-Bereich arbeite, und er macht ein paar Witze übers Bloggen und dass er auch mal »was bloggen« will. Nach ein paar weiteren Sätzen verlieren wir uns wieder gegenseitig in der Menge. Das hier war nett, aber irgendwie auch belanglos. Ich glaube nicht, dass wir uns wiedersehen.

Als ich am Sonntag nach meinem dringend nötigen Mittagsschlaf aufwache, blinkt auf meinem Handy: »Habe deine E-Mail-Adresse rausgefunden und dir meinen Blogartikel zur Korrektur geschickt. Bitte um sorgfältiges Lektorat.« Die siebzehn Sekunden, die ich brauche, meinen Laptop und mein Postfach zu öffnen, bin ich mir sicher, dass er mich verarschen will. Dann sehe ich eine Mail von ihm, mit PDF. Drei Seiten lang. Er resümiert unser ultrakurzes Date, das eigentlich ja gar keines war, wiederholt alles, ich bewundere, dass er aus diesen sieben Minuten überhaupt drei Seiten Text erschaffen hat, und komme aus dem Lachen, Staunen, Lesen, Schweigen und Schwelgen nicht mehr raus. Mir hat noch nie ein Mann einen digitalen Brief geschickt, geschweige denn einen normalen. »Ist dir das nicht 'n bisschen zu viel?«, fragt meine Schwester, als ich ihr am nächsten Tag vom Brief und dem Treffen erzähle. Und sie hat recht: Das hier ist das Gegenteil von entspannt. In seinen Antworten merke ich zwischen den Zeilen immer wieder, wie ernst er unser Aufeinandertreffen nimmt. Bei WhatsApp sucht er den ganzen Tag meine Aufmerksamkeit und fragt nach, wenn ich nicht zurückschreibe. Zur Not mit einem einfachen Fragezeichen. Hysterisch archiviere ich immer wieder den Chat.

Aber mir schmeichelt auch sein Interesse und dass er sich überhaupt die Mühe gemacht hat, so auf unser Treffen einzugehen. Ich schlage also ein zweites Date für den gleichen Abend vor, wenn wir ehrlich sind vor allem auch, weil ich immer noch Ablenkung von Gustav suche. Morgen kommt meine Schwester zu Besuch, danach bin ich eine Woche beruflich auf Reisen. Weil das hier der letzte Abend für die nächsten zwei Wochen ist, um herauszufinden, ob das was mit Christoph ist, frage ich ihn, ob er nach dem Essen mit seinem Vater, von dem er mir natürlich berichtet hat, bei mir auf ein Bier vorbeikommen möchte. Er möchte.

Seine Stimme ist piepsig und er ein bisschen angetrunken und sehr nervös, als ich ihn über die Gegensprechanlage begrüße und hereinlasse. Und das bleibt auch so. Immer wieder kommen wir auf Gesprächsthemen, von denen ich einfach nur schnell wegwill. Er zieht mich mit meinen Videoinhalten und dem Influencer-Dasein auf, wenn ich schlagfertiges Kontra gebe, ist er beleidigt und macht schlechte Scherze auf meine Kosten. Wir nerven uns so richtig, harmonieren überhaupt nicht zusammen. Ein bisschen wie bei meinem zweiten Date dieses Jahr – als erst alles ganz wunderbar war, und sich beim zweiten Treffen plötzlich alles entzaubert hat. Dafür ist das zweite Treffen wahrscheinlich gut. Fürs: Sich-sicher-Sein. Ohne Aufregung, in einem anderen Setting.

Mit allen Erfahrungen der letzten Monate kann ich das hier mit einem viel leichteren Herzen beenden. Als wir an der Tür stehen, umarme ich ihn wie einen entfernten Bekannten, so wenig Körperkontakt wie möglich. Verabschiedung ja, aber keine falschen Signale. Aber dann: Ich merke, wie sein Gesicht meins sucht. Ich merke, wie er fest vorhat, mich heute noch zu küssen. Was er dann auch macht. So sehr ich versuche, mein Gesicht wegzudrehen und ihm auszuweichen, er trifft mich trotzdem irgendwo zwischen Wange und Mund. Ich stoße ihn darauf aus der Tür und die hinter ihm zu.

Meine Lippen brennen und ich gebe dem Bedürfnis nach, sie mit heißem Wasser abzuschrubben. Mal wieder muss ich mir eingestehen, in einem Moment nicht so reagiert zu haben, wie ich gewollt hätte. Ich war wieder wie versteinert. Ich habe nicht Nein gesagt, als ich seine Kussambitionen gespürt habe, ich habe ihn erst zu spät rausgeschmissen, ich war nicht vehement genug. Ich fühle mich wie nach meinem ersten Date des Jahres. Erwachsener, aber immer noch das gleiche, unbeholfene Häufchen Elend, das Küsse über sich ergehen lässt, das es nicht will.

Eine halbe Stunde später erscheint auf meinem Handybildschirm: »Tut mir leid, das war vielleicht etwas plump.« Wenn du eine Frau küssen möchtest, denke ich mir wütend, achte doch vorher auf die Zeichen, ob sie das auch will, ob das für den Moment gerade passend ist. Seine Nachricht lasse ich erst einmal unbeantwortet. Ich schlafe mit einem Faustschlag in der Magengrube ein. Am nächsten Morgen bleibe ich bis zehn Uhr im Bett liegen. Mir ist zu schlecht, um aufzustehen. Dieser Abend nimmt mich nachträglich mehr mit, als ich gedacht hätte. Als ich mich aufraffe, die Augen offen zu behalten und den Tag anzugehen, schreibe ich ihm: »Hey, war ein netter Abend gestern, aber ich glaube, das mit uns beiden passt nicht :).« Er antwortet postwendend: »Jepp, so ist es.« Ich lache kurz, weil es ihm wichtig zu sein scheint, das letzte Wort zu behalten. Ich archiviere seinen Chat. Und den von Robin und Gustav auch.

* * *

Am nächsten Morgen erzähle ich meiner Schwester von den zwei Dates diese Woche, die irgendwie beide gleichermaßen belanglos und abwechslungsreich waren, als sie gerade ihre Taschen in meinem Schlafzimmer verräumt. Wir waren viel Gemüse auf dem Markt und Schokolade einkaufen, und sie will drei Tage bei mir in Hamburg verbringen. Wir sehen uns nicht oft, aber wenn dann immer direkt ein paar Tage am Stück. Ich kenne keine Person, die ehrlicher zu mir ist als sie, und schätze ihre Anwesenheit deswegen sehr. Mit ihr bin ich gut drauf und ganz ich selbst, immer.

»Christoph und Robin. Und wie hieß der davor, Gustav? Und diesen Vincent siehst du doch auch noch ab und zu. Alles diesen Sommer. Hmm«, sie holt Luft. »Warum so viele Männer? Ich habe dieses Jahr nur einen Mann gedatet, einen, den ich immer noch treffe. Du legst ja echt ein krasses Tempo vor. Wieso so viele? Das wirkt alles so random für mich, als würdest du einfach nach dem Zufallsprinzip Leute daten, die eh nicht zu dir passen«, erschüttert meine Schwester meine Euphorie.

»Ja ein paar Dates waren das dieses Jahr schon, zumindest seit Sommer ist, vor Mai hatte ich keins. Ist doch interessant, Menschen kennenzulernen. Finde ich völlig okay. War ja jetzt nicht mal jede Woche einer.«

»Jede Woche einer? Alter! Völlig crazy. Bisschen verzweifelt. Als würdest du ganz dringend jemanden finden wollen, mit dem es halbwegs irgendwo passt.«

»Hmm? Nee. Ich will doch gar keine Beziehung …«, werfe ich ein. »Ich habe eigentlich nur meinen Spaß am Leben …«, aber sie hört nicht mehr zu.

»Nee, aber scheinbar musst du trotzdem ganz dringend jemand Coolen in deinem Leben haben, was auch immer du da willst, Freundschaft Plus oder so.«

»Was wäre verkehrt daran, durchschnittlich einen Mann pro Woche zu treffen, oder mehr oder weniger, oder jeden Tag einen, wenn man zu viel Zeit hat, was wäre daran so schlimm? Was wäre verkehrt daran, immer wieder interessante Gespräche zu führen? Ich meine, da habe ich über irgendetwas gefachsimpelt oder diskutiert, weiß über irgendetwas mehr – und wenn es sein Job oder das Universum ist –, oder aber ich weiß nach einem Date, was ich definitiv nicht suche, schule meine Menschenkenntnis oder lerne Selbstbewusstsein und traue mich zum Beispiel, ein Date abzubrechen. Ich meine, was wäre die Alternative – zu Hause sitzen und sich eine ruhige Zeit zu machen?«

»Das vielleicht auch nicht, aber man könnte es ja trotzdem langsam angehen lassen. Oder du suchst dir mal ein richtiges Hobby. Oder ein Ehrenamt. Daten ist nun wirklich keines. Du verschwendest deine Zeit.«

»Ich glaube, das siehst du so, weil die Suche für dich der Suche nach einem Partner gleicht. Weil auch in den Köpfen vieler Menschen noch gar nicht angekommen ist, dass es völlig okay ist, sich auszuprobieren, Menschen und ihre Gemeinsamkeiten und Unterschiede zu entdecken. Ja, ich hatte dieses Jahr vielleicht so zehn oder elf Dates. Klingt viel, war es gefühlt nicht, und in der Summe haben die mich alle extrem vorangebracht. Ich stehe mental ganz woanders als im Mai. Und außerdem: Wie geil ist es, mit Menschen, die man nicht kennt, über sein Leben zu reden? Jedes Gespräch geht in eine andere Richtung. Einer hat mich wieder ins Fitnessstudio geschleift, ein anderer hat mir eine Bar gezeigt, die inzwischen meine Lieblingsbar ist, ohne den letzten hätte ich nicht erkannt, dass ich nicht so selbstbewusst bin, wie ich dachte. Ich hatte einen grandiosen Sommer, bin um die Häuser gezogen und habe meinen Horizont …«

»Ja, ja, deinen Horizont erweitert. Bla Bla.«

»Ja, aber das trifft es halt. Aus der Komfortzone rauskommen, sich was trauen und auf einen Menschen treffen, auf den man ohne diese App oder dieses Date nie getroffen wäre. In Hamburg lernt man außerhalb seines Kreises keine Leute kennen. Sieh es als psychologisches Experiment – wie ich ein paar Männer datete und ganz viel über mich selbst herausfand. Das tut gut, wirklich sehr.«

»Und wie geht dieses psychologische Experiment dann aus?«, fragt sie belustigt zurück, wohlwissend, dass ich mich da ein bisschen in der Wortwahl vertan habe.

»Na irgendwie gut bestimmt, mal sehen.« Wir müssen beide lachen. Trotzdem habe ich erst einmal keine Lust mehr auf neue Dates. Und das ist okay so.

* * *

Der Himmel kündigt krachend ein heftiges Sommergewitter an, auf das die ganze Stadt schon seit drei Monaten hingefiebert hat. Hamburg ist so ausgetrocknet wie noch nie. Es ist gerade noch August, als die Hälfte der Blätter schon als trockenes Laub auf dem Boden liegt. Bei jedem Schritt, den ich mit meinen Flipflops bei achtundzwanzig Grad über bunte Laublandschaften laufe, raschelt und knirscht es.

Der Umschwung zum Herbst macht mich nachdenklich. Mit klarem Blick versinke ich in den Wogen der Alster und resümiere die letzten Monate. Ich habe gelernt, was ich will und was nicht. Bei den Dates mit Leon, mit Henrik und mit Sven im Frühling dachte ich noch, ich wäre nicht tough genug, direkt zu gehen. Wollte mich zu mehr Mut zwingen, zu mehr Ehrlichkeit und Direktheit. Inzwischen habe ich erkannt: Es ist okay, kein Arsch zu sein und nicht nach zehn Minuten aufzugeben. Es ist okay, der Typ Mensch zu sein, der anderen gerne ein gutes Gefühl gibt. Man muss sich auch mit mehr Erfahrung nicht zu etwas entwickeln oder zwingen, das man nicht sein will. Einmal wurde ich gegen meinen Willen geküsst. Und manchmal habe ich auch nichts gelernt, sondern einfach nur eine gute Zeit gehabt. So ganz ohne Lektionen. Es sind weiterhin sechsundzwanzig Grad, obwohl schon fast September ist.

Und nicht nur deswegen habe ich das Gefühl, dass mein Sommer noch lange nicht vorbei ist.

Für ein paar Wochen lasse ich die Dating-App zu und tauche kopfüber in den letzten Rest des Sommers ein, der uns einnimmt und mit sich trägt, zwischen Laubblättern und Herbst-Verheißungen, zwischen dicken Pullis am Morgen und nackten Füßen über der Alster in der Mittagspause. Ich hatte alle offenen Chats längst archiviert, alle Matches gelöscht, als ich tatsächlich jemand Nettes im Bus kennenlerne. Einfach so.

Mein Rucksack liegt auf dem Nachbarsitz, und ich räume ihn runter, als sich der Bus immer weiter füllt. »Ist hier noch frei?« Die typische Frage, die man immer stellt und immer gestellt bekommt, auch wenn man augenscheinlich allein unterwegs ist und kein Anrecht auf einen zweiten Platz hat. Er setzt sich und stöpselt seine Kopfhörer in die Ohren, ich starre weiter aus dem Fenster auf die Max-Brauer-Allee, die an uns vorbeizieht.

Plötzlich hält er mir sein iPhone-Display mit einer offenen Notiz vor die Nase. Ich bin kurz überfragt, ob er nur sein Handy schief hält oder ob er wirklich mich meint. Dann schiele ich länger hin. *Magst du den neuen Song von den Wombats?,* steht da.

Ich nehme ihm sein Handy aus der Hand und tippe in die Notiz, zwei Zeilen darunter: *Kenne ich noch nicht.*

Willst du mithören?, steht da wieder. Und ohne mir das Handy zu geben, tippt er weiter: *Keine Angst, die Kopfhörer sind auch neu.*

Inzwischen prasselt der Regen von außen gegen die Fensterscheibe des Busses. Ich sehe ihn an, nehme den ersten Augenkontakt auf und tausche die Kopfhörer so, dass jeder von uns einen in den einander zugewandten Ohren hat. *Turn* erklingt.

Kurz bevor ich in den strömenden Regen aussteige, schreibe ich in die noch immer offene Notiz: *Echt starker Song! Ich hör ihn zu Hause zu Ende. Danke.*

Namen oder Nummer tauschen wir nicht. Aber das hier war magisch. Und wir haben kein Wort miteinander geredet. Ich grinse den ganzen Heimweg über und füge den Song meiner Playlist hinzu.

Paul

September

Er: Melissa, wir hatten doch darüber gesprochen, dass du nicht immer ins Kinderbecken pinkeln sollst.
Ich: Hi Karsten, wo aufm Dockville biste gerade genau?
Er: Hier ist kein Empfang.
Er: Spotte dich nicht.

(später)

Er: Schade, dass wir uns nicht gesehen haben, Luise. Hätte gerne mit dir gequatscht. Wenn du mal in München bist, klingel durch.
Ich: Halt, Stopp!
Er: Wasn?
Ich: Du bist nicht aus HH?
Er: Nee, nur zu Besuch.
Ich: Das ist aber eine traurige Angelegenheit.

(später)

Er: Luisl, wir haben uns ja ewig nicht gehört! Ich hab das Gefühl, so langsam entfremden wir uns … wie ist die Lage im hohen Norden?
Ich: Ich hab auch schon völlig vergessen, wie du aussiehst. Ach, halt nein. Wir haben uns ja noch nie gesehen.
Ich: Aber eine wirklich wichtige Frage habe ich an dich.
Ich: Auf welchen Namen hört die Vespa da auf dem Bild?

Er: Traurig aber wahr, sie hat keinen Namen bisher… Vorschläge?
Ich: Gundula?
Er: Hahaha, Gundula taugt mir hart gerade.

Ich hatte die Tinder-App einige Zeit zu gelassen, nur kurz vor einem Festival reaktiviert, danach war sie direkt wieder in den persönlichen Tiefen meines Telefons verschwunden. Aber schon seit ein paar Wochen schreibe ich mit Paul. Wir hatten uns auf dem Dockville-Festival gematcht, uns drei Tage verpasst, den Kommunikationskanal verlagert, und ich hatte erst danach festgestellt, dass er gar kein Hamburger war, sondern aus München. Seither waren wir in Kontakt, updateten uns ein bisschen über unseren Tag und ich lernte durch ihn etwas über die bayrische Kultur, über Wörter, die mir völlig neu sind, und Redewendungen, die ich dringend in meinen Sprachgebrauch aufnehmen sollte. Es ist jetzt Anfang September. Der Sommer geht langsam zu Ende, ich habe gerade keine Lust auf neue Dates, aber ich mag es, hier und da von einer kleinen blinkenden Nachricht von Paul in meinem Alltag abgelenkt zu werden. Dabei kennen wir uns eigentlich nicht. Es ist ein bisschen, als hätte ich einen neuen Brieffreund gewonnen, nur dass unsere Briefe *GIFs* sind und nach dem Lesen blaue Häkchen haben.

Wenn man jemanden noch nicht getroffen hat, versuche ich eigentlich, den WhatsApp-Kontakt so sporadisch wie möglich zu lassen. Öfter matcht man jemanden, mit dem man nur das Wochenende in der Stadt ist, den man aber irgendwie verpasst, bis die Entfernungsanzeige wieder auf 265 oder 651 Kilometer rutscht. Meist lösche ich das Match dann, ich brauche ja keine platonischen Brieffreunde aus anderen Städten. Stell dir vor, du investierst zwei Wochen, um rund um die Uhr mit einer Person zu schreiben, triffst sie dann, und dann passt die Harmonie nicht. Man kann sich mit einer Person übers Texten noch so gut verstehen, noch so gute Gespräche haben, passen muss es im realen Leben dennoch nicht. Alles schon erlebt. Dann ist nicht nur die Enttäuschung umso größer, meist möchte man auch gerne die zwei Wochen Lebenszeit zurückhaben. Um dem zu entgehen – lieber direkt treffen, oder aber, wenn ein Treffen erst mit Zeitabstand möglich ist, den Kontakt auf Sparflamme halten. Ich habe für mich persönlich gelernt, dass ich damit meine Zeit am besten nutze und dass nur ein Treffen mir darüber verrät, ob mir jemand sympathisch ist.

Zwischen unserem Match Mitte August und unserem ersten Aufeinandertreffen Mitte September vergeht fast ein Monat, den Paul und ich zwischen kurzen Satzfetzen, raren Nachrichten, aber auch tagelanger Stille zubringen. Trotzdem habe ich Lust, ihn irgendwann mal kennenzulernen. Als ich spontan für die kommende Woche nach München beordert werde, um dort mein erstes Buch als Hörbuch einzusprechen, schicke ich ihm meine Münchenpläne direkt durch, und er ist hellauf begeistert und empfiehlt ein Hotel am Stiglmaierplatz. Silvia aus dem Tonstudio schreibt mir, dass ich pro Tag nur fünf Stunden einsprechen soll, um meine Stimme zu schonen und um eine gleichbleibende Qualität der Tonaufnahme zu gewährleisten. Das ist perfekt, weil das für mich viel Freizeit bedeutet, um München zu erkunden, um das Alleinreisen zu zelebrieren und um Paul zu treffen. Nach allem habe ich gerade wirklich wieder eine schöne Zeit, sowohl innerhalb als auch außerhalb meines Kopfes. Der September ist ein guter Taumel aus langen Freundschaften, aus Zukunftsplänen und einem Sommer, der in seiner Ausführlichkeit nicht zu überbieten ist.

Mein Job geht erst Montag um zehn Uhr los, aber weil ich von Hamburg nach München Zug fahren will, weil Flüge innerhalb Deutschlands ja nicht sein müssen, plane ich meine Anreise bereits für Sonntag.

Gegen frühen Sonntagnachmittag checke ich ins *Ruby Lilly* ein und schicke Paul meinen Standort, dann erkunde ich ein bisschen das umliegende Viertel und setze mich vor einem vegetarischen

Restaurant auf die Außenplätze in die Sonne und strecke mich aus. Eine motivierte und leicht angetrunkene Gruppe Männer nimmt mich ins Visier und versucht, mich zu sich an den Tisch zu holen. Was an anderer Stelle vielleicht ein wirklich nettes Gespräch geworden wäre, aber jetzt gerade schweige ich gerne, atme München ein und komme erst einmal hier an. Mir geht es gerade gut, so wie es ist, ich lehne lächelnd ab und vertiefe mich wieder in mein mitgebrachtes Buch von Hesse. »Jedem Anfang wohnt ein Zauber inne«. Hesse lese ich immer unheimlich langsam. Satz für Satz, und dann immer eine Pause.

Als es dämmert, packe ich zusammen und dusche mich, zurück im Hotel, kurz ab. Mit den Händen durch die Haare fahren, ein bisschen die verlorene Mascara nachtuschen. Sonntagabend-Dates sind meine liebsten, weil sie so viel Ruhe ausstrahlen, irgendwie ohne Erwartungen sind. Weil man an Sonntagen noch nicht mal eine Ausrede braucht oder eine unangenehme Abfuhr erteilen müsste, wenn man sich nach sechzig Minuten dazu entscheidet, zu gehen.

Sonntage bringen die Selbstbestimmung mit, die eigentlich jeder Tag in der Woche bräuchte. Oder denke das nur ich? Und während ich meine Zimmertür zuziehe und in den Fahrstuhl steige, entscheide ich, dass ab jetzt jeder einzelne Wochentag für mich ein Sonntag sein soll. Kein Druck. Nur Selbstbestimmung.

Paul wartet etwas abseits vom Hotel neben seiner Vespa. Gundula. Er ist größer und dünner als ich gedacht hatte, trägt eine dieser goldenen Hipsterbrillen, spricht tiefstes Bayrisch und bringt mich in den ersten drei Minuten schon sieben Mal zum Lachen. Ich nehme mir den zweiten Helm aus dem Vespa-Bauch und steige hinter ihm auf.

»Okay. Ich fahre und du darfst an jeder Kreuzung entscheiden, wo wir abbiegen. So zeige ich dir München.« Ich rufe von hinten immer wieder, »rechts, links, geradeaus!« in Pauls Ohr, habe dabei den Spaß meines Lebens und er manövriert uns sicher durch die leeren sonntäglichen Straßen. Es ist echt schwierig, sich auf einer fahrenden Vespa zu unterhalten, also schreien wir uns eher einsilbig an und beschränken die Konversation auf das Mindeste. Er parkt in Schwabing, und wir laufen zum Olympiapark, trinken Weißwein aus der Flasche und gehen spazieren, bis mir kalt wird.

Er fragt mich nach meinem Sommer, und meine Erzählung, gespiegelt in seinem Blick, haut mich dann ein bisschen um. Weil ich plötzlich, als ich laut von meinen letzten Tagen und meinem Sommer schwärme, mal wieder merke, was für eine unfassbar schöne Zeit ich aktuell habe. Dass der Liebeskummer von den ersten Monaten des Jahres verheilt ist. Dass ich spontan bin. Dass ich so viel ausgehe und verrückte Geschichten schreibe. Dass ich hier bei einem Date sitze und wirklich was zu erzählen habe.

Als wir vom Olympiaberg wieder runtersteigen, fragt er mich, ob er mich jetzt endlich küssen darf, und natürlich sage ich Ja. Mit der Vespa geht es noch ein bisschen durch München, bis wir über eine Stunde knutschend vor meinem Hotel stehen und ich ihn letztlich mit hochnehme. Wir schlüpfen durch die Glastür des Hotels und in Richtung Fahrstuhl – den offenstehenden Mund der Rezeptionistin registriere ich aus dem Augenwinkel. Es ist inzwischen null Uhr dreißig. Wahrscheinlich erinnert sie sich, dass mein Zimmer als Einzelzimmer gebucht ist. Auch am nächsten Morgen verspüre ich eine eisige Kälte und komische Blicke, als ich am Empfang ein paar Fragen zur Dachterrasse stelle und mir einen Cappuccino zum Frühstück bestelle.

So eine Situation hatte ich noch nie. Wäre es richtig, von selbst mein Zimmer an der Rezeption auf ein Doppelzimmer für den gesamten Aufenthalt upzugraden und die Preisdifferenz nachbuchen zu lassen? Immerhin hatte ich nur ein Einzelzimmer bezahlt, aber wir hatten zu zweit dort geschlafen. Und das hier ist ja auch München und nicht Ballermann. Aber wäre genau diese Nachbuchung nicht eine ganz schöne Bloßstellung, und ganz schön peinlich? Ich denke den ganzen Arbeitstag über dieses Dilemma nach und traue mich nachmittags kaum zurück zum Hotel. Keine guten Gefühle, die ich mit meinem Wohnraum in München zum Start meines Aufenthaltes hier verbinde.

Gefühle, die ich wegwische, damit sie mich nicht den ganzen

Tag belasten. Paul ist morgens um sechs Uhr los nach Hause und dann zur Arbeit, ich sitze lesend seit sieben Uhr geduscht und angezogen unten beim Frühstück, muss erst kurz nach neun ins Tonstudio.

Als ich nach Obst und Kaffee raustrete und den angespannten Morgen hinter mir lasse, holt mich diese Stadt mit einem Atemzug ab und nimmt mich in sich auf. Gegenüber bugsiert eine Mutter fröhlich ihre Großfamilie aus der Tür, in einem Café Richtung Hauptbahnhof räumen die Angestellten gerade Tische und Stühle auf die Straße, zwei junge Mädels schieben sich die Sonnenbrillen in die Haare, während sie sich in die Arme fallen. Erste Herbstblätter der letzten Nacht rascheln über die Straßen und knistern ein bisschen, als ich auf sie trete, während ich meinen Blick in den blauen Himmel strecke, der noch keine Sonne in die schattige Straße fallen lässt. Es sind morgens schon einundzwanzig Grad, die Wärme glüht auf den Bürgersteigen, und alles riecht nach Urlaub. Ich bin völlig wach und klar, bin zu hundert Prozent in diesem Moment und anwesend. Ein atemberaubendes Gefühl. Meine Sinne fühlen sich wirklich geschärft an. Paul lasse ich teilhaben.

Ich: Irgendwie mag ich die Luft in München.
Ich: Es riecht voll anders hier.
Ich: Nach Sommerurlaub irgendwie.
Ich: Als wäre das hier Portugal.

Ich mag die Siedlung mit den Einfamilienhäusern, in der ich später lande. Die Sonne knallt auf die Dächer und mein Kopf heizt sich auf, während ich auf den Stufen vor dem Haus mit der Nummer sieben auf meine Auftraggeber warte. Hier scheint sich im Souterrain das Tonstudio meines Verlages zu verstecken.

Nach ein paar Startschwierigkeiten und einigem Verhaspeln komme ich flüssig durch, bekomme Lob für meine klare Aussprache und meine Stimme. Ich fühle mich hier in München so gewollt, so gut, so gar nicht fehl am Platz. So wie ich mich in

Hamburg oft fühle. Noch dazu beflügelt mich die drückende Hitze.

Nachmittags und zurück aus Pasing schlendere ich zwischen antiken Buchläden hin und her, fühle mit dem Finger über die alten Buchrücken, aber begnüge mich mit der Lektüre, die ich noch in meiner Tasche habe. Den restlichen Tag liege ich im Gras vor dem Hauptgebäude der LMU und lese Hesse.

Paul würde das Date gerne um den Montag verlängern, aber ich verbringe den Abend lieber alleine im Hotel. Mir ist ganz arg nach einem Hotelabend im Bett mit Essen vom Lieferservice und Fernsehen und meinem Buch. Gerade läuft Wer wird Millionär. Ich schaue Fernsehen grundsätzlich nur in Hotels, hab keinen eigenen, deswegen sind solche Abende für mich etwas Besonderes. Meine Absage an Paul hat nicht mal einen besonderen Grund. Ich habe schlichtweg Lust auf einen Abend für mich und höre dabei voll auf mein Gefühl.

Am Dienstag treffen wir uns dafür nach der Arbeit wieder. Er schlägt den Starnberger See vor, aber ich will nicht so weit raus, will lieber in der Stadt bleiben, lieber Sonnenuntergang über München und vorher Vespa fahren. Findet er gut. Paul holt mich wieder ab, bringt mir wieder einen zweiten Helm mit, wir fahren durch München, er zeigt mir alles und erklärt ein bisschen, auch wenn es weiterhin wirklich schwierig ist, sich auf dem Roller zu unterhalten. Die Helme dichten alles ab, zusätzlich der Fahrtwind, wir müssen uns wieder anschreien, um uns zu verstehen. Immer wenn er sich halb zu mir umdreht, um beim Fahren in meine Richtung zu sprechen, verreißt er ein bisschen den Lenker.

Als der Himmel gegen neunzehn Uhr achtzehn anfängt, sich rosa zu färben, rasen wir in die Arcisstraße und parken neben der Technischen Universität auf dem Fußweg. Durch den nicht tapezierten, leeren Uniflur ganz hinten zum Fahrstuhl. »Und hier soll sich 'ne geile Bar verstecken?«, frage ich noch argwöhnisch, als er im Fahrstuhl schon die fünfte Etage drückt. »Warte ab.«

Wir treten raus in die Bar und dann auf die volle Dachterrasse. Ich kann meinen Augen nicht trauen, so schön zeigt sich der Himmel, der Sonnenuntergang hier. »Alter was?«, rutscht es mir raus, während ich meinen Blick nicht vom Himmel abwende. »Ich glaube, ich ziehe nach München.«

Er lacht und küsst mich. »Ja, mach mal. München ist wunderschön.«

»Ist es echt.«

Wir essen ein veganes Eis bei *Bartu* und setzen uns auf die Stufen der St.-Ursula-Kirche in Schwabing. *Cigarettes After Sex* schallt aus einer angrenzenden Wohnung. Gegen zweiundzwanzig Uhr dreißig bringt Paul mich mit der Vespa zurück zum Hotel, und wir verabschieden uns unten, weil ich noch an den Laptop muss. Weil mir der Abend so ausreicht. Alleine trotte ich an der argwöhnischen Rezeptionistin vorbei in den Fahrstuhl. Das war ungefähr das schönste Date, das man haben kann.

Der Mittwoch beginnt ähnlich: Sonnenschein, Sommergeruch, Wiesn-Vorbereitungen im Hotel, die volle S-Bahn nach München-Pasing, der kleine Bus in die Einfamilienhaus-Siedlung, der Sprecher-Job, der mir wirklich Spaß macht. Ich bin schnell und flüssig im Hörbuch-Einsprechen, es ist fertig, und ich muss am nächsten Tag nicht noch mal ins Studio. Also bin ich völlig bereit, die Nacht zum Tag zu machen.

Mit ein paar Mitarbeitern meines Verlages treffe ich mich abends im Löwenbräu-Biergarten zum Dinner, und wir tauschen uns über meine Sprecher-Aufgabe der letzten Tage aus, über gute Romane und Neuerscheinungen. Als ich mich im Anschluss für einundzwanzig Uhr mit Paul verabrede, habe ich schon drei Maß Radler intus, definitiv mehr als ich vertrage. Wir ziehen weiter in den *Augustiner Biergarten*, ich bleibe bei einer Russ'n-Maß, torkele schon ein bisschen durch den Biergarten, aber es ist ein schönes Gefühl heute: Das Bier ist lecker, die Münchener alle so freundlich zu mir und das hier der perfekte Abschluss eines verrückten Sommers. Ich trage meinen weißen Rock und Lederjacke zu weißen Chucks, und Paul mich den ganzen Abend auf Händen. Auf mein Anfeuern klauen wir unsere beiden Maßkrüge und schmuggeln sie ins Taxi, das uns zu *089* bringt, irgendeiner Bar, in der wirklich schreckliche Old-School-Musik läuft. Ich ziehe Paul zu 50 Cent auf die Tanzfläche, ohne dass er an der Bar noch seinen Whiskey Sour entgegennehmen kann, und tanze durch den Raum. Ich bin verliebt in diesen Abend, verliebt in München, in meine Reise alleine hierher, in die Chancen, die ich hier wahrnehme, einfach in die Tatsache, dass ich die Woche genau so verlebe, wie sie mir guttut. Mit mal Ja und mal Nein.

Paul hat eine dieser Memoryschaum-Matratzen, die nicht grundsätzlich grob hart oder weich sind, sondern einen so punktuell einsinken lassen. Ich fühle mich, als würde ich in einem weichen Sumpf versinken. Mir wird augenblicklich schlecht, nachdem ich mich neben ihn gelegt habe. Wie können Leute auf so etwas ernsthaft schlafen? Er grunzt wohlig, freut sich sichtlich darauf, die Nacht mit mir in seinem Arm zu verbringen. »Willst du 'nen Abdruck mit der Matratze machen, der dann mit Gips ausgegossen wird?« schnaufe ich in die Nacht hinein, und er drückt mich fester an sich.

»Hmm, die ist doch voll ergonomisch, passt sich halt an deine Körperformen an. Ich find die gut!« Auch das gehört wohl zum Dating dazu: Viel zu weiche Matratzen, auf denen man absolut kein Auge zubekommt, unbequeme Schlafhaltungen und mit offenen Augen durch die Dunkelheit an die Decke starren und sich fragen, wie man aus der Nummer wieder rauskommt. Währenddessen hält er meine rechte Hand fest mit seiner umklammert. Bleiben oder gehen? Da schlafen oder sich nachts noch aus dem Staub machen?

Ich verabschiede mich, als er fast eingeschlafen ist. »Mach's gut«, flüstere ich, küsse ihn auf die Wange, wehre seine Versuche ab, mich zurückzuziehen und schlüpfe an seinem Mitbewohner auf der Couch im Wohnzimmer vorbei in den Flur. Schuhe schnappen, Jacke schnappen, hab ich irgendwas vergessen? Hoffentlich nicht, Tür von außen zuziehen, viel zu laut. Rums. Es ist ein Uhr dreißig, als ich mich durch die Maxvorstadt auf den Weg zurück zu meinem Hotel mache. »War schön«, schreibe ich ihm noch. Und bin echt, mal wieder, froh, mich rausgetraut zu haben, statt vernünftig zu sein, und auch froh, als ich zurück im Hotel bin und mich wieder in mein Bett lege. Am nächsten Morgen geht kurz nach zehn mein Zug zurück nach Hamburg. Und ich weiß schon jetzt: Diese vier Tage Vespa-Fahren in München werde ich nie wieder vergessen.

Zurück in Hamburg fällt mir auf, mit welch offenem Blick ich inzwischen durch die Welt gehe. Ich nehme die Menschen in meinem Umfeld wahr. Mir fällt auf, ob sie lächeln, ob sie sich gegenseitig auf das gute Wetter hinweisen, ob sie noch die kurzen Sachen tragen, Ende September bei neunundzwanzig Grad, oder ob sie schon resigniert haben, ihre Herbstgarderobe rausgeholt haben, wider jede Temperatur. Wenn man Menschen genau beobachtet, kann man unfassbar viel über sie lernen. Ich fühle mich meinem Umfeld auf einmal wirklich nah, gar nicht fremd in dieser Großstadt. So, als wären wir alle eins. Ich finde das eine wirklich schöne Entwicklung. Und München ist schuld daran. Paul und ich bleiben in Kontakt.

```
münchen hat unheimlich viel mit mir gemacht.
ich bin lange nicht mehr – wenn nicht sogar noch
nie – mit so offenen augen durch eine stadt
gelaufen. habe alles aufgesaugt, mir ist so
viel aufgefallen – über die breiten fußwege, zu
den netten menschen, dem geruch der luft, der
architektur. das war so erfrischend, so fremd und
doch so vertraut, hier zu sein. so »wach« zu sein
und so zu genießen. ich habe die tage so gefüllt,
bin so viel gelaufen, habe so viel gesehen und
nebenbei aber alles intuitiv gemacht, hatte nie
einen plan, einfach immer nur mal losgehen und
gucken, wo man rauskommt. immer mit dem blick
auf die straße, auf die stadt, auf die menschen
statt runter auf den bildschirm.
ich war hier in biergärten, tanzen, viel essen,
auf dem dach der tu, war im schwimmbad, im
```

englischen garten, gefühlt bei jeder sehenswürdigkeit – und das alles, obwohl es doch eigentlich nur ein beruflicher trip war.
und dann noch dieses gefühl, eine stadt zu verstehen. für mich war münchen immer fremd, war zwar schon ab und an hier, aber habe mir nie die mühe gemacht, die stadt verstehen zu wollen. habe mich immer damit abgefunden, dass ich halt fremd bin. dieses mal sind mir so viele lichter aufgegangen – wie man wo hinkommt, wo welche viertel ineinander übergehen. doch, »wach« beschreibt meine letzten tage hier. das war verrückt. und so gut.

Intuition kann man nicht rational erklären

Oktober

Zurück in Hamburg, mit Umwegen über Ibiza und noch einmal München fürs Oktoberfest, lasse ich auch einen Gedanken in mein Bewusstsein, der schon eine Weile in mir in den Tiefen brodelt. Den, dass ich gerne noch einmal in einer anderen Stadt wohnen möchte. München ist vielleicht ein bisschen schuld daran, weil es mir gezeigt hat, wie leicht man das Leben zubringen kann, wenn man über den eigenen Tellerrand hinausguckt. Und wann, wenn nicht jetzt?

Nach vier Jahren in Hannover und vier Jahren in Hamburg fühle ich mich bereit, weiterzuziehen. Ich bin bereit für neue Abenteuer. So jung und ungebunden wie jetzt, werde ich schließlich nie wieder sein. Ich wäge deutsche Großstädte ab und beschließe, wenn ich aus Hamburg weggehe, dann gehe ich nach Berlin. Letztlich ist es nicht nur die gute Job-Situation im Medienbereich, nicht nur die neuen Möglichkeiten, die bereits bestehenden Bekanntschaften dort, sondern vor allem ein dumpfes Gefühl, dass mein Leben dort weitergeht. Weitergehen könnte.

»So jung kommen wir nicht mehr zusammen«, ist ein Spruch, den ich wahrscheinlich viel zu oft benutze. Aber ich liebe jedes Wort daran. Und in dem Moment weiß ich, dass das Leben und ich so jung ja nie wieder zusammenkommen. Dass ich jetzt machen muss, was sich in meinem Kopf an Ideen zusammenspinnt. So jung wie jetzt werde ich nie wieder sein, und wer weiß, wann ich je wieder so ungebunden wie jetzt sein werde. Mich packt die Abenteuerlust, mich selbst in einem völlig neuen Kontext auszuprobieren. Und die Frage: Wer bin ich selbst außerhalb meines gewohnten Umfeldes?

Ich bin ungebunden, Single, freiberuflich tätig, habe Freunde und Bekannte und Anknüpfungspunkte in beiden Städten, und es gibt nichts, was dagegenspricht. Ich kann weggehen und zurückkommen. Vielleicht ein Jahr ausprobieren und dann zurück nach Hamburg kommen? Ich mache mir tausend Gedanken und schlafe nächtelang kaum, schreibe Pro-Contra-Listen, rede mit Freunden, stoße auf mutmachende Worte, genauso wie auf Unverständnis.

Mama: Was machst du jetzt?
Ich: Nach Berlin ziehen, Mama.
Mama: Wieso das denn?
Ich: Weiß nicht, hab gerade mal Lust darauf. In 'ne WG.
Mama: Ah, und mit wem?
Ich: Mit einem vom Reiseleiterjob früher! Kenne ich seit über fünf Jahren.
Mama: Na dann.

»Ich könnte mir nicht vorstellen, einfach so umzuziehen, weil es mir spontan in den Kopf kommt«, sagt Milli mir ehrlich, »aber ich bin auch in einem festen Arbeitsverhältnis und ich liebe meine Kollegen und einfach das Leben bei mir in Ottensen.«

»Ich kann mir das auch nicht vorstellen, aber du bist selbstständig, du weißt am besten, wo es gute Projekte für dich gibt, also warum nicht?«, fügt Josy an.

»Ich komme ja wieder«, versichere ich ihnen, »ich will mich nur ausprobieren.«

Josy und Milli ermutigen mich, auch wenn das dann Liebe auf Distanz bedeutet. Janne freut sich unbändig. Ich hadere wochenlang oberflächlich, aber wenn ich ehrlich zu mir bin, steht meine Entscheidung schon längst fest. Denn immer wieder realisiere ich: Irgendetwas zieht mich da hin. Und ich wäre nicht ich selbst, wenn ich diesem Gefühl nicht folgen würde. Ehe ich mich versehe, schickt mir ein guter Bekannter, den ich in Spanien gesehen und dem ich gegenüber meine Berlin-Überlegungen mal erwähnt hatte, den Link zu einer großen freien 3-Zimmer-Wohnung in Berlin, Prenzlauer Berg. Völlig überteuert, aber wirklich schön. Ich schreibe die Kontaktperson zur Wohnung spontan an, und wir bekommen am nächsten Tag die Zusage und einigen uns auf eine gemeinsame WG. Dann soll es so sein. Dann jetzt wohl Berlin. Intuition kann man nicht rational erklären. Deswegen versuche ich das auch nicht.

fiktion oder wirklichkeit? zwischen realität und inszenierung taumeln wir, manchmal vergessend, wer das eine, wer das andere ich ist. oft tanzend, glücksmomente, vereinzelt, zu großer bedeutung bis in die ewigkeit festgehalten. himmel und zauber und überall liebe, aber dafür ist das hier doch auch eigentlich da. oder nicht? es nachfühlen können. freude, die sich vervielfacht. dazwischen der alltag. manches gezeigt, manches ausgeklammert, irgendwo unbewusst oder bewusst eine grenze gezogen. jeder für sich. und immer die frage nach der authentizität. keine vollständige transparenz, sondern ehrlichkeit, aber doch immer irgendwie geschönt. ich teile, was sich richtig anfühlt – freude, aber immer mehr als schlechte zeiten. ist das okay? ich denke: ja. authentisch ist es trotzdem. alles aber auch immer interpretationssache, und jeder sieht das, was er sieht, mit seinem eigenen filter. jeder in seiner eigenen wirklichkeit, der etwas eine eigene bedeutung verleiht, vielleicht seine eigenen gefühle oder erlebnisse draufprojiziert. Was ist hier zwischen all den fotografien also wirklichkeit? alles und nichts, irgendwie, und für jeden das, was er selbst daraus macht. weglaufen oder neue abenteuer befürworten? zuhause ist überall und nirgends. ist das etwas gutes oder etwas schlechtes?

Teil 2

Berlin

Ich glaube, ich könnte überall glücklich sein

»Wenn du jetzt hier nicht glücklich bist, wird dich Umziehen auch nicht glücklicher machen«, sagt er zu mir und guckt mich ernst von der Seite an. Mein Blick richtet sich starr geradeaus auf die Alster bei Nacht.

Gustav und ich sitzen im Cabrio nebeneinander im Dunkeln am Rand der Alster. Er hatte vor irgendeiner Botschaft rückwärts eingeparkt, um dann die Lichter auszuschalten und uns im Dunkeln zurückzulassen. Der Mond sieht nicht mehr aus wie eine riesige angebissene Zitrone, sondern ist gerade nicht viel mehr als ein weit entfernter, verschwommener Punkt. Wir hatten uns schon eine Weile nicht mehr gesehen oder gehört, ich hatte seine Anrufe ignoriert, aber jetzt, kurz vor meinem Umzug, ihm geschrieben. Eigentlich nur, um ihm zu sagen, dass Ende des Monats mein Mietvertrag ausläuft, in der Wohnung, in der wir uns drei Monate vorher über den Weg gelaufen waren. Kurz danach steht er mit einem *Drive Now* vor meiner Haustür.

»Aber das Ding ist doch – ich bin hier glücklich. Ich habe nur in mir ein Gefühl, dass mein Leben woanders weitergeht. Ich glaube, ich könnte überall glücklich sein. Wie schön ist das?« Ich glaube, dass wir in jeder Situation glücklich oder unglücklich sein können, dass nicht eine bestimmte Stadt, viel Geld oder eine Beziehung per se glücklich macht. Ich glaube, dass Zufriedenheit und dieses ruhige, stille Kribbeln von Glück immer in uns selbst anfängt.

Ohne auf meine Worte einzugehen oder meine Frage zu beantworten, sagt er: »Nein. Du läufst weg.«

Ich weiß, dass er mich nicht versteht. Mich gar nicht verstehen kann. Dafür tickt er viel zu unterschiedlich. Sein Kopf sieht die Welt anders. Und es gibt gute Gründe, warum das mit uns nie tiefer gegangen ist. Ich könnte tausend Worte verlieren, für ihn wäre das nur weißes Rauschen. Ich könnte mich euphorisch reinsteigern, für ihn wäre mein euphorisches Plappern ein hysterisches Geschwätz. Er versteht mich nicht, und ich ihn genauso wenig. Das ist okay. Weil ich inzwischen weiß, dass nur ich selbst in meinem eigenen Kopf stecke. Dass jeder von uns anders funktioniert. Er findet mich zu sprunghaft, ich finde, dass er zu viel kifft. Deswegen schweige ich und lasse ihn sinnieren. Ich höre kaum noch zu, steige aus seinem Auto aus und verabschiede mich ein letztes Mal.

Ich verkaufe mein Fahrrad, kündige die Fitnessstudio-Mitgliedschaft, entrümpele zwanzig Säcke mit Kram und miste zehn Säcke Kleidung aus. Nils hilft mir bei allem und umarmt mich fest zum Abschied. Zwei Wochen danach schließe ich in Berlin eine neue Tür auf, und Tage später schleppen zwei Umzugshelfer mein verbleibendes Hab und Gut fast vollständig von der alten Wohnung in Pöseldorf zu dieser anderen Wohnung in einer ganz neuen Stadt in Prenzlauer Berg in den ersten Stock. Alles bis auf eine Monstera-Pflanze, die beim Umzug geklaut wird.

»Ich hasse Berlin«, grummelt Marlene, als sie sich im Café neben mich fallen lässt. »Alle so unfreundlich und verschlossen. Was mache ich falsch?« Am Wochenende, als ich meinen Kram soweit gerichtet habe, sehe ich sie wieder. Wir waren zusammen zur Schule gegangen, sie hatte es auch nach Berlin verschlagen, also habe ich mich bei ihr gemeldet, sobald die ersten Kisten ausgepackt waren. Neu in einer Stadt nutze ich alle Verknüpfungspunkte und Kontakte, um hier anzukommen, treffe viele Leute, die ich seit Ewigkeiten nicht gesehen habe. Wir sitzen in einem Café bei ihr in Kreuzberg und starren auf eine Kreuzung.

»Vielleicht ist diese Stadt mehr als jede andere ein Spiegel von dir und deinen eigenen Bemühungen. Von deinem Inneren und was du bereit bist, gerade zu ändern – oder zu geben.« Sie ist davon nur schwer zu überzeugen. Ich erzähle ihr von meinem Umzug hierher und der Zeit davor, von den Erlebnissen und Abenteuern. Natürlich kommen wir auch auf das Thema, dass mich jetzt seit Mai beschäftigte: Die Höhen und Tiefen des Datings.

»Ich hatte nur ein Tinder-Date bisher! Ich war auf der Suche nach einer Beziehung, hat geklappt!«, triumphiert sie. Wir kennen uns schon lange, hatten früher mal ein Klassenzimmer und ab und zu eine Flasche Kirsch geteilt, sind grundverschieden, aber schon immer so ehrlich miteinander, dass es wehtun kann. »Haste einfach den Erstbesten genommen, oder was?«, hake ich also lachend nach, aber ihre Miene wird ganz ernst.

»Nee, der ist toll. Ich hasse Dates, wenn ich auf eins gehe, muss sich das schon lohnen. Ich will ja nicht ewig rumdaten. Und es hat sich gelohnt. Er ist toll!«, bekräftigt sie. »Und naja – ich war halt tatsächlich einfach auf der Suche nach einer Beziehung.« Es wird gerade um uns dunkel, wir sitzen draußen, haben uns ewig nicht gesehen.

»Echt? Du hast dir vorher gedacht: Mensch, jetzt 'ne Beziehung, das wärs?« Und ich meine es ironisch, aber tatsächlich nickt sie. Das bringt mich ins Stottern. »Ich habe mich nach einem neuen Partner gesehnt, ich wollte jetzt wieder eine Beziehung«, ergänzt sie in meiner Atempause. Dann finde ich meine Sprache wieder.

»Aber, wie kannst du auf der Suche danach sein? Du bist ja keine … Hellseherin. Ist es nicht schöner, das Leben auf sich zukommen zu lassen? Meinst du nicht, dass du alles damit in irgendeine Richtung zwängst? Meinst du nicht, dass du jeden neuen Menschen dann gleich durch 'ne beschlagene Brille siehst und ihn in eine Rolle drängst? Wenn du etwas suchst, kannst du ja gar nicht unvoreingenommen an etwas rangehen. Wenn du etwas suchst, dann ist das doch alles ganz verkrampft …« Marlene zuckt nur mit den Schultern.

Ich lege den Kopf schief, so als wäre er sehr schwer, hauptsächlich, weil er gerade versucht, ihre Denkweise zu verarbeiten. Weil mein Kopf versucht, dieses Willkürliche an ihrer Partnerwahl zu überhören, was für mich da mitschwingt. Weil mein Kopf nicht ganz mitkommt, wie man denn jetzt dringend wieder eine Beziehung haben will. Was genau macht das denn anders? Was genau macht das denn besser? Diese Frage hallt gefühlt ewig in meinem Kopf nach.

»Warum wolltest du eine Beziehung?«, hake ich weiter nach, absolut neugierig, und ihre Antwort kommt sofort: »Weil ich jemanden haben wollte, der immer da ist, auf den ich mich verlassen kann. Ich wollte nicht mehr alleine sein. Ich wollte endlich mal wieder jemanden haben. Du etwa nicht? Hättest du nicht gerne eine Beziehung?«

»Nein.« Ein winziger Sekundenbruchteil ist seit ihrer Frage erst vergangen, da steht dieses schwere Nein vor ihren großen Augen im Raum zwischen uns. Das kam ein bisschen schneller aus mir raus als beabsichtigt. Und sehr überzeugt. »Nicht unbedingt zumindest.« Aber es ist doch so: In jede Beziehung bin ich bisher aus Versehen gestolpert. Ich habe nie aktiv danach gesucht. Weil ich glaube, dass man dann betriebsblind für die restliche Schönheit des Lebens wird. Sich versteift. Ich stelle mir das Leben eher als einen glücklichen Taumel vor, alles mitnehmen, alles ausprobieren, und jeden Tag brandneu und unvergesslich machen. Ohne dabei irgendetwas zu suchen. Und überhaupt würde ich mir niemals anmaßen, selbst dem Leben vorwegzunehmen, was als Nächstes passieren soll. Während ich das erkläre, hört sie aufmerksam zu.

»Das heißt, du suchst nichts, gar nichts, nie? Auch nicht, wenn du dich bei Tinder einloggst? Du suchst nichts?«

»Was soll ich denn suchen, ich habe doch vorher nichts verloren. Meinen Schlüssel suche ich öfter panisch, aber auf Tinder liegt der nicht«, lache ich, und sie zwingt sich zu einem schiefen Grinsen. »Ich möchte einfach nur dazu ermutigen, so was aus den richtigen Gründen einzugehen. Und zwar weil es der eine ist. Nicht irgendeiner. Irgendeiner, der dir die Drinks spendiert und Komplimente zu deiner Figur macht, mit der du den ganzen Tag gehadert hast. Ich glaube, wenn man sich so auf etwas versteift, tendiert man schnell dazu, Liebe damit zu verwechseln, dass einfach endlich mal wieder jemand da ist, der einem Aufmerksamkeit schenkt. Und wenn ich das nicht brauche, anders habe, in mir habe, sind meine Augen viel offener, ob dieser andere jemand wirklich zu mir passt. Dadurch sehe ich die Leute richtig. Ich sehe sie, wie sie sind. Ohne diesen Beziehungs-Suchfilter«, versuche ich ihr mein Denken zu erklären.

»Ich bin halt in einer Beziehung einfach glücklicher. Ich bin ein Beziehungsmensch. Vielleicht bist du auch einfach nicht fähig, eine Beziehung zu führen«, schmollt sie und vergräbt ihr Gesicht in Schal und Kaffee. Ich ignoriere diesen Spruch, der schon sehr an mir kratzt.

»Aber, woher kommt das? Eine Beziehung kann ein Lebensweg sein, aber ist doch nicht die Grundlage von Glück. Nicht die deines Glücks.«

»Wachst du morgens auf und bist happy, auch wenn niemand neben dir liegt? Niemand, der dich in den Arm nimmt? Bist du an Silvester glücklich, ohne diesen Kuss um Mitternacht von der einen bestimmten Person? Und wenn du deine Eltern besuchst und wieder niemanden dabeihast, fühlst du dich nicht komisch?«

Ich sehe Marlene an, eine ganze Weile, weil in ihren Fragen so viel mehr steckt, und ich möchte sie stundenlang in den Arm nehmen und möchte ihr ein bisschen von dem Topf Glück abgeben, den ich alleine für mich angehäuft habe. Und dann antworte ich ihr und sage ehrlich das, was mir in den Kopf kommt: »Tatsächlich – habe ich noch nie darüber nachgedacht. Ich frage mich nicht morgens, wer da noch liegen könnte, weil ich das Bett voll ausfülle. Ich frage mich nicht, was an Silvester noch so sein könnte, weil ich damit beschäftigt bin, irgendwo in Jeansjacke auf dem kalten Bordstein zu liegen und mir das Feuerwerk anzusehen, über mein Jahr nachzudenken, all die Erlebnisse, die ich gemacht habe. Wir wurden alleine geboren, wir gehen alleine durchs Leben, ich verstehe nicht, woher das kommt, so schnell wie möglich jemanden zu finden, an den man sich ranketten kann.«

»Ist das nicht das Ziel? Willst du keine Beziehung haben? So generell?«

»Puh, ungern gerade. Ich bin überaus zufrieden damit, wie alles gerade ist. Was die Zukunft bringt, weiß ich nicht. Vielleicht werde ich irgendwann wieder in eine Beziehung reinstolpern, ohne danach zu suchen. Ohne es zu wollen. Weil dann irgendein Mensch vor mir steht, ohne den es nicht mehr geht. Aber wenn es nach mir geht, nee … nee. Boah. Gerade bitte nicht«, lache ich.

»Klar ist es schön, jemanden zu haben«, füge ich dann hinzu, als sie die Augen rollt. »Aber es ist genauso schön, niemanden zu haben. Das ist doch beides gleich super. Ich bin gegen dieses Krampfige. Gegen das Suchen. Gegen die Lieber-ne-Beziehung-mit-irgendwem-als-alleine-sein-Sache. Dagegen bin ich. Ich bin dafür, das Alleinsein geil zu finden, ich bin dafür, nichts zu suchen. Mit dem Kartendeck spielen, das man hingeworfen bekommt, feiern, was man auf der Hand hat, statt sich ganz zwingend und dringend ein anderes zu wünschen – oder zu suchen. Suchen, suchen, das Wort kann ich echt nicht mehr hören. Mal das Suchen verbannen und einfach mal bei sich bleiben. Du bei dir und ich bei mir. Ich hab doch immer schon mich. Und mit mir bin ich komplett vollständig. Ich habe mich immer überall dabei. Und wenn mich jemand auf Tinder fragt, was ich da suche, dann antworte ich ganz genau das. Dass man doch eh nicht weiß, was man sucht, bevor man es gefunden hat. Und wie viel ich an dieser Frage allein schon falsch finde. Dass das Leben nicht aus »Suchen« bestehen sollte. Dass eh immer alles anders kommt. Einfach mal alles loslassen, Erwartungen, Druck, Vorstellungen und 5-Jahres-Pläne. Das Leben sollte eine Reise ohne Ziel sein. Weil sich die besten Ziele immer erst unterwegs ergeben. Ich habe irgendwann mal versucht, mein Leben rückwärts zu verstehen. Und die Erkenntnis war immer: Alles kommt eh irgendwie auf dich zu, alles kommt schon irgendwie so, es ist Quatsch, sich da einzumischen. Und genau das ist doch irgendwie das Schöne daran …« Und ich strecke mein Gesicht in die Nacht und konnte nicht fassen, wie das Leben mit jedem neuen Jahr, mit jeder neuen Erkenntnis, einfach immer nur noch schöner wurde.

ich konnte gar nicht konkretisieren, was ich in meinen zwanzigern noch alles erleben wollte, aber ich wusste, dass ich es hier in berlin finden würde. all diese erlebnisse, all diese nächte, all die raststätten für meine rastlosigkeit.
und so nehme ich dieses abenteuer an und tauche ein. berlin.
die gewöhnlichkeit des alltages wird mit einigem abstand zu verzauberten erinnerungen.

Keine Männer, Keine Dates

November

Gerade erst in Berlin angekommen, steht ein lange gebuchter Mexikourlaub mit Janne an, den ich vor allem anfangs nur schwer genießen kann. Mein Kopf ist noch ganz woanders. Alles fühlt sich gerade zu schnell an. Viel Tequila, viel Guacamole, keine Männer, keine Dates. Nach dem Urlaub bin ich noch einmal zurück in Hamburg, um meine Wohnung final zu übergeben, und lasse direkt mein Handy von Sand und Meereswasser befreien, das sich an mexikanischen Stränden zwischen Backpacking und Hostels reingemogelt hatte. Das ist schon das dritte Mal, dass ich wegen des Rauschens auf meinen Videos runter in den Handyladen schräg unter meiner Wohnung stapfe. »Schönen guten Tag, mein Handy rauscht wieder, ich war deswegen schon mal hier. Könnten Sie das noch einmal für mich säubern?«, frage ich den Herrn am Tresen.

»Ja ja, ich weiß, wer Sie sind, und ich weiß, Sie sind immer sehr gestresst und in Eile, heute schaffe ich es leider nicht vor um zwei«, unterbricht er mich. Ich sehe ihn verdutzt an. »Oh. Eigentlich bin ich gar nicht in Eile. Um zwei ist perfekt.« Ich stehe lächelnd vor ihm, entspannt und braun gebrannt. Ich weiß nicht, ob es deshalb ist, weil ich relativ schnell rede oder weil ich nicht mehr als nötig und ohne Umschweife erzähle. Ich weiß nur, dass irgendetwas an seinem Bild über mich für mein Gefühl nicht stimmt. Ich will nicht gestresst sein. Ich habe mir noch nie Gedanken darüber gemacht, wie andere Leute mich sehen, denke mir auch bei anderen selten etwas dazu. Kategorisiere niemanden in »gestresst«, oder »ausgeglichen«. Das macht mir eine ganze Weile zu schaffen. Zurück in Berlin nehme ich deswegen die Hektik raus und atme durch.

Gemächlich packe ich mithilfe meiner Schwester meine letzten Kisten in dieser neuen leeren Wohnung aus. Ich hatte in Hamburg so gut es geht bereits ausgemistet und mich von altem Zeugs getrennt, einen großen Teil meiner noch tragbaren Anziehsachen gespendet. In meiner Hamburger Wohnung hatte ich zunehmend gemerkt, wie sehr ich mich einnistete, wie ich Zeug hortete und mich in meiner eigenen Unordnung verfranzte, war dem aber doch zu hilflos ausgeliefert, als dass ich was hätte daran ändern können. Der Umzug kam wie gerufen. Mit dem habe ich mir zwar auch neue Arbeit, aber ebenso eine gute Herausforderung aufgehalst. Ich fühle schon, wie mir leichter wird ums Herz, als ich in die gleichen Kommoden jetzt weniger Zeug verstaue, wie sehr mich das dann doch belastet hatte.

Niemand braucht doch siebenundzwanzig Stiefeletten, wenn es zwei tun, die wirklich zu den absoluten Lieblingsteilen zählen. Nur noch Lieblingsteile war mein neues Motto und ich betrachte zwei Stunden später zufrieden mein fertiges Werk. Aktuell galt das auch für Menschen, und ich rekapituliere das Gespräch mit Marlene von vor ein paar Tagen. Ich bin gerade und nach diesem Sommer sehr zufrieden. So zufrieden, so gerne Single, dass ich irgendwann den Moment verpassen könnte, es doch nicht mehr zu sein. Die Angst schwingt immer in mir mit. Die Chance dazu besteht durchaus. Die Tage vergehen. Berlin zieht nur so an mir vorbei.

Anspannung und Neuanfänge

Dezember

Er: Luisl, ich bin umgezogen! Kommst mal wieder rum?
Ich: Wie geht es der Matratze?
Er: Die ist der Killer. Hab ich ganz alleine in den vierten Stock geschleppt.
Ich: Die hätte ruhig beim Umzug verloren gehen können.
Ich: Das wäre für alle aktuellen und zukünftigen Sexfreunde eine große Freude gewesen.
Er: Bisher waren alle immer ganz happy. Fandst du die echt so schlimm?
Ich: Teil doch mal anonyme Feedbackbögen aus.
Ich: Damit die Wahrheit ans Licht kommt.
Er: Kannst du nach M kommen und dich mit auf meinen Memoryschaum legen?
Ich: NIEMALS!
Ich: Nicht mal für sehr viel Geld.
Er: Come on.
Er: Fünfzig Euro.
Er: Den Rest brauche ich für Weihnachtsgeschenke.

Mit Paul hatte ich den Kontakt seit September in München aufrechterhalten. Wieso, wusste ich eigentlich nicht. Wir hatten nicht vor, uns noch einmal zu sehen. Aber ich erinnere mich zu gerne an unsere vier Tage in München zurück. Inzwischen ist Dezember. Eigentlich waren die letzten zwei Monate und mein »Neu-in-Berlin-Sein« nicht so, wie ich es mir vorgestellt hatte.

Die Adventstage zehren an meinen Nerven, das WG-Leben ist neu für mich, die Stimmung in der Wohnung sehr kühl. Die letzten Tage hier waren aufreibend. Ich mache mir ein Rotweinglas voll Gin Tonic fertig und danach noch ein zweites, auch wenn ich nicht plane, heute noch wegzugehen. Ich mag das duselige Gefühl, das es mir gibt, dass es meinen Kopf in Watte packt und ich nicht über die ganzen Gefühle nachdenken muss, die immer wieder in mir hochkommen und die ich verdammt noch mal einfach nicht einordnen kann. Tatsächlich lässt es mich mit jedem Gin Tonic weniger fühlen und mehr leben. Schweben in Schwerelosigkeit. Über den Dingen, über den Gefühlen, die so für eine Weile nicht gefühlt werden muss, über all dem Erwachsensein und der Ernsthaftigkeit.

Die ganze Woche über bin ich so müde, dass ich morgens um acht im Café an meiner Ecke nicht daran denke, den Latte mit Hafermilch zu bestellen, und einen normalen vor mir habe. So müde, dass ich am Esstisch auf meinem Laptop einschlafe, so wach, dass ich nach Einbruch der Dunkelheit drei Stunden durch mein Viertel streife. Durch die zerrissene Jeans werden meine Knie dabei zu bläulichen Frostbeulen.

Es ist der erste Tag seit ich in Berlin wohne, an dem ich mich wirklich einsam fühle. Während ich durch die gepflasterten Straßen von Prenzlauer Berg stapfe und Jules Ahoi & the Deepsea Orchestra meinen Kopf von innen aushöhlen, merke ich, wie doll es in meinem Herzen gerade zieht. Wie schwer ich diesen Tag nehme. Es ist schwierig, mich vom Alleinewohnen auf das WG-Leben umzustellen. Ich glaube, dass man sich alleine wohnend in seinen Gewohnheiten und Routinen sehr festfährt, und genauso fühlt sich das bei mir an. Ein bisschen wohnt in mir eine Rentnerin, die um fünf Uhr aufsteht und elf Uhr fünfundfünfzig das Mittagessen auf dem Tisch stehen sehen will. Nur dass das Mittagessen für mich die Ruhe und das Alleinsein waren. Ich hatte mich da in meinen Routinen eingelebt.

Mein Chaos steht immer wieder zwischen mir und meinem neuen Mitbewohner. Ich lerne viel über mich. Ich will Berlin und diesem Neuanfang eine Chance geben, aber das hier alles macht es mir nicht leicht. Ich verkrieche mich lieber in meinem Zimmer. Vielleicht ist das ja nur der Dezember? Mein Mitternachtskuss ist am letzten Abend des Jahres irgendwer auf meiner Silvesterparty. Danach liege ich eine Weile auf den eiskalten Steinen und schaue in den Himmel. Wenn man auf dem Boden liegt, sieht man nur Feuerwerk, keine Menschen. Für das neue Jahr wünsche ich mir noch mehr Abenteuer.

immer, wenn man etwas loslässt, bekommt man ein stück von sich selbst zurück.
immer, wenn ich meine steuererklärung für den monat zusammengetragen habe, muss ich schon wieder von vorne anfangen. immer, wenn es morgens hell wird, wird es eigentlich auch direkt schon wieder dunkel. berlin, du bleibst so wie du warst, aber wirst im winter in allem so viel extremer.
immer, wenn ich auf dem fensterbrett sitze und auf die kreuzung vor unseren fenstern schaue, wo gegen 23:47 uhr nur noch taxen unterwegs sind.
im dunkeln fühle ich mich hier an der scheibe sicherer, als wenn die sonne sich durch das glas und mich bricht.
der Januar verspricht dunkelheit.

Unterm Lichtermeer

Januar

»Eine schöne Geschichte. Was für den Kopf gerne«, erzähle ich dem freundlichen Menschen in diesem Buchladen, der bis unter die Decke vollgestopft ist mit ungefähr jedem Buch, das jemals erschienen ist. Nur das, was ich in dieser ersten Woche des neuen Jahres eigentlich lesen wollte, hat er nicht da. *Vom Ende der Einsamkeit.* Was ähnliches wie Wells? Er drückt mir Suter und Irving in die Hand, jede Menge verschiedene Geschichten, *Lila Lila* ist sein Favorit. Plötzlich ist schon Januar. Ich entscheide mich für *Der Koch* und *Vincent*, Kopffutter für die ersten zwei Wochen in 2019. Weil jede Woche ein neues Buch vielleicht, triumphierte ich beim kläglichen Versuch, doch noch ein Ziel, eine Aufgabe für 2019 zu finden, aber er winkte ab: »Quatsch, Suter liest man locker weg, dit hast du in nich mal zwee Tagen durch.« Bei ihm klang ein Buch auszulesen wie ein angefangenes Getränk auszutrinken. Schlürf, schmatz, fertig. Dabei hatte ich im letzten Jahr Mühe gehabt, überhaupt irgendetwas zu beenden, konnte mich nur schwer konzentrieren, erst recht nicht auf ein Buch die Woche. Kaum eine Lektüre hatte mich wirklich gefangen – oder ich wollte mich einfach nicht fangen lassen. Mein Kopf woanders, nicht bereit, mich einzulassen. In vielerlei Hinsicht. Aber in Berlin entschleunigt sich das gerade alles. Mit diesem Neuanfang hier nehme ich auch ein bisschen das Tempo raus. Ich habe wieder den Kopf frei dafür, um in andere Welten und Bücher zu entfliehen.

Für den Sonntag verabrede ich mich mit vier Frauen, die ich auf meiner eigenen Silvesterparty kennengelernt habe. Jemand anderes hatte sie eingeladen.

»Haben Sie veganen Kuchen?«

»Der vegane Schokokuchen ist aus, haben nur noch die ganzen normalen.« Die Frau vor mir, zwei Köpfe kleiner, wischt sich die Hände an ihrer weißen Schürze ab.

»Dann nur eine Rhabarberschorle, danke!« Mit einem riesigen Glas, das bei jedem zweiten Schritt überschwappt, bahne ich mir durch das brechend volle Café einen Weg zu den Mädels. »Wilde Renate gestern«, plappern sie, »bis morgens halb zehn«. Es ist nachmittags, gerade einmal fünfzehn Uhr, alle sitzen fit vor mir, als wäre nichts gewesen. Mein »Wann habt ihr geschlafen?«, verkneife ich mir. Das sind wohl nur Fragen, die man stellt, wenn man neu in Berlin ist und das System noch nicht so richtig verstanden hat.

Lola links von mir schlägt sich mit zwei geschickten Bewegungen die langen schwarzen Haare zu einem riesigen Dutt auf und hört währenddessen keine Sekunde auf zu reden. Ich bin seltsam fasziniert von dieser völlig zusammengewürfelten Gruppe junger Frauen. Berlin hat sie zusammengebracht. Sonst haben sie nicht viel gemeinsam. »Die wollte den ganzen Abend Keta von mir kaufen. So wie der meine Strumpfhose befummelt hat, dachte ich, er wäre voll auf LSD. Hab ihn dann gefragt, er sagt MDMA. Und dann bist du so drauf Bruder, dein Ernst?« Ihr Lachen ist tief und erinnert mich an das Röhren von einer Maschine. Ich bin von ihr angezogen, positiv von ihrer Erscheinung und negativ zugleich von den ganzen Drogengeschichten. Und ich weigere mich, dass solche Geschichten in Berlin dazugehören sollen. Deswegen werde ich stumm.

Das blonde Mädel rechts von mir, Maja heißt sie, verstummt genauso. Sie hat später auch noch ein Tinder-Date, wie sie mir erzählt, als ich dann noch mal etwas sage und sie nach ihren Abendplänen frage. Ich beobachte sie. Nach dem Kaffee noch ein Tinder-Date scheint bei ihr ein bisschen wie »Ich geh noch eben einkaufen« zu sein. Sie nimmt das Leben leicht und locker, ihre Unabhängigkeit scheint für sie eine Selbstverständlichkeit. Ich will mir viel von ihr abschauen. Sie hatte bisher drei Dates hier. Sie wohnt seit zwei Wochen in Berlin. Dass sie auch datet, dass ich hier date, dass wir beide neu sind, ich fühle mich sehr positiv ertappt und mich mit ihr irgendwie verbunden. Als wir aus dem Café stolpern, sind ringsum im Prenzlauer Berg die Lichter angegangen, Lichterketten, die quer über die Straßen gespannt sind, ein Rest Weihnachtsdekoration hier und da. Es sieht heimelig aus. Unter dem Lichtermeer zünden wir uns einträchtig jeder eine Zigarette an.

Tim

Ich: Hey Tim, wie geht es dir?
Er: Oh Hi, ich freue mich über deine Nachricht. Ganz gut, Silvester gut überstanden?
Ich: Geht, war bisschen doll. Bei dir?
Er: Ich war in Madrid, war so lala.
Er: Ich sehe, du bist neu in Berlin? Was willst du hier sehen?

Mein erstes Tinder-Date im neuen Jahr und in dieser neuen Stadt ist Tim. Mir fällt auf, dass vor keinem meiner Dates das Gespräch bei Tinder vorher von mir begonnen wurde, also schreibe ich ihm. Schritt für Schritt ein bisschen selbstbestimmter. Es ist der sechste Januar, auch noch ein Sonntag, eiskalt, und er hat mich trotzdem überredet, nach zwanzig Uhr noch für ein Bier vor die Tür zu gehen. Na gut.

Als ich noch alleine gewohnt hatte, schloss ich mich gerne mal für ein paar Tage ein und machte mein Ding, las, schrieb, räumte auf, schaute Serien, verließ nur zum Gassigehen kurz das Haus. In Pyjamahose. Jetzt in dieser WG setzt mich das Zusammenleben mit jemandem herb unter Druck. Da kann der Mitbewohner nicht einmal was dafür. Aber beim Zusehen, wie aufgeräumt und motiviert er sein Leben verbringt, fühle ich mich gezwungen, mich zu duschen, das Haus für mehr zu verlassen als den Gang an die nächste Laterne, mich anzuziehen und mich mit Leuten zu verabreden. Auch wenn ich viel lieber in der Wohnung sitzen und heulen würde. Einfach so, ohne Grund. Er will ankommen hier in Berlin und tut alles dafür, neue Menschen in sein Leben zu lassen und ich nehme mir ein Beispiel. Er tut mir gut. Das WG-Leben tut mir gut.

Also male ich den Lidstrich noch ein bisschen dicker als sonst, ziehe den Glitzerrock und die Stiefel an und trete vor die Tür. Marschiere durch die Kälte meines Kiezes, kaufe wieder Zigaretten, Lucky Strike rot ohne Zusätze, für sechs Euro vierzig am nächsten Späti. Das wird meine letzte Packung sein. Auf dem Weg zu unserem Bierdate auf der Eberswalder Straße komme ich an ungefähr siebzehn Falafel- und Dönerläden vorbei, einer kratzt dann doch an meinem Interesse, weil mit veganen Falafeln geworben wird. Sind die nicht immer vegan? Egal, ich gehe rein. Ich habe noch zweiundzwanzig Minuten Zeit bis zum Date und echt großen Hunger. Beschwingt laufe ich rein und scanne kurz das große Leuchtmenü über der Theke. »Falafel bitte«, murmele ich dann, ich weiß ja eh, was ich will. »Pita oder Wrap?« »Ähm, Wrap?«

»Setz dich ruhig kurz, ich mache die Falafel ganz frisch. Und nimm dir ruhig einen Tee, ist frei«, ermutigt Ferhat mich. Ich verneine dankend. Weil ich nicht weiß, ob mir der Tee schmeckt, weil er doch vielleicht bitter sein könnte, und weil ich auch keinerlei Ahnung habe, wie man dieses silberne Gerät bedient, das original wie aus einem Aladdinfilm aussieht. Mein Nein kränkt ihn. Er kommt um die Theke rum, fragt mich, ob ich neu hier bin. Hier in Berlin? Hier im Falafelladen? Er grinst, und auf seinem noch jungen Gesicht bilden sich jede Menge Lachfalten. Ich antworte einfach ja, und er erklärt mir. »Schau, das hier oben ist Schwarztee, je nachdem, wie stark du es brauchst, füllst du ungefähr so viel in das Glas. Dann Zucker und dann erst heißes Wasser. Aus diesem Hahn hier unten.« An der Theke staut sich die neue Kundschaft, er ruft etwas Unverständliches in die Küche, dann tritt jemand anderes an die Theke. Ferhat bleibt bei mir am Tisch neben der Teemaschine sitzen. Wir haben eine der besten Unterhaltungen. »Wieso sind alle in Berlin so nett?«, frage ich ihn erstaunt, er lacht nur. »Dit is Berlin. Willkommen«, und prostet mir zu. Zu meinem Date komme ich zehn Minuten zu spät.

Tim, der sich auf Tinder nur TM nennt, sieht genauso aus, wie ich ihn mir seinem Profil nach vorgestellt hatte. Wir treffen uns im *An einem Sonntag im August* auf der Eberswalder, und ganz ehrlich, wenn ich eine Bar aufmachen würde, ich würde sie ganz genau so nennen. Dieser Name ist einfach nur Perfektion.

Tim ist groß und schlaksig, wie er da wirklich gut aussehend vor der Bar an der Eberswalder Straße wartet, die ich vom Date mit Robin aus dem letzten Sommer wiedererkenne (was für ein Zufall bitte?). Mit meiner heißen Falafel in der Hand stehe ich vor Tim und esse auf. Es ist eiskalt, meine Finger frieren ab, und für vor einem Date ist meine Essenswahl nicht die beste. Ich glaube, ich stinke nach Zwiebeln.

Wir setzen uns ans Fenster, er überlässt mir den Vortritt bei der Bestellung, und ich ordere ohne ihn anzusehen zwei Hausbier. Endlich mal muss ich bei der Frage, ob ich viele Dates habe, wann mein letztes Tinder-Date war, die Wahrheit keiner versteckten Erwartungshaltung anpassen, die wie ein kleines Urteil in so einer Frage stets mitschwingt. Monate her. Ich habe mir die Worte meiner Schwester aus dem letzten August vielleicht ein bisschen zu Herzen genommen. Es gab im letzten Sommer eben die Zeit, in der viele kurzweilige Gespräche mich bereichert haben. Jetzt wollte ich lieber weniger daten und besser auswählen.

Tim und ich verstehen uns gut, er fragt, ob ich rauche, ich flunkere lachend, und wir zünden uns im hinteren Teil der Bar jeder eine an. Ich eigentlich nur, damit mein Zwiebelgeruch weggeht. Er fragt viel, ich ein bisschen zu wenig, er sieht unschuldig aus, ich bin nervöser als sonst und erzähle ein bisschen zu viele Geschichten, die man beim ersten Date auch noch für sich behalten könnte. Mit seinen 27 ist er so alt wie ich und damit ein bisschen zu jung für meinen Geschmack. Die besten Dates hatte ich rückblickend immer mit Männern, die die 30 schon überschritten hatten.

Ich erzähle von unserem Mexiko-Urlaub, dass wir zwei Tage vor meinem Geburtstag hingeflogen sind und zwei Tage nach Jannes Geburtstag wieder zurück, und uns dazwischen die beste Zeit gemacht haben. Für ein Abstecken des Zeitraumes im

November nenne ich kurz die Daten und erzähle von diesem erst sehr witzigen und dann sehr beschissenen Geburtstag. Vom Reinfeiern im Hostel, von der Tequila-Flasche, die Janne von der Bar mitbekommen hat, um den Leuten Shots in den Mund zu kippen, von ihrer Coyote-Ugly-Performance, vom schlimmsten Hangover am nächsten Tag, von einem Geburtstag, an dem ich nicht mal die leckeren Tacos vom Straßenrand runterbekommen, sondern siebzehn Stunden durchgeschlafen habe.

»Wann hast du?«, fragt er noch mal ungläubig nach.

»Am achten.«

»Ach, was.« Er holt seinen Perso raus, zeigt ihn mir.

»Ach was«, rufe ich, merke mir unauffällig mit einem abschweifenden Blick seinen Nachnamen und werde dann noch erstaunter: »Auch 1991? Das ist ja exakt der gleiche Tag, was?«

Wir starren uns minutenlang verwirrt in die Augen, so, als wären wir in irgendeinem Paralleluniversum eigentlich ein und dieselbe Person oder seit der Geburt getrennt, Zwillinge, aber zumindest so, als wäre das hier gerade das Zeichen gewesen, auf das wir unser ganzes Leben gewartet haben. Eine kurze telefonische Nachfrage an seine Mama nach der genauen Uhrzeit ergibt, dass ich gut fünf Stunden älter bin.

Nach unserem Treffen, meinem ersten Date hier in Berlin, stehen wir noch eine Weile an der Haltestelle der Eberswalder Straße. Hier, dieser Netflix-Film, *Fucking Berlin*, fange ich an, während es verdammt kalt in mir wird. »Wurde der nicht hier gedreht? Sitzt sie nicht irgendwo an einem Fenster und guckt auf genau diese U-Bahn-Station?« Natürlich hat er ihn gesehen. Wir tippen, welches Haus das gewesen sein könnte. Zwischen perplex und echt zueinander hingezogen, was am vielen Bier liegt, aber auch an diesem seltsamen Zufall, kichern und reden wir und stehen später knutschend vorm Dönerladen um die Ecke. Er war noch etwas essen, ich hatte ja schon meine Falafel, zurück in der Kälte draußen habe ich mich kurz an seinem Oberkörper festgehalten, ihn umarmt, weil mir kalt war und mein betrunkener Kopf kurz

Halt brauchte, und er so schön und groß vor mir stand. Nach drei intensiven Küssen verabschiede ich mich und stolpere die Danziger Straße davon Richtung nach Hause.

Am nächsten Tag schickt er mir ein Foto zum Film, schreibt, dass ich mit dem Haus recht hatte, also, falls wir mit der Station richtig liegen. Da sind wir uns weiterhin nicht so sicher. Ich versuche zu googeln, aber gebe es auf, heute ist alles zu schwierig. In Berlin wird es so unfassbar früh dunkel. Ich gehe wieder schlafen. Das Date mit Tim war die Ablenkung, die ich brauchte. Ich kenne jetzt eine Seele mehr, die Berlin auf dem Ausweis stehen hat. Auf der Suche nach Zerstreuung forste ich weiter Tinder durch und verwickele mich hier und da in ein kurzes Gespräch. Das typische Swipen aus Langeweile, das ich eigentlich versuche zu vermeiden.

»Wie neu in Berlin bist du denn? Ist das nicht eine von den drei großen Lügen auf Tinder?«, ploppt seine Nachricht auf. Nick. Ein neues Match. Er spielt auf den Verweis in meinem Tinder-Profil an, wo – ganz originell – meine Größe und ein »Neu in Berlin« steht.

»Dezember, zählt das?«, schreibe ich und schwindele. Es ist Januar. Aber so oder so, da ist man definitiv noch neu.

Er ist anderer Meinung. »Eigentlich nicht. Aber naja, kommt darauf an, wie intensiv dein Dezember war.« Ich weiß nicht, ob die Gleichung gilt, dass je intensiver der erste Monat in einer neuen Stadt ist, desto weniger man sich neu fühlt – aber es klingt, als wäre da was dran. Mein Dezember hier war nicht besonders intensiv. Ich hatte Mühe, vor acht das Bett zu verlassen, musste ständig noch mal kurz eben nach Hamburg, um irgendetwas wegen der alten Wohnung zu klären, die Weihnachtszeit bedeutet für mich als Grinch eh immer viel Stress. Es ist schwer, im Winter in Berlin anzukommen, sagen viele. Meine Lust, Berlin zu erkunden, kommt erst jetzt mit dem Januar. Aber jetzt gerade passt alles so.

Ich merke, wie mir nach Rausgehen ist, und wie ich durch Tim wieder Lust aufs Daten bekomme. Wie ich mich wiederfinde, Lust habe aufs Ausgehen und gerne tanzen will. Maja, die ich in der Kaffeerunde zwei Tage zuvor kennengelernt habe, die auch neu in Berlin ist, geht es genauso. Zusammen tanzen wir durch die Clubs und machen die Nächte zum Tag. Sie kam ebenso nach Berlin, weil sie nichts mehr in Hannover gehalten hatte, und ich fühle mich ihr nicht nur verbunden, weil ich auch mal da gewohnt habe, weil ich auch neu hier bin, sondern weil es scheint, als würden wir gleichermaßen auf neue Abenteuer zulaufen wollen. Da ist so viel mehr, was ich nicht in Worte fassen kann. Zusammen mit Lola und meinem Mitbewohner gehen wir am Samstagabend aus, treffen uns erst in einer Bar und ziehen dann weiter ins Süß.

»Bist du Berliner?«, fragt mich irgendjemand im Club, ohne sich vorzustellen. Als wäre das das Wichtigste, was man über einen Menschen wissen sollte. Als wäre das ein Anziehungs- oder Ausschlusskriterium. »Ja«, rufe ich also durch die dröhnenden Bässe hindurch und nicke. Der Club ist voller Touris, ich wohne ja hier, also ja, ich bin Berlinerin. Von meinem Gefühl her sowieso und auf dem Ausweis auch. »Achso, cool! Echte Berliner trifft man ja nicht so oft. Ich bin hergezogen, vor drei Jahren erst«, zuckt er die Schultern. »Ich auch, zwei Monate«, bringe ich ihn durcheinander, und er mich. Ich tanze weiter und bemerke, wie sein Gesicht einen verwirrten Ausdruck bekommt, als bräuchten seine Synapsen eine Weile, um meine Antwort zu verarbeiten. Interessant, wie unterschiedlich unsere Empfindung ist. Ich sehe mich als Berlinerin, nach zwei Monaten, nein eigentlich von Tag eins an. Weil ich hier mit meiner Umgebung verschmelze und es sich nicht anfühlt, als wäre ich je woanders gewesen. Für ihn ist nur der hier Geborene ein Berliner. Er wird immer ein bisschen neu sein, ein bisschen zugezogen sein. Und auch wenn er von der Definition her vielleicht richtiger liegt, fühle ich mich in meiner Art, meine Realität hier auszumalen, viel, viel wohler.

immer auf dem sprung, zwischen noch hundert seiten lesen, den nächsten kaffee nicht zu kalt werden zu lassen, zwischen diesem neuen club

```
und dir. mir. alles hier so wunderschön bunt und
ziemlich ranzig. jede neue straße, die ich ent-
deckte, fühlte sich an wie ein völlig neues und
ganz anderes berlin. zuckerschock. diese vielfalt,
diese möglichkeiten hatte ich vorher noch nicht
gekannt. und sie überforderten und überrollten
mich wie ein kind, das man in einem süßigkeiten-
laden alleine zurückgelassen hatte.
```

* * *

Durcheinander wache ich Sonntag gegen fünfzehn Uhr auf. Ich war um vier komplett nüchtern zu Hause, aber so mitgerissen von Maja, vom Neu-Sein, von diesem Abend, dass ich nicht schlafen konnte, bin dann um sieben mit dem Hund Gassi gegangen, habe drei Stunden die Spuren der letzten WG-Party aus der Wohnung geputzt, um dann fünf Kilometer laufen zu gehen. Danach bin ich endlich eingeschlafen. Als ich aufwache, habe ich die Nachricht von ihr auf dem Handy, dass sie und Lola gegen sieben ins *Kater Blau* gehen. Das Beste und Schlimmste zugleich an Berlin: Man hat für jeden einzelnen Tag so viele Optionen. Sonntags. Tagsüber. Schon jetzt kenne ich hier wirklich viele Leute, mit niemandem ist man super eng befreundet, aber mit allen hat man viel losen Kontakt und hält sich über das Leben auf dem Laufenden.

»Findest du auch, dass sich Berlin wie ein großer, langer Urlaub anfühlt?«, frage ich, kaum dass ich mich neben Maja ins Café gesetzt habe. Wir treffen uns auf einen Tee, bevor sie wieder zum Feiern loszieht. »Alle hier sind irgendwie neu, auf der Durchreise. Im Urlaub bist du ja auch ausgelassener, traust dich mehr, weil deine Zeit vor Ort kurz ist, du nutzt alles richtig, quatschst Menschen an der nächsten Bar an, beflügelt von all der Sonne, überschreitest eher ein paar Grenzen, bist eher mal spontan, so fühlt sich Berlin für mich an – nur das all die Extravaganz hier unser Alltag ist.«

Maja hat mehr Dates als ich, sie macht sich immer dann ein

neues aus, wenn es mit einer Person zu eng wird. Sie ist jünger als ich, irgendwie genauso gestrickt, nur noch offener, und ich sauge jedes ihrer Erlebnisse wie durch einen Strohhalm direkt in mein Gehirn auf. Sie ist dieser Mensch, der einem bei Unterhaltungen in der Bar unheimlich nahekommt, sie hat diesen umwerfenden Augenaufschlag und makellose Haut zu blonden langen Haaren.

»Total«, antwortet sie. »Ich liebe es hier, aber das viele Feiern stumpft auch ab. Nichts hat hier Bestand, aber alles ist jung, random, gut aussehend. Und alle immer so: Auf jeden Fall was Echtes, auf jeden Fall nichts Festes. Und die Hektik erdrückt mich genauso sehr wie die pure Euphorie, die mich hier ständig überkommt.« Ich nicke und bejahe jedes Wort. Wie gut es tut, neue Personen in sein Leben zu ziehen. Man ist nie zu alt, neue Freundschaften zu schließen.

Bevor ich selber gemeldete Berlinerin war, zu Besuchszeiten, für Termine, fand ich Berlin einfach immer nur voll, hektisch und unübersichtlich. Ich war genervt von den langen Fahrzeiten und dem U-Bahn-Netz. Es war, als würde man von außen auf einen Bienenstock dem wilden Treiben zuschauen und direkt Kopfschmerzen bekommen. Und dann zog ich ein, in den Bienenstock. Und von unten betrachtet war alles plötzlich wie in Slow Motion und gar nicht mehr so hektisch. Ich verstand alle Trams und Bahnen, alle Knotenpunkte und -plätze innerhalb einer Woche, und plötzlich machte diese Stadt so viel Sinn.

Als ich das erste Mal ins *NO FIRE NO GLORY* trete, mit dem Ziel eines Haferlatte, eines Bananabreads und hundert Seiten Lektüre, bin ich nicht darauf vorbereitet, mit »Already know what ya eatin?« angesprochen zu werden. Redest du mit mir Englisch, weil du davon ausgehst, dass ich kein Deutsch spreche, oder redest du Englisch, weil du kein Deutsch sprichst? In der kleinen Zwickmühle, in der ich mich frage, in welcher Sprache ich jetzt antworte und mich aus Höflichkeit für Englisch entscheide, fällt mir auf, wie oft und wie viel hier Englisch geredet wird. Jedes zweite

Tinder-Match ist nicht deutschsprachig, in jeder Bar sind die Konversationen, die man so mithört bis überhört, auf Englisch. Wenn ich in meinem Wohnhaus ein Paket bei einem Nachbarn abhole, frage ich auf Englisch danach, Englisch ist hier so normal wie in Hamburg der Alsterspaziergang am Sonntag. Und nach kurzer Verwunderung fühle ich mich mit dieser sprachlichen Veränderung in meinem Alltag sehr, sehr wohl. Es fordert meinen Kopf.

Berlin hat mich verändert, das merke ich jetzt schon, und ich wohne noch nicht einmal drei Monate hier. Ich ziehe mich anders an, denke anders, fühle die Welt ein bisschen anders. Diese Stadt macht etwas mit mir, womit ich nicht gerechnet hätte. Manches sicherlich zum Guten, manches nicht. Ich lerne mich und meine inneren Ängste, Gefühle, Abgründe hier noch einmal ganz anders kennen. Aber auch: Toleranter, offener, bewusster zu sein.

Seit ich in Berlin wohne, habe ich zwanzig Zentimeter Haare, zwölf Säcke Klamotten und vier Kilo an Gewicht verloren. Ich kann mir nicht mehr vorstellen, dass es mal eine Zeit gab, in der ich nicht vegan gegessen habe. Und dann so viel weggehen, obwohl Januar ist. Mir macht die Winterkälte zum ersten Mal seit Jahren nichts aus, bemerke sie oft nicht einmal. Gestern fühlt sich an wie ein weit entferntes, anderes Leben. Und ich bin noch nicht einmal drei Monate hier. Ich glaube, Veränderungen sind nicht linear, sie kommen so in Wellen, und gerade überrollt mich eine nach der anderen.

`abstumpfend`
`nichts hat bestand`
`jung, random, gut aussehend`
`was festes, nichts echtes`
`hektik. euphorie.`

* * *

»Triffst du Tim noch einmal wieder?«, fragt mich Josy, als ich ihr am Telefon kurz vom Date erzähle, es zumindest anreiße.

»Hm … ich, ich weiß es nicht«, stammele ich. Und das stimmt. Die Mischung aus Kälte in Berlin, der immer zu unvermittelt zufallenden Haustür, dem Rauchgeruch im Wohnzimmer, wenn die Balkontür aus Versehen wieder aufging und niemand es bemerkte, der neuen Straßen, überall voller Glasscherben, hatte irgendwie meine Gefühle abgetötet. Ich habe ein bisschen all das verloren, was außerhalb der normalen Skala an Gefühlen lag – den größten Enthusiasmus, die Aufregung, das Empfinden für Kälte, für Schmerz, für Anziehung. Was Tim angeht, fühle ich gerade nichts. Nicht einmal die Lust, ihn wiederzusehen.

»Kennst du das, wenn du jemanden ganz nett findest, aber nicht so richtig für ihn brennst?«, frage ich Josy.

»Na dann, ciao, verschwende deine Zeit nicht weiter«, reagiert sie prompt.

»So einfach ist das nicht.«

Ich will mit mehr Ernsthaftigkeit daten, weniger und dafür bedachter, und wirklich dranbleiben, statt etwas zu schnell wegzuwerfen. Ich wollte mich nicht noch einmal so fühlen wie bei Milan oder Gustav, wenn etwas endet, ohne dass man der Sache eine Chance gegeben hat. Ich versuche, mir das Gefühl in Erinnerung zu rufen, das ich hatte, als ich mit meinem Glitzerrock zum Falafelladen stapfte und dann mit der Falafel weiter zum Date. Ich wusste nicht genau, an welcher der Querstraßen die Kastanienallee nach links wegging, die Kreuzung an der Eberswalder war für mich noch ein unübersichtliches Bermudadreieck, ich dachte über den Weg nach, wie lange ich noch zum Essen hatte, wann ich da war. Das wars. Ich fühlte keine Aufregung, als ich Tim dort groß und schlank in seinem dunkelgrünen Parka, braunen Boots und seinen fast zwei Metern vor der Bar in der Kälte stehen sah, fühlte kein Kribbeln, als wir uns umarmten, nicht das übliche Beine-Wegknicken, wenn mir ein Kuss nach einem schönen Date wirklich den Atem raubt.

Das Daten bekam für mich eine feige Normalität, es war etwas, an das ich gewöhnt war, ja, was ich gut konnte. Ich war gut im Daten – bis aufs Beenden vielleicht. Aber ich war inzwischen gut darin, mich zu ›verkaufen‹, ohne mich zu verkaufen, ich konnte gleichermaßen zuhören und von mir erzählen. Ein paar Tage nach dem Date und jetzt bei unserem Telefonat merke ich, dass ich eigentlich nichts von dem, was Tim mir erzählt hatte, behalten habe. Wir haben sein Leben vor Berlin in Madrid besprochen, seine letzte Beziehung, warum er nach Berlin gezogen ist, wie lange er schon hier lebt. Aber bei nichts konnte ich mich an die Einzelheiten erinnern. Es war so an mir vorbeigezogen wie die Worte eines Fremden, die ich nur in der Bahn in Fetzen aufschnappe, ohne dass ich am Gespräch beteiligt bin.

Sicher, wenn man vor Aufregung zerfließt, die Wahl des rosa Seidentops bereut, weil sich schwitzige Flecken im Armbereich bilden, dann wünscht man sich nichts mehr, als dass das Daten normaler und man selbst weniger nervös wäre.

Aber das Gute am Nervössein ist auch, dass es die Sinne schärft und wach und klar macht.

Ich hatte diese Nervosität irgendwo in diesem langen Sommer voller Dates zwischen dem Kaffeetrinken, den Abendessen und Gin-Tonic-Bars verloren. Und aus der Perspektive, sie nicht mehr zu haben, vermisse ich diese aufgeregte Neugierde sehr. Daten hatte sich für mich entzaubert. Der Glanz ist ein bisschen ab.

Während ich noch meinen Gedanken nachhänge und überlege, wann und wer wohl die nächste Person sein wird, bei der ich wirklich Aufregung und Bauchkribbeln verspüre, treffe ich auf einer Fashionweek-Party inmitten unzähliger schöner und großer Menschen Robin wieder. Neben Tim mein einziges anderes Tinder-Date bisher in Berlin, das vom letzten Sommer. Ich hatte unseren Kontakt auslaufen lassen, weil ich eine Romanze zwischen Berlin und Hamburg neben meinem Arbeitsalltag nicht aufrechterhalten wollte. Jetzt steht er fragend vor mir, als ich gerade meiner Freundin Janne von meinem neuen Leben im Prenzlauer Berg vorschwärme. Peinlich berührt stehle ich mich davon.

Tim und ich verabreden uns ein weiteres Mal, diesmal im *Mein Haus am See* am Rosenthaler Platz. Er hatte danach gefragt, und ich sehe die Möglichkeit, bei einem zweiten Date vielleicht besser zuzuhören und aufmerksamer für ihn als Person zu sein. Die Bar ist gemütlich, überall verteilt stehen alte Sofas, die genauso gut von einer Sperrmüllsammlung an der nächsten Hausecke stammen könnten. Wir müssen uns am Anfang ein wenig schleppend wieder einquatschen, wieder das Vertrauen vom letzten Treffen zurückgewinnen, die Intimität dessen, dass wir uns schon mal gesehen haben, die am Anfang fehlt. Über dem zweiten Hausbier dann gelingt das ziemlich gut, unvermittelt küsst er mich. »Das *Mein Haus am See* ist als richtige Tinder-Date-Bar bekannt«, bemerkt er, »stimmt«, merke ich, als ich meinen Blick schweifen lasse und mich an ihn schmiege. Zusammen machen wir uns einen Spaß, die üblichen Pärchenkombis im Raum zu analysieren, ausgerechnet bei den beiden links von uns scheint es nicht so gut zu laufen. Sie sitzt nach vorne zum Tisch, starrt emotionslos geradeaus, ihre Beine bilden einen perfekten rechten Winkel, ordentlich nebeneinander aufgestellt. »Ich glaube, sie würde gerne gehen und weiß nicht, wie sie es ihm sagen soll«, munkele ich zu Tim. Das Problem kenne ich, denke ich mir insgeheim und versuche ihr einen ermutigenden Blick zuzuwerfen, aber sie sieht weg. Er schaut sich die beiden ebenfalls an, stimmt mir zu, dann knutschen wir weiter – auch wenn ich mich ein bisschen schlecht dabei fühle, den beiden neben mir eine ungewollte Show zu liefern. Eine Show darüber, was die beiden gerade nicht miteinander haben. »Ich würde jetzt gerne gehen, zu dir«, erwidert er dann eher fragend als sagend, sehr unbestimmt, als ich mein drittes Bier leere und der Kellnerin die sieben Euro für die dritte Runde Bier in die Hand drücke. Wir verzichten auf das Warten auf die Bahn und springen aufgrund der minus sechs Grad der Einfachheit halber ins nächste *Uber*.

Völlig verkatert trete ich am nächsten Morgen mit ihm vor die Tür, wir trinken noch einen Kaffee am nächsten Späti. Als wir rausgehen, geht endlich so richtig die Sonne auf. Inzwischen ist es zehn Uhr. In dieses warme Licht, in das die Kreuzung auf einmal getaucht ist, sieht das hier so unschuldig aus, diese stark befahrene Ecke voller mieser Kneipen mit Bier für zwei Euro, der griechischen Taverne, die nie wirklich voll besetzt ist, dem veganen Donutladen und den Spielcasinos und Späti an Späti. Alles leuchtet auf einmal ein bisschen, der Verkehr wirkt viel weniger aggressiv und diese Großstadt auf einmal heimelig und warm.

»Und, triffst du Tim noch ein drittes Mal wieder?«, fragt dann auch Milli ein paar Tage später, als ich sie anrufe.

»Maan, ach ich weiß doch auch nicht«, entfährt es mir. Meine Gefühle dazu hatten sich auch ein Date später im Grunde nicht verändert. Berlin nimmt mich gerade so ein, dass ich mich für menschliche Bindungen gänzlich unempfänglich fühle. »Ich fühle es einfach nicht so. Ich bin einfach nicht so bei der Sache.« Und mich nervt das selbst total.

»Woran liegt das, was meinste?«

»Ich kann das noch nicht mal wirklich sagen. Option A, Intuition, er isses einfach nicht …«

»– wie alle anderen zuvor ja scheinbar auch«, fällt sie mir ins Wort. Ich ignoriere es.

»Option B, er könnte was sein, und ich bin scheinbar gerade einfach nicht bei der Sache.«

»Bist du doch nie«, lacht sie. »Du bist immer voll durch den Wind, Lui.« Ja, irgendwie schon.

»Option C, er isses, aber das Timing passt nicht, es funkt nicht genug, weil ich nicht bereit dafür bin.«

»Stimmt denn die Chemie?«

»Schon. Ich mag ihn. Aber ich könnte auch genauso gut nur mit ihm befreundet sein.«

»Ja, dann hast du doch deine Antwort. Die Chemie stimmt nicht. Vielleicht kann er so ein Nils, nur in Berlin werden. Aber das musst du abklopfen, nicht, dass er mehr will. Wenn dem so ist, beende es lieber ganz.«

»Und bei dir?«, frage ich dann, um mich nicht mit ihrer Lösung auseinandersetzen zu müssen. Mit der sie recht hat.

»Ach, gerade komisch. Läuft nicht mehr so. Reden wir mal wann anders drüber?«

»Klar, wie du magst. Meine Ohren sind immer offen für dich.« Milli hatte da jetzt jemanden schon seit drei oder vier Wochen, für den sie Feuer und Flamme war. Ich komme über die Distanz in ihrem Leben gerade nicht mehr so richtig mit. Aber Freundschaft ist kein Privileg, jemandem zum Über-etwas-Reden zu drängen, über das er nicht reden will. Das habe ich verinnerlicht. Und sie will das mit Markus, so heißt er, wohl lieber noch etwas für sich behalten.

»Wann kommst du nun eigentlich zurück nach Hamburg?«, fragt sie gegen Ende des Gesprächs. Wir haben uns ausgetauscht, uns Neuigkeiten erzählt, wieder ein bisschen mehr ins Leben des anderen reingezogen. Als ich wegzog, hatte ich zu allen gesagt, »Ich geh mal ein Jahr nach Berlin. Ich komme auf jeden Fall wieder zurück.« Ein Jahr, weil wir ein Jahr Mindestmiete in dieser neuen Traumwohnung haben. Ein Jahr, weil sich ein Jahr nach einer guten, mittellangen Zeit anhört, in der man viele neue Erfahrungen machen kann, ohne die alten zu überschreiben. Oder zu vergessen. Ich war mir sicher, dass ich für ein Jahr Abenteuer einen Tapetenwechsel, eine neue Stadt sehr gut gebrauchen kann, aber dass mich alles immer wieder nach Hamburg zurückziehen wird. In Hamburg habe ich so viel Liebe, so viel Angekommensein gefühlt – und das kann man ja in anderen Städten nicht genauso empfinden. Oder? Inzwischen bin ich mir da nicht mehr so sicher. »Ich habe darüber keine Pläne«, sage ich also, und während es so klingt, als könnte ich nur den Zeitpunkt nicht mehr definieren, weiß ich nicht, ob es mich überhaupt jemals zurückziehen wird. Und das fühlt sich schön so an. Weil ich nur im Jetzt lebe und mir alles andere nicht vorstellen kann.

* * *

Tim schreibe ich am nächsten Tag, dass ich die Dates sehr genossen habe, es aber gerne dabei belassen möchte. Er bedankt sich für meine Ehrlichkeit und wünscht mir noch eine gute Zeit in Berlin. Es ist das erste Mal, dass ich einem Mann zumindest ein bisschen schreibe, was ich fühle und wie ich weitergehen will. Das erste Mal, dass ich die Zügel in die Hand nehme. Das kommt mir wie ein sehr großer Schritt im Kampf gegen meine eigene Unsicherheit vor. Zumindest für den Moment.

Die Tage der Woche verbringe ich mit frühem Aufstehen, viel Durchs-Viertel-Streifen, koche gesund, lese jeden Abend und gehe früh schlafen. Ich lebe unter der Woche nur in meinem Kopf. Immer wieder fällt mir auf, wie verrückt anders dieser Garten in meinem Kopf war, je nachdem, womit ich meine Woche verbringe. Am Wochenende klettere ich aus meinem Kopf raus und verbringe ihn mindestens zweiundsiebzig Stunden nur außerhalb davon. Tanze, statt zu denken, tanze, statt zu lesen, trinke, statt zu schlafen.

Immer wenn es hier gegen siebzehn Uhr stockdunkel ist, überfällt mich eine starke innere Unruhe. In Hamburg habe ich mir in meiner Wohnung dann vielleicht Kerzen angezündet, Musik aufgelegt, habe aufgeräumt, einen Film angemacht oder weitergearbeitet. Hier aber fühle ich mich immer mit dem inneren Drang konfrontiert, aus dem Tag noch etwas zu machen. Der Drang, die Wohnung zu verlassen und eine der tausend Möglichkeiten zu nutzen, gemischt mit der Angst, irgendwo irgendwas zu verpassen. Die Hälfte der Woche bleibe ich trotzdem zu Hause, habe aber dennoch diese Unruhe in mir, die ich kaum beschreiben kann. Ein Herzrasen, nur irgendwo im Bauch. Unheimlich anstrengend, jeden Morgen bin ich wie gerädert, egal ob ich aus war oder nicht. Ich gieße mir inzwischen jeden Tag nach der Arbeit ein Bier oder einen Wein ein, und das tut mir so gut, dass ich nicht merke, wie wenig gut mir das tut.

Die Einsamkeit ist in jedem von uns, und sie lässt sich wohl nur rückblickend verstehen. Während ich mich unterdessen als nie besonders unglücklich sah, merke ich immer erst im Nachhinein, vielleicht fünf Monate später, wie sehr ich die ganze Zeit neben der Spur gewesen war. So als würde sich erst rückblickend jeder Moment vor mir ausbreiten, sodass ich ihn nicht nur durchlebe, sondern auch verstehe. Als würde sich meine subjektive Wahrnehmung wie ein Mindesthaltbarkeitsdatum zu einer objektiven Sichtweise umwandeln. Passend dazu wird mir schlecht.

In meinem Notizbuch stoße ich auf ein Gedicht, das ich mir vor ein paar Jahren handschriftlich notiert hatte. Erich Kästner, *Sachliche Romanze.* Immer wieder sage ich das Gedicht vor mich her, bis ich es wieder auswendig kenne, so wie damals in der sechsten Klasse. Der Mann auf dem Balkon gegenüber tritt in Boxershorts raus und zündet sich eine Zigarette an. Rauchen ist wirklich eklig, und ich weiß selbst nicht, warum ich wieder gelegentlich damit angefangen hatte. Ich beschließe, diese schlechte Angewohnheit wieder aus meinem Leben zu streichen. Es sind minus zwei Grad. Dann schlafe ich endlich ein.

Zu viel Berlin

Februar

Ich habe noch nie in so kurzer Zeit so viele neue Menschen kennengelernt wie in den zwei Monaten, die ich jetzt so wirklich in Berlin lebe. Lola lerne ich auf meiner eigenen Silvesterparty kennen, Maja ist bei einer spontanen Kaffeerunde mit dabei, Peter setzt sich beim Frühstücken und Arbeiten vorm Café neben mich und hilft mir im Späti mit den letzten zehn Cent aus, Anur hilft mir im Club hoch auf die Box und am nächsten Tag auf dem Flohmarkt ein neues Partyoutfit zu finden, Laura stellt mir diese wirklich coole neue Weinbar im Kiez vor. Immer wieder merke ich, wie viel ich mit mir völlig fremden Menschen gemeinsam habe. Die Einsamkeit in den Menschen ist vor allem vor der blassen Anonymität dieser Großstadt allgegenwärtig – aber es war noch nie irgendwo so leicht, sie zu überwinden, wie hier. Kein abendliches Ausgehen vergeht, ohne dass ich jemand Neues kennenlerne, vorgestellt werde, von einer Idee angefixt werde oder mich neu verabrede. Tatsächlich scheint Einsamkeit hier wie eine Illusion. Auf den ersten Blick so einsam, sind doch alle miteinander verbunden, nur ein kurzes Hallo, ein offenes Lächeln entfernt. Wenn man sich denn einlassen will. Und das will ich.

Eine Woche später bin ich mit Anur vor einem Kostümverleih in Kreuzberg verabredet. Ich hatte ihn das Wochenende vorher im *Süß War Gestern* kennengelernt, wir hatten erst nebeneinander auf den Bänken an der Seite gestanden, um die restliche Nacht zusammen deutschen Pop-Karaoke zu singen. Anur war genauso groß wie ich, gestikulierte wild und nannte mich »Sweetie« oder »Liebes«, hatte dunkelhaarige Locken und machte süffisante Bewegungen mit seinen Händen, um seine Worte zu unterstreichen. Beschwingt und angetüdelt hatte ich ihn Maja und Lola als unseren »neuen schwulen besten Freund« vorgestellt, der nicht schwul war, was ich dann auch merkte, als er am Ende der Nacht versuchte, mich zu küssen. Anur und ich tauschten nach einem kurzen grenzenzuweisenden Gespräch trotzdem Nummern aus, hatten wir doch schon den Plan geschmiedet, als Katzen verkleidet ins *KitKat* zu gehen, ein sehr spezieller und gerade sehr angesagter Club in Kreuzberg. Ich hielt das für eine sehr gute Idee. Ich war noch nie in so einem Club.

Eben ahnst du noch nichts Böses und im nächsten Moment besitzt du Fetischsachen im Schrank. Der Moment, als Anur andeutet, mir mit der Peitsche von seinem Kostüm den Arsch versohlen zu wollen, ist der Moment, in dem ich realisiere, dass er wohl nicht mein neuer schwuler bester Freund werden will, sondern andere Interessen hegt. Wir decken uns, einmal angefixt, trotzdem mit Sachen ein, schütteln ihn aber später ab und beschließen, uns in der neuen Lack- und Lederkluft noch am selben Abend in der Schlange des *KitKats* anzustellen. Die Schlange vorm Club ist immer die eigentliche Hürde – das Auswahlverfahren relativ willkürlich, und man musste halt nach Berlin aussehen und nicht wie ein Tourist. Und in jedem Club war das ein anderes Berlin.

Alle hier in Berlin feiern Toleranz und Vielfalt. Jeder konnte so sein und sich so ausleben, wie er will. Nur nicht in Clubs, weil dort hat man einer gewissen Optik zu entsprechen. Ungeschminkt und schwarz gekleidet fürs *Berghain*, gerne bunt und ›Hauptsache Berlin‹ fürs *Kater Blau*. Diese Doppelmoral macht mich fertig. Warum ist das für alle so normal? Wieso nimmt jeder das hin? Die Antwort ist einfach: Weil man keine andere Wahl hat. Es gab nichts, als entsprechende Clubs zu meiden – eine Art stiller Protest, den dann aber niemand bemerkte. Die Konformität der Massen, der Anpassungswille vieler war einfach zu groß. Individuell sein, aber doch unbedingt dazugehören. Hauptsache nicht neu sein. Alle schienen sie es zu haben, das Wissen, wie man sich in Berlin durch die Massen an Individualisten durchzubewegen hatte, um so mit der Masse zu verschmelzen, dass man zumindest den Eindruck machte, alles ganz genau zu kennen. Das Wissen, um mit Insider-Infos um sich zu werfen.

Mir behagt das nicht gerade, dass mich jemand anderes so beurteilt, dass so viele Menschen vor und hinter mir in den Clubschlangen immer wieder abgewiesen werden. Vorm *Ritter Butzke* eine Gruppe blonder Mädels vor mir in der Schlange, wahrscheinlich, weil sie zu nett und jung aussahen, in der *Süß*-Schlange jede Menge Männer, die ohne die Begleitung von Frauen waren. Neben der Diskriminierung von Männern und dem Aussortieren von Touristen wirkte alles andere eher willkürlich. Ich wollte mir selbst gefallen und nicht irgendeinem Türsteher. »Dit is halt so«, zuckt der Türsteher mit den Schultern, der mich im Süß inzwischen schon immer an der Schlange vorbeiwinkt. Weil ich jedes Wochenende komme, weil man sich inzwischen kennt. *Dit is halt so.*

Auch im *KitKat* kommen wir einfach rein. Der Türsteher bedenkt Maja und mich nur mit einem kurzen Blick und murmelt: »Das lasst ihr aber nicht an.« Ich nuschele etwas von Bodys und Strumpfhosen, und Sekunden später stehen wir entkleidet im rauchigen Club und geben Sachen und Handys und ein bisschen auch unsere Vorbehalte an der Garderobe ab.

Wir machen uns den größten Spaß daraus, durch die nackten Menschen zu turnen und uns von dieser völlig anderen Welt beeindrucken zu lassen. So verbringen andere Leute also ihren Samstagabend. Ich fand es nett, das mal gesehen zu haben, aber ich wusste, dass es mir reicht, es beim Ansehen zu belassen. Trotzdem sauge ich den Abend in mich auf. Wir sind umringt von Männern in Boxershorts, nackten Brüsten über Latex-Korsagen, hohen Schuhen, die über den Boden klickern und leisem Gemurmel inmitten der wummernden Bässe. Fast nackt sind alle gleich, ungeschützt. Die Stimmung ist viel freundlicher und ruhiger als in normalen Clubs. Niemand bedenkt sich mit einem Blick zu viel, man redet auf Augenhöhe. Es ist eine höfliche Atmosphäre, und in der Ecke hat irgendwer Sex.

Nick

Alles ist hier anders. »Puh, das is mir ja echt 'n bisschen zu viel Berlin«, schnaubt der Mitbewohner, als ich ihn zu seiner Meinung zu meinen neuen Docs befrage. Wir haben uns nach leichten Startschwierigkeiten inzwischen gut miteinander arrangiert, gehen zusammen feiern oder helfen uns mit den Einkäufen aus. Ich behalte die Schuhe trotzdem, sie sitzen wie angegossen am Fuß und sind so bequem, dass ich mir nicht mehr vorstellen kann, jemals wieder ohne diese Boots feiern zu gehen. Schwarz mit silbernen Glitzerflammen. Dazu ziehe ich eine zerrissene, enge Jeans an und ein bauchfreies, schwarzes T-Shirt und taumele so ins *Süß*, meinem neuen Lieblingsclub.

Eigentlich sind Clubs wie Bücher. Man betritt sie, wenn man Zerstreuung sucht. Dem Alltag entfliehen will. Zwischen Abenteuer, Vernunft und Trance. Neue Geschichten schreiben und kennenlernen will. Ich lese mindestens genauso gerne, wie ich durch die Nacht tanze. Alles ist dann in Bewegung, alles dreht sich, alles inspiriert. Bis es plötzlich sechs Uhr morgens ist und man raustaumelt, aus diesem völlig anderen Leben, das einem so viel nimmt und gleichzeitig so viel Neues mitgibt, dass sich in nur einer einzigen Nacht alles ändern kann. Bisher kenne ich kaum was im Nachtleben von Berlin, aber das *Süß* mag ich so gerne, dass ich dort die meisten Abende lande.

Gerade mal fünf Minuten bin ich dort, als ich ihn sehe und aus meinen Tinder-Matches wiedererkenne. Quer durch den Raum und schummriges Licht, dunkle Locken und ganz dunkle braune

Augen. Nick. Wir hatten vor ein paar Tagen geschrieben, aber uns noch nicht verabredet, ein bisschen Small Talk, der wieder verebbt war. Durch den Club hinweg visiere ich ihn an, er starrt zurück, aber schaut eher ins Leere. Ich merke, dass er mich nicht einfach so erkennt. »Hi Tinder-Match«, spreche ich ihn an, als ich mir einen Weg durch die Menge zur Bar gebahnt habe. »Witzig, dich hier so zu sehen.« Er ein paar Zentimeter größer als ich, nicht bedeutend viel. Mir ist eigentlich egal, wie groß ein Mann ist, ich bin selten kleiner als die Männer, die ich treffe, oft gleich groß oder gar größer, weil ich gerne hohe Stiefel trage. Ich finde das gut. Er lacht, als er mich auch erkennt. »Luise«, werfe ich ein, weil ich nicht genau weiß, ob er meinen Namen weiß, weil ich auch gar nicht davon ausgehe, dass er sich jeden Namen merkt. Generell gehe ich nie davon aus, dass sich jemand an mich erinnert oder mich im Kopf behält. Eigentlich nicht gerade die richtige Einstellung. »Hey, das weiß ich«, verteidigt er sich aber direkt. Sein strahlendes Lachen ist ansteckend. Die braunen Locken fallen ihm über die Stirn ins Gesicht. Nick trägt ein einfaches schwarzes T-Shirt zu hellen Jeans. Er ist noch viel attraktiver als auf seinen Tinder-Fotos. »Luise, 27, neu in Berlin, 1,80 groß. Ja, das stimmt.« Er tut so, als würde er mich mit einem imaginären Maßband vermessen. »Hab ich mir alles gemerkt. Aber ich hab auch nicht so viele Matches, acht oder zehn vielleicht.« Ich fühle mich ertappt ob der 139, die da über meinem Postfach prangt. Ich habe keine genauere Politik beim Swipen, schaue einfach nur nach Ausstrahlung, nach Augen, nach Charisma und sonst nicht viel, und wische lieber einmal mehr nach rechts als einmal zu wenig, völlig unabhängig vom Aussehen oder ob das, was ich sehe, meinem optischen Typ entspricht.

Nick scheint da wählerischer zu sein. Sich mehr Zeit zu lassen und auch Gespräche aufzulösen, wenn sie nicht anliefen. »Dann kann ich ja froh sein, dass ich dein strenges Tinder-Bootcamp überlebt habe«, lache ich und bestelle uns zwei Bier. Er ist wirklich nett, hat unfassbares Charisma, sein Lächeln und seine Augen, die ganz klein, aber fröhlich in ihren Höhlen liegen, hauen mich um. Nick hat diese verwegene, unbeteiligte Ausstrahlung, diese völlig unarrogante Selbstsicherheit, die nicht viele Männer haben. Alles in mir kribbelt seit der Sekunde, in der ich ihn an der Bar gesehen habe. Wir reden ungefähr drei Stunden durch, meine Freundin Maja kommt von einem anderen Flirtgespräch wieder zu mir zurück, und wir bewegen uns durch diesen Club wie alte Freunde, kleben zu dritt zusammen, versorgen uns mit Drinks und Storys und amüsieren uns über gegenseitig gestellte »Wenn ich du wäre«-Aufgaben.

»Wenn ich du wäre, würde ich zwanzig Squats hier auf der Tanzfläche machen.«

»Wenn ich du wäre, würde ich den Typen da fragen, ob er Florian Silbereisen ist.«

»Wenn ich du wäre, würde ich jetzt eine Polonaise starten.«

»Wenn ich du wäre, würde ich den Barkeeper überreden, uns eine Runde Berliner Luft aufs Haus zu spendieren.«

Lachend erfüllen wir alle unsere Einsätze, tanzen durch den Club und haben so einen Abend, wie ich ihn gerade einfach nur brauchte. Immer wieder gehe ich in die Toilettenräume des Clubs, um meine leeren Gin-Tonic-Gläser mit Leitungswasser aufzufüllen, brauche Wassernachschub, um diesen Abend nicht an eine verschwommene Erinnerung am nächsten Morgen zu verlieren, die jegliche Gefühle abtötet, dafür ist der Abend zu gut. Dazwischen No Angels und Roxette, Billy Talent und Jan Delay. Zwischen Nick und mir ist so eine Anziehung, so eine besondere, dass mir klar ist, dass ich ihn richtig daten und kennenlernen will. Ihn direkt mit nach Hause zu nehmen, kommt für mich nicht infrage. Konnte man sich innerhalb nur eines Abends in jemanden verknallen? Ich konnte es selbst nicht ganz glauben und beschloss, mich abzulenken mit jemand anderes, sicherheitshalber. Ich wollte mich nicht verknallen. Ich wollte niemanden zu gut finden. Körperlich okay, aber bitte nicht emotional. Die nächsten Stunden laufen ab wie im Film, so als könnte ich meine nächsten Schritte gar nicht so richtig selbst kontrollieren, ich handle wie ferngesteuert. Nick wirft so unbedarft mit Komplimenten und schönen Worten um sich, als würde er Brot an der Bäckereitheke bestellen. Für ihn ist das hier so normal. Es ist irgendwann nachts in Friedrichshain, und ich bin mit den letzten Stunden völlig überfordert.

Meine letzte »Wenn ich du wäre«-Aufgabe, nämlich jemandem zu sagen, dass ich ihn mit nach Hause nehme, jemanden abschleppen quasi, erfülle ich dann bei Luca. Natürlich hätte ich auch Nein zu dieser letzten Aufgabe sagen können. Und Maja hatte eher Nick im Auge, als sie mir ›Wenn ich du wäre, würde ich ihn jetzt mit zu dir nehmen‹ unter ihren langen Wimpern und mit tiefem Blick zuraunt. Aber ich bin abgelenkt von meinen eigenen Gefühlen. Also wende ich mich Luca zu. Ihn hatte ich schon oft hier gesehen, wir kennen uns über flüchtige Blicke im Club. Ich hatte schon vor drei Wochen ein Auge auf ihn geworfen, seit er unten in den Trash-Raum gestiefelt war und sich mir gegenüber auf dem Podest platzierte. Er war so ein Quarterback-Typ, dunkelhaarig und groß, so einer, der mit einer Schar Freunden um sich unterwegs ist. Ich murmelte im selben Moment, als ich ihn sah, zu Maja neben mir: »Den da, den will ich.« Wir tauschten ein paar Blicke, verloren und fanden uns die nächsten Stunden im Club immer wieder, bis wir irgendwann kurz ins Gespräch kamen. Maja hatte den »Kennst du schon Luise?«-Move gemacht, er war nicht gerade interessiert, tadelte uns für diesen wirklich schlechten Anmachspruch und gab mir quasi einen Korb. Doch in den nächsten Stunden sieht er immer wieder zu mir rüber, bringt mir Drinks und hält mir sein Handy hin, damit ich meine Nummer einspeichere. Was ich wieder einmal tat, aus Reflex. Das war jetzt ein paar Monate her, wir sahen uns noch ab und an, flirteten hin und wieder. Ich wusste schon, was er beruflich machte, Unternehmensberatung, er wusste, dass ich schreibe. Ich wusste, wo er wohnte, Charlottenburg, er, woher ich war, Prenzlauer Berg. Auch heute war er wieder hier. Es ist drei Wochen später, und in meiner Verwirrung um Nick kommt mir ein kurzes Gespräch mit Luca im engen Zwischengang zwischen Bar und Techno-Raum gerade recht. Gegen vier Uhr gehe ich zu ihm hin, ziehe ihn an seinem weißen Pullover zu mir herunter und sage ihm, dass ich ihn mit nach Hause nehme. Dabei denke ich stechend, fast blitzartig, an Nick.

Ich wische meine zweifelnden Gedanken weg. Die, dass ich mich gerade extrem unlogisch verhalte. Die, dass ich einfach mit Nick Nummern tauschen und alleine nach Hause gehen sollte. Die, dass es okay ist, sich zu verknallen und man sich nicht mit dem Nächstbesten ablenken muss. Wie sollten meine Freundinnen so einen Move verstehen, den ich selbst nicht verstand.

Luca blinzelt mich kurz verwundert an, zieht mich dann raus zur Garderobe und schreit siegessicher: »Ok, ich hole unsere Jacken!« Er reißt mich mit sich, ist einen Kopf größer als ich, hat mir den Arm fest umgelegt, und es scheint nicht, als hätte er je vor, ihn wieder von meiner Schulter zu entfernen.

Wow, das war einfach. Ich kann mich nicht erinnern, jemals einen Mann im Club angesprochen zu haben, geschweige denn jemals jemanden so proaktiv angebaggert zu haben, und verabschiede mich mit einem Winken von Maja, während ich von Luca schon zum Ausgang geschoben werde.

Meistens läuft es darauf hinaus, dass ich angesprochen werde und dann abwäge, mich entweder aus dem Gespräch entferne oder ein nettes Gespräch habe. Aber ich habe mir noch nie einfach so das genommen, was ich will. Und während mich Luca an seiner Hand aus dem Club raus und ins nächste Taxi zieht, gefällt mir dieses »sich einfach nehmen, worauf man Lust hat« ziemlich, ziemlich gut. Auch wenn ich gar nicht weiß, ob ich hierauf gerade Lust habe.

Wir liegen in meinem Bett. Bewegen uns schnöde aneinander vorbei, es ist kalt und flüchtig. Er ist zu betrunken, und irgendwann geben wir auf. Nach zwei wachen Stunden in seiner klammernden, schnarchenden und viel zu warmen Umarmung, in denen ich jeden Zentimeter meiner Zimmerdecke inspiziere, befreie ich mich und sage ihm, dass ich losmuss, weil ich mich nicht einfach so traue, ihn zum Gehen aufzufordern. Er ist nett und betrunken und will zurecht einfach kurz ausschlafen und würde sich dann aus dem Staub machen. Kein Grund eigentlich, ihn nicht schlafen zu lassen. Aber das Adrenalin pumpt durch meine Adern, und ich kriege einfach kein Auge zu. Und natürlich denke ich an Nick.

Immer wieder stupse ich ihn an, aber er schläft einen dieser komatösen Schlafe, der sich, einmal angefangen, nicht so leicht unterbrechen lässt. Seinen Alkoholgeruch dünstet er dabei in meinem Bett aus. Ich flüchte raus. In den letzten zwei schlaflosen Stunden hat es die Straßen komplett eingeschneit, der Hund und ich sind die ersten, die unsere Abdrücke auf dieser neuen Welt hinterlassen dürfen.

Als er endlich aufwacht, hake ich nach, wie alt er nun wirklich ist. Verschmitzt grinst er, drückt sein Gesicht in mein Kissen und murmelt: »Zweiundzwanzig.« Im Tageslicht sehe ich dann, dass sein Hoodie rosa, nicht weiß ist, auf einmal sieht er so jung und unschuldig aus, mit seinem Schal in Regenbogenfarben, den hohen weißen Nike-Socken, den ausgelatschten Sneakern. Er wirkt im erbarmungslosen Morgenlicht wie ein schutzbedürftiger Welpe, den man umsorgen muss. Stattdessen bringe ich ihn zur Tram, umarme ihn fest und schubse ihn zwischen die sich schließenden gelben Türen. Es ist acht Uhr achtunddreißig, und ich bin nicht sicher, ob die Menschen in der Tram noch oder schon wach sind. An einem Samstagmorgen im Februar in der Morgendämmerung kann das beides der Fall sein. Irgendetwas fasziniert mich an dieser Mysteriösität des Einzelnen. Kaum bist du im Club, geht draußen schon der Nebel auf, der irgendwann mal wieder Sonne sein wird.

Ich weiß nicht, wohin mit mir, und beschließe, einfach loszugehen, einfach eine Weile zu gehen. Es sind sieben Grad. Eine Weile später sitze ich am Südstern vorm Späti und frühstücke ein nacktes Croissant und einen Filterkaffee, bevor ich mit Maja drei Stunden lang über Flohmärkte in Kreuzberg ziehe und erst sechzehn Uhr an diesem Tag das erste Mal wirklich schlafen gehe.

Als ich abends aufwache, habe ich eine Nachricht von Nick in der Tinder App. »Hey, schade dass du gestern plötzlich weg warst. Das war ein wirklich schöner Abend mit dir.« Kurz entschlossen schicke ich ihm meine Nummer.

»Fand ich auch. Wollen wir morgen Abend etwas essen gehen? Ich würde dich gerne wiedersehen«, tippe ich dazu mit allen Kräften, die ich zusammensammeln kann, dann schlafe ich wieder ein.

Neugier

Jeden Sonntag um siebzehn Uhr ruft mich Mama an. »Ich habe heute Abend noch ein Date!«, erzähle ich ihr beschwingt. Nick hatte arabische Küche fürs Abendessen vorgeschlagen und ich begeistert zugestimmt. Ich kann nicht erklären, wo diese Zuversicht in mir herkommt, aber ich weiß, dass ich ihn treffen muss, dass wir uns etwas zu erzählen haben. Ich will unbedingt an Freitag anknüpfen, sein fröhliches Gesicht wiedersehen. »Naja, essen muss man eh«, entgegnet sie weniger euphorisch.

Draußen sind es drei Grad. Nick holt mich vom Ostkreuz ab, und ich sehe ihn schon von Weitem, wie er da in der Sonntagsstraße steht, mit den Händen in den Taschen seiner Chino, der dicken Lederjacke, seinem verwegenen Grinsen und den wild abstehenden dunklen Locken. Als er mich auch sieht, verwandelt sich sein ganzes Gesicht in ein großes Lächeln. Ich habe mich selten so auf ein bevorstehendes Date gefreut. Ich bin richtig aufgeregt. Da ist das Bauchkribbeln wieder, das ich bei Tim im Januar so vermisst hatte. Wir nehmen uns herzlich in den Arm, Gott sei Dank ist er niemand, der auf beide Wangen küsst, denke ich noch, und laufen durch den ganzen Kiez bis zur Simon-Dach-Straße, in der sich Restaurant an Restaurant reiht. Alle sind voller Menschen, bis auf den letzten Platz besetzt. Nick hat im *Fatoush* einen Tisch reserviert, in einer Nische im hinteren Teil des Restaurants. Während wir uns setzen, die Jacken über die Stuhllehnen werfen und die Karten bekommen, lasse ich ihn nicht aus den Augen. Die Kerze zwischen uns stelle ich zur Seite.

»Was ist dir an einem Menschen am wichtigsten? Was fällt dir als erstes auf?«, frage ich, als er mir mit einem Blick aufs Menü seine Auswahl vorliest. Halloumi-Salat mit Koriander-Kartoffeln und Minz-Joghurt-Dressing.

»Seine Neugier«, kommt ohne zu überlegen, so, als wäre das für ihn ganz klar, kaum ohne wirklich aufzusehen. Ich bin von der ersten Sekunde an fasziniert. Vor allem von seinen Augen, die ganz glücklich tief in ihren Höhlen liegen, von den Lachfalten drumherum, von dem ehrlichen Interesse, das sein ganzes Auftreten spiegelt. Ich bin so in unser Gespräch vertieft, dass ich einfach irgendwas bestelle, was auf der Karte unter meinem Finger landet, und kein einziges Mal mit den Gedanken abschweife.

»Wie verrückt wäre das, sich diese Neugierde nicht lebenslang zu behalten. Dann kannste es eigentlich auch direkt alles lassen«, lacht er.

»Was? Das Leben?«

»Klar. Neugier ist alles: Toleranz, Aufgeschlossenheit, Lebensfreude, vorankommen, dazulernen.«

Die Antwort passt auf fast alles. Warum ich date, was ich schätze, was ich mir lebenslang behalten will. Neugier. Ich war hin und weg.

Wir bestellen irgendwie nebenbei, ich dazu Bier, er ein Tonic, ohne einander oder unser Gespräch wirklich aus den Augen zu verlieren, diese Art von Aufmerksamkeit, bei der man gar nicht erwarten kann, sich wieder einander zuwenden zu können.

»Welches Buch hast du zuletzt gelesen?«, fragt er, und ich lache kurz auf. Diese Frage hätte eigentlich von mir stammen können. »Benedict Wells. *Vom Ende der Einsamkeit.* Es geht um verschiedene Arten von Einsamkeit, die sich über mehrere Jahrzehnte hinweg durch das Leben der Protagonisten ziehen. So eine wunderbare Geschichte. Sehr melancholisch. Ich habe mir ständig Sätze darin angestrichen, weil ich sie so schön fand, dass ich sie nicht wieder verlieren wollte. In orange.«

»Kann ich das mal lesen? Also ganz speziell dein Exemplar?

Mich würde zu sehr interessieren, welche Sätze das sind. Und ob ich die gleichen ausgewählt hätte.«

»Gern«, ich bin ein bisschen davon überrascht, dass ihn nicht nur das Buch, sondern mein Blick darauf interessiert. Währenddessen zieht er zwei Bücher aus seiner Tasche und hält sie auseinander gefächert in die Luft. Fromm, *Haben und Sein* und *Der Seewolf*. Beide Exemplare sehen sehr zerfleddert und mitgenommen aus. »Ich habe sie aus einem Buchladen, der hauptsächlich alte gebrauchte Bücher verkauft, hier um die Ecke in Friedrichshain. Ich liebe das.« Er blättert ein bisschen durch seine Bücher, die am Rand voller Notizen sind.

»Ich auch«, triumphiere ich ein bisschen. »Ich liebe Bücher, aber ich kaufe auch vieles gebraucht. In einem kleinen Laden bei mir an der Kreuzung, *Die Geisterschmiede*. Ganz toller, sympathischer Besitzer.«

Nick gibt mir Literaturtipps, wir reden über die besten Bücher, die wir je gelesen haben, ich gestehe, dass ich *Siddharta* nicht verstanden habe, und wir verstricken uns darin, ob sechzehnjährige Schulkinder wirklich schon *Faust* lesen sollten (Gegenfrage: Wann denn sonst?). Ich mache mich über den Hummus her und wir kommen über Kafka und Hesse auf seine Reise mit der transsibirischen Eisenbahn und meine Reise alleine nach Porto, über seine Zeit in Brasilien und meine in Schweden.

»Ich habe vorhin noch mal in unseren Tinder-Chat geguckt«, werfe ich irgendwann ein. »Neu in Berlin ist eine von den drei großen Lügen auf Tinder, hast du geschrieben. Ich habe gar nicht nachgefragt. Was sind denn die anderen beiden?«

»Naja neu irgendwo zu sein, das nehmen viele als Vorwand. Auf Tinder ist jeder immer irgendwo neu. Und dann in den Profilbeschreibungen ›keine One-Night-Stands‹ und ›sportlich und humorvoll‹. Habe ich auch nur so gelesen.« Er lacht. Und ich nicke.

»Was denkst du, wer von den Zweierdates hier ist ein erstes Date, wer ist schon länger zusammen?«, frage ich dann. Zusammen inspizieren wir die Menschen um uns herum. Manche Tische haben sich nichts zu sagen, andere sprühen vor Enthusiasmus, gestikulieren steif oder flüstern sich einander über den Kerzenschein hinweg zu. Es ist spannend, die anderen zu beobachten und darüber hinaus sich selbst zu reflektieren.

»Die beiden da sind auf jeden Fall ein erstes Date.« Er zeigt auf zwei im anderen Teil des Restaurants.

»Wieso?«

»Der Augenkontakt. Daran merkt man doch, wie vertraut man sich ist.«

»Aber wir haben auch ein erstes Date, und ich kann dir in die Augen sehen.« Wie zum Beweis starre ich ihn an, ohne zu blinzeln, was uns zu einem Starrwettbewerb verleitet. Wir blinzeln, lachen und reden übers Vergeben und Alleinsein, über das Beisammensein mit Menschen und wie viel uns es was zu geben vermochte.

Als ich meine gerade geformten Gedanken zur Illusion von Einsamkeit mit ihm teile und in einen fünfminütigen Monolog über diese zwischenmenschlichen Spannungen verfalle und wie leicht sie zu überwinden sind, sieht er mich an, als hätte er sich gerade eben in irgendetwas daran verliebt. Sein Kopf ist schief gelegt, seine Arme verschränkt, aber sein Blick ist offen, amüsiert und irgendwie beeindruckt.

»Mich hat es beeindruckt, wie sehr du dich mit dir selbst auseinandersetzt und wie klar du dich siehst. Das machen kaum Frauen in meinem Umfeld«, gesteht er mir Monate später. Irgendwie war das ein Beispiel für deine Tiefe und alles, was ich über dich erfahren habe, hat deine Tiefe für mich verstärkt. Und mir imponiert.«

Zwei Stunden ziehen an uns vorbei, in denen wir gar nicht genug davon bekommen können, uns unsere Leben gegenseitig anzuvertrauen. Als wären wir Charaktere, die man nachträglich noch in die Seifenoper reinschreiben musste, weil der Plot sich verändert hatte.

Ich merke nicht, wie es plötzlich schon zehn durch ist. Um uns sind inzwischen fast alle gegangen. »Du, ich glaube, ich mach mich mal auf den Heimweg«, läute ich das Ende unseres Treffens ein und lege beim Gehen dreißig Euro auf die Rechnung auf dem Tisch, bevor er sein Portemonnaie rausholen kann. Ich fliege Montagfrüh mit den Mädels nach London und will noch in Ruhe packen. Auf dem Rückweg besteht er darauf, mich zur Tram an der Warschauer Straße zu bringen, und verabschiedet sich wieder mit einer Umarmung.

»Das war echt schön. Lass uns wiedersehen, wenn du aus London zurück bist, ich würde mich freuen.« Er wartet so lange mit mir, bis meine Tram endlich kommt, und umarmt mich ein zweites Mal.

»Gott, ich glaube, ich hatte gerade eines der besten Dates meines Lebens«, quatsche ich Maja rauf, sobald sich die Tramtüren zwischen Nick und mir geschlossen haben, und kann nicht aufhören zu grinsen. Alles war perfekt, auch, dass es ein echt kurzes Treffen war, dass wir uns noch so viel aufgehoben haben, was es zu besprechen und zu erleben gibt.

»Das war ein echt schöner Abend«, steht auf meinem Handy, als ich später zu Hause die Tür aufschließe. Und ja, damit hat er wirklich recht.

* * *

Die nächsten zwei Tage verbringe ich mit Josy und Milli in London, ein ewig gebuchter und geplanter Kurztrip, der jetzt auf diesen sonnigen Februarmorgen nach meinem Date mit Nick fällt. Wir versuchen mindestens einmal im Jahr zusammen zu verreisen, nur wir drei. Gemeinsam Erlebnisse zu schaffen, statt uns nur von unseren einzelnen Abenteuern zu erzählen. Eine halbe Stunde vor dem britischen Festland verschluckt Nebel die Berliner Sonne und lässt die Welt nicht mehr auftauchen, bis das Flugzeug unvermittelt krachend auf der Landebahn aufsetzt. Ich muss die ganze Zeit an Nick denken. »Was macht er beruflich?«, löchern mich die Mädels, die mir meine Faszination noch immer vom Gesicht ablesen können, als wir nach einer Runde durch Shoreditch den ersten veganen Kaffeeladen ansteuern.

Ich antworte und schwelge. In Dingen, die er mir erzählt hat. Wie, dass er studierter Grundschullehrer ist, aber gerade in einer Anwaltskanzlei und einer Bar arbeitet, um seinen Studienkredit schneller abzubezahlen. »Wann willst du dahin zurückgehen, in die Schule, wenn der Kredit weg ist?« »Ja, und wenn ich einen Ref-Platz bekomme. Lehrerstellen an guten Grundschulen sind in Berlin leider rar.« Er strahlte von einem Ohr zum anderen, während er darüber redete, bald wieder an der Schule zu sein, in ein oder zwei Jahren vielleicht. Über meine Arbeit redeten wir gar nicht, und das war mir mehr als nur recht. Ich will das mit Nick noch nicht in unserer Runde kaputtreden, sondern grinse nur vor mich hin und lenke die Unterhaltung auf Millis Dating-Leben.

»Ich glaube, Markus ist es nicht. Wenn ich ganz ehrlich zu mir bin«, wirft Milli ein und flüstert dabei.

»Uh echt?« Ich bin irritiert.

»Ich versuche, dass es passt. Ich denke es in meinem Kopf zurecht. Auch wenn es nicht so einfach ist. Ich geb ihm halt trotzdem 'ne Chance. Er könnte es ja sein. Aber das Bild in meinem Kopf, das ist er nicht. Leider. Total schade.«

»Wieso gibst du dem dann trotzdem eine Chance, wenn deine Intuition Nein schreit?«, fragt Josy kauend dazwischen. Wir haben Karottenkuchen und Cappuccinos vor uns.

»Weißt du, das Problem ist, glaube ich, wenn man von Anfang an denkt, dass eine Person »es« nicht ist, dann verliert man sich doch auch gar nicht richtig darin. Dann gibt man nicht mit vollem Herzen eine Chance. Und auch wenn ich das Gefühl habe, dass wir nicht die, der eine füreinander sind, will ich vor meinem Inneren trotzdem so tun als ob, einfach, um keine Blockaden im Kopf zu haben, die mich davon abhalten, es wirklich auszuprobieren. Viel zu oft zerdenken wir vorher etwas, was wir noch nicht wissen können. Also, ich glaube, der ist es nicht, aber ich gebe ihm eine Chance. So fürs Sich-sicher-Sein. Dafür, es wirklich versucht zu haben. Ich will eigentlich schon gerne, dass es funktioniert. Milena und Markus, das würde sich doch wirklich schön anhören.« Gequält guckt sie erst mich, dann kurz Josy an, und so gut ich ihrem Gedankengang folgen kann, ist mein Kopf dennoch bei »so tun als ob« stehen geblieben. Funktioniert Liebe so?

»Mir behagt das echt nicht, Milli«, beginnt Josy. »Ich meine, du siehst an den Männern, die du datest, nur wie gut sie sich in einem pinterestmäßigen Hochzeitsfoto machen und eure Namen auf der Einladung oder wie du mit ihren Babys im Arm für die Weihnachtskarte posierst. Du siehst nicht, wie glücklich sie dich machen, wenn du morgens neben ihnen aufwachst, wie ihr euch Autofahrten in den Urlaub teilt oder zusammen im Supermarkt an der Kasse steht. Wie ihr euch darüber zofft, wer die Spülmaschine ausräumt, wie undankbare Mitbewohner, und euch danach auf der Waschmaschine liebt. Du siehst ein Bild von ihnen, eine perfekte Vorstellung voll Hochzeiten und Nachwuchs, statt den Alltag, das Echte, die Beziehung. Du wünschst dir keine Beziehung, sondern nur ein paar schöne Fotos. Du würdest diese Lebensziele gerne abhaken, einfach nur, ums hinter dir zu haben, so wie ich mein erstes Mal, damit es nicht mehr wie diese große Hürde vor dir thront als »etwas, das noch gemacht werden muss«. Weil es dir das Gefühl geben würde, zu diesem elitären Club dazuzugehören, voranzukommen im Leben, mit anderen mithalten zu können, aber nicht, weil du die Beziehung dazu wirklich willst. Aber das ist nichts zum Abhaken. Lass dich einfach mal fallen und vergiss diese gesellschaftlichen Erwartungen. Verlieb dich um des Verliebens willen und nicht wegen irgendeiner Zukunftsaussicht. Guck uns an, wir sind acht Jahre zusammen, aber wegen unserer Liebe füreinander, nicht damit wir jeweils jemanden haben, den wir mit auf die nächste Familienfeier schleppen können. Ja, vielleicht habe ich irgendwann Nachwuchs und heirate oder auch nicht, vorstellbar ist doch alles. Und ob ich dabei dann achtundzwanzig oder siebenunddreißig bin, ist doch völlig Wurst, weil ich keinen Zeitplan abarbeite. Aber zuallererst ist da das Verlieben. Ohne Hintergedanken. Ohne Fünf-Jahres-Plan. Sondern Verlieben und Fallenlassen. Ich glaube, das würde dir wirklich guttun, es ein bisschen so zu sehen, dich von deinen inneren Zwängen ein bisschen frei zu machen.«

Das sitzt. Josy ist selbst ein bisschen überrascht über ihren emotionalen und ehrlichen Ausbruch. Ich sehe, wie sie schluckt und schuldbewusst in ihren Cappuccino starrt. Und ich beobachte, wie sich Milli abwendet, sich vielleicht insgeheim von ihrer Pinterest-Hochzeit in 2020, die perfekt durchgeplant ist, und von den beiden Kindern namens Lotta und Emil in 2021 und 2022 verabschiedet. »Wow, okay«, bringt sie dann hervor und zuckt die Schultern. »Wahrscheinlich müsste ich kontern und das hier würde jetzt in einem Streit ausarten. Aber wahrscheinlich hast du auch einfach nur recht. Vielleicht siehst du mich gerade klarer als ich mich selbst. Ja, ich denke, ich sollte mal eine Pause einlegen«, gesteht sie sich ein, und wir zwei anderen schnappen kollektiv nach Luft. Wir umschiffen potenzielle Streitigkeiten gemeinsam, weil wir zu jedem Zeitpunkt wissen, dass wir füreinander nur das Beste wollen. Die drei Tage in London sind ein erster Ausblick auf den Frühling, wir tanzen, erkunden die Stadt und geben zu viel Geld aus. In den nächsten zwei Wochen beendet sie das mit Markus.

Wie ich auf dem Rückflug so vor mich hin- und durch die Luft schwebe und im Flugzeug meine 139 Tinder-Matches der letzten neun Monate durchscrolle, geht mir auf, dass mich keiner mehr als der andere interessiert. Alle sehen freundlich aus, so als könnte man wahlweise mit ihnen gut reden oder knutschen. Sie verschwimmen für mich zu einer undefinierbaren Masse aus dunkelblonden oder hellbraunen Haaren und Größenangaben um die 1,80 oder 1,90. Alles ist so wahllos. Mir wird schlecht.

ich höre aura von kool savas schon seit einer woche in dauerschleife, laufe durch diese ganzen großen städte, die sich wie eine unbekannte neue welt anfühlen, gehe so oft tanzen gerade, liebe es, mich tanzend durch die nacht zu bewegen. trage fast nur noch schwarz, aber in mir ist alles ganz bunt. man merkt nicht, dass noch puzzleteile fehlen, bevor man sie gefunden hat. und dass in allem, was sich vorher schon so vollkommen anfühlte, trotzdem noch so viel platz für neues war.

* * *

Aus London wieder da und zurück am Schreibtisch in Berlin trudelt am frühen Nachmittag eine Nachricht von Nick auf meinem Handy ein. Ob ich Lust hätte, abends mit ihm Bachata tanzen zu gehen. Ich hatte mich schon vor ein paar Tagen bei Johns Bootcamp am Alex für ein abendliches HIIT-Workout eingetragen, was jetzt, weniger als zwölf Stunden vorher nicht mehr zu stornieren ging. Also bat ich ihn, das mit Bachata auf nächste Woche zu verschieben und stattdessen nur nach dem Sport was trinken zu gehen. Nach dem Sport was trinken gehen? Im Ernst?

Ich mache mich tatsächlich direkt vom Bootcamp auf dem Weg zu dieser Craft-Beer-Bar in Prenzlauer Berg und ordere, ohne Abendessen im Bauch, zwei IPA, Indian Pale Ale, an der Bar, bevor ich mich zu ihm setze. Nick wartet im hinteren Teil der Bar auf einem zerknautschten, tiefen Sofa.

»Hey, ich hätte auch etwas holen können«, äußert er verblüfft, als er mich sieht, wie ich mir mit Sporttasche und den zwei Bier einen Weg zu ihm bahne, und nimmt mich herzlich in den Arm. Er trägt wieder irgendwas in Braun, diesmal ein braun-kariertes Hemd zu Jeans und Anzugschuhen.

»Hey coole Bar, ich wusste gar nicht, dass es so eine hier in der Straße gibt«, steige ich in seine Verblüffung ein. Die Rockmusik schallt aus den Lautsprechern, *Wish You Were Here* von Pink Floyd läuft.

»Und du passt perfekt hier rein.« Ich wusste gar nicht, was für eine Bar das ist, aber tatsächlich passe ich zu der Old-Rock-Playlist, die da läuft, zu den lila Wänden und den abgewetzten Couchen, zu den alten Filmplakaten neben der Dartscheibe in meinem Iron-Maiden-Shirt, der Lederjacke und den Boots ziemlich gut.

»Sorry, dass ich heute so spießig aussehe, ich bin direkt von der Arbeit zum Bachata und dann hergekommen.«

»Du siehst super aus«, meine ich ganz ehrlich und greife in die Erdnussschale. Er hat wieder so einen Retro-Charme, der ihn umgibt, aus schwerem, altem Leder, einem Notizbuch, das aus der Tasche lukt, und mit seinen wilden Haaren. Er erinnert mich an die Filmstars aus alten Schwarz-Weiß-Filmen. »Und ja genau, erzähl mal, du tanzt?«

»Ein bisschen ein Ausbrechen aus dem typischen Berliner Bild, was?« Er lacht und erzählt mir von seiner Zeit in Südamerika und dem Tanzkurs in seiner Jugend, von der Lebendigkeit, die die Bewegung zweier Menschen für ihn ausstrahlt, und dass ein portugiesischer Arbeitskollege ihn seit ein paar Monaten regelmäßig mit ins *Soda* zum Salsa- oder Bachata-Tanzen schleppt. Wir reden übers Tanzen und Musik und Festivals, über Konzerte, die uns geflasht haben, und er gesteht, dass er noch nie auf einem Festival war. »Ich nehme dich mal zu einem mit. Diesen Sommer«, verspreche ich ihm.

Nach drei Bier und ohne Abendessen bin ich relativ angetrunken und küsse ihn deswegen unvermittelt, als er sich gerade beim Reden zu mir vorbeugt. Ich kann eh nicht mehr richtig zuhören. Ich will küssen statt reden. Nick wirkt davon nicht verwundert, sondern nimmt umgekehrt den Ball, den ich ihm zuspiele, direkt auf, nimmt meinen Nacken in seine Hand, sieht mich kurz noch mal an und küsst mich dann so vorsichtig, wie ich es lange nicht mehr erlebt habe. Kein leidenschaftlicher Ich-zieh-dich-gleich-aus-Kuss, sondern völlig ohne dass es den nächsten Schritt schon vorgibt, so, als würde sich in diesem Moment die ganze Welt nur um diesen Kuss drehen. Langsam, vorsichtig, ungehetzt. Ich grinse durchweg, als ich ihm sage, dass es halb zwei ist und ich ins Bett muss, als ich ihn zur Tramstation direkt vor der Bar bringe und umarme und als ich zu Hause meine Tür aufschließe. Es bei so einem vorsichtigen Kuss zu belassen und jetzt neben meinem Hundebaby ins Bett zu fallen, perfekter hätte dieser Abend nicht sein können. Was für ein schönes zweites Date.

* * *

Am nächsten Abend gehen Maja und ich wieder tanzen, Janne stößt auch kurz dazu. Wir gehen wieder in diesen Club, der sich inzwischen wie ein zweites Wohnzimmer für mich anfühlt. Janne ist meistens in ihrer eigenen Welt, sie schwebt wie eine Elfe durch den Raum, Maja wird von unzähligen Männern an der Bar angesprochen. Und sie gibt so gut wie jedem wortgewandt und bestimmt einen Korb. Beide inspirieren mich sehr. Meine Freundinnen machen sich schon halb zwei los, und ich texte Nick. Er hatte mir vorher geschrieben, dass er in der Nähe ist. »Kommst du noch ins *Süß*? Würde mich sonst bald los machen, bin inzwischen alleine hier.«

»Ich bin in der Bar nebenan, je nach Schlange in zehn Minuten drin.« Er lässt seine Freunde in der Bar und kommt nur Minuten später alleine runter auf die Tanzfläche des Clubs, sieht mich, hebt mich mit einem Schwung hoch und wirbelt mich herum. Ich schlage aus Versehen jemandem das Getränk aus der Hand und entschuldige mich wortreich, während Nick schon längst neue Drinks für uns alle geholt hat. Ohne die Menschen um uns herum wahrzunehmen, tanzen wir über die Tanzfläche zu *Narcotic* von Liquido. Ich sehe stundenlang nicht auf mein Handy und habe kein Gefühl mehr für Raum und Zeit. Er hat gestern nicht übertrieben. Wow, dieser Mann kann tanzen.

»Magst du mit zu mir kommen?«, fragt er nach einer Stunde Tanzen und Quatschen und Knutschen. Er hält mein Gesicht zwischen seinen Händen und guckt so unschuldig, so aufgeregt und wach und gleichzeitig ganz ruhig. Alles an ihm strahlt für mich Geborgenheit aus. Um uns herum wummern die Bässe, doch ich höre nur Stille, mein Nicken und seinen Atem. Das nächste ist mein Lachen, als ich stolpere, während er mich die Treppen seines Altbau-Vorderhauses hochzieht, und die knarrenden Dielen in seiner Wohnung. Er lässt meine Hand dabei kein einziges Mal los, bis wir in seinem Zimmer stehen, das wie eine perfekte Flohmarktfundgrube aussieht. Auf dem kleinen verschnörkelten Holzschrank steht ein schwarzes Rennrad, daneben ein Apothekerschrank, vollgestellt mit Bilderrahmen. Die Wand dahinter ist voller Polaroids, die einfach auf der Raufasertapete kleben. Auf dem dunklen Holzbett liegt eine einzelne große Bettdecke, genau wie bei mir zu Hause. Ich streife meine zertanzten Boots und die Socken ab, lasse mich auf das Bett fallen und ziehe ihn mit mir. Seine Matratze ist steinhart und damit genau perfekt.

* * *

Weil ich zurück zu meinem Hund muss, der um die Uhrzeit aufsteht und Futter und raus will, weckt mein Wecker mich halb sieben nach nur zwei Stunden Schlaf. Ich ziehe mich an und schlüpfe aus seiner Zimmertür, ohne an einem Spiegel vorbeizukommen. Ich kann mir höchstens vorstellen, wie lädiert ich gerade aussehe, als ich unten vor seiner Tür auf die noch stockdunkle Straße trete und in ein Taxi steige.

Daten ist eben nicht nur leckere Drinks in schönen Bars, sondern auch Pandabär-Augen, viel zu hohe Taxi-Rechnungen und ein Alkoholkonsum, der für das Fortbestehen unserer Spezies nicht gut sein kann. Immer kurz bevor es hell wird, nehme ich Hund sei Dank aus meinen Partynächten Reißaus und schmeiße mich in den nächsten *BerlKönig*. Zumindest im Winter ertrage ich es aber eh nicht, im Hellen erst zu Hause zu sein. Im Sommer ist das romantisch – bei minus drei Grad und Nieselregen im Februar, aber einfach nur ernüchternd. Und zum Glück wird es gerade erst halb acht hell.

Zwei Stunden später piept mein Handy, Nachricht von Nick.

Er: Du hast dich nicht verabschiedet.
Ich: Du hast geschlafen. Sah süß aus!

Er: Gerade wach geworden, muss jetzt los zum Fußballspiel. Und du warst nicht mehr da. Wäre gerne zusammen mit dir aufgewacht! Können wir das nachholen?

Ich schiebe lächelnd mein Handy unter mein Kopfkissen und verliere dieses Lächeln nicht, als ich ihn am nächsten Abend vor dem Kino auf mich warten sehe. Sonntagabende sind perfekt für ruhige Dates ohne jede Erwartung. Es gibt nichts Besseres, als sich an einem Katersonntag ein bisschen müde und erlebnishungrig in einen spannenden Film ins Kino zu setzen, und er stimmt mir zu. Nach ein paar Wortwechsel und gegenseitigen Vorschlägen landen wir in *Green Book*, einem Film über eine außergewöhnliche Freundschaft und Rassismus in den Südstaaten der USA zu Kennedy-Zeiten.

Nach dem Film sind wir die letzten, die den Kinosaal verlassen. Neben ihm räuspert sich ein Mitarbeiter, der die Popcornkrümel auffegt und dem wir im Weg sind. Lachend ziehe ich ihn aus seinem Sessel hoch, und er sammelt seine Jacke ein, ohne meine Hand an der anderen Seite loszulassen. Auf einmal habe ich das Gefühl, ihn schon seit Monaten oder Jahren zu kennen, als hätte man uns auf unserem eigenen Lebensstrahl in einer Zeitmaschine nach vorne gesetzt. Er könnte gut in diesen Film und in die sechziger Jahre passen. Er strahlt immer noch diese ruhige Geborgenheit und ungeteilte Aufmerksamkeit aus, wie schon Freitagabend im Club. Zwischen uns ist so viel Vertrauen, so viel schüchterne Annäherung. In meinem Nacken kribbelt es immer wieder ein bisschen.

»Weißt du, worauf ich gerade voll Bock hätte? Auto fahren …« Ich ziehe meinen Schal enger, als wir die Treppe vor dem Kino runter und in die dunkle Nacht stapfen. Wir hatten gerade knapp zwei Stunden bei einer Tour durch die USA zugesehen, und diese Landschaften, die an den beiden vorbeizogen, machten mir Lust, mich selbst mal wieder stundenlang auf einer Landstraße zu verlieren.

»Können wir doch machen. Bin mit dem Auto hier«, erwidert

er und zuckt mit den Schultern, als wäre es völlig normal, sich in Berlin mit dem Auto fortzubewegen. Ist es nicht. Ich betrachte den Vorplatz vor dem Kino. Wir hatten noch zwanzig Minuten im wieder hellen Kino gesessen und über die schönsten Filmbilder und stärksten Szenen diskutiert. Bildstilistisch war der Film für mich die pure Perfektion. Vor dem Kino steht nur ein Auto. Ein langer Oldtimer, hellblau, mit silbernen Umrandungen. »Das … das ist dein Auto?«

»Ja, ist von 1984«, erklärt er nüchtern. »Habe ich mit sechzehn von meinem Vater geschenkt bekommen. »Spring rein, wir fahren ein bisschen durch Berlin.« Hiermit hatte ich nicht gerechnet. Er war ein routinierter Fahrer und bog von Friedrichshain über die Torstraße irgendwann am Brandenburger Tor ab. »Und, wie heißt das schöne Gefährt?« Ich denke an Pauls Vespa, die ich Gundula getauft hatte.

»Hat keinen Namen, wieso?« Manchmal konnte ich Männer nicht fassen. Er fuhr seit fünfzehn Jahren mit diesem Auto durch Berlin, ohne je einen persönlichen Bezug dazu zu entwickeln. Und ich beschloss, ihm keinen der Frauennamen zu entgegnen, die durch meinen Kopf schossen, weil keiner sich anfühlte, als würde er diesem Moment gerade gerecht werden. »Aus 1984 ist es? Wie wäre es dann mit George?« Nick strahlt.

»Bei uns zu Weihnachten erzählt immer jeder, was sein schönster Moment im Jahr war«, erzähle ich aus dem Nichts, während er fährt. Er schlägt die Richtung zum Schloss Charlottenburg ein. »Alle hassen es und stöhnen, aber ich glaube, insgeheim ist es schön, sein Jahr zu reflektieren. Meine Oma sagt immer ganz banale Sachen, so wie eine Zugfahrt letztens und die Bäume, die vorbeigezogen sind. Irgendwie ist das schön.« Ich verstumme, weil ich selbst gar nicht weiß, warum ich das jetzt erzählt habe. Er hört aufmerksam zu. »Und, was war dein schönster Moment dieses Jahr?«, fragt er mich, und ich bin froh, dass es dunkel ist, weil ich merke, wie ich erröte. Es ist erst Februar. Mir ist direkt durch den Kopf gegangen: ›Dich kennenzulernen‹. »Ich bin mir ganz sicher, dass der noch kommt«, sage ich stattdessen, und er lacht.

Ich schiebe das Schiebedach auf und mich im Auto ein bisschen näher an ihn heran. Die eiskalte Luft strömt ins Auto. Unsere Gespräche heute Abend, der Film, jetzt das hier. Um mich herum flitzen das Beige der Häuser mit roten Ampeln und das Schwarz der Nacht vorbei, leere Straßen und ein ausgestorbenes Berlin. An den roten Ampeln küsst er mich, immer ein bisschen zu lange, bis ich protestiere, weil es längst wieder grün ist. Hinter uns ist nie jemand. Inzwischen ist es kurz vor eins. Und irgendwann protestiere ich nicht mehr.

»Weißt du eigentlich, was ich beruflich mache?«, frage ich ihn an diesem Abend noch. Wir hatten beim ersten Date nur über seine Arbeit geredet, ich hatte das Thema um mich herumgeschifft, und danach waren wir nie wieder auf das Berufliche zu sprechen gekommen. Dabei ist es gar nicht, dass mir meine eigene Selbstständigkeit zwischen Social-Media-Beratungen, dem Leben von Instagram und dem Influencer-Dasein irgendwie peinlich wäre, aber ich komme mir damit immer so extrem belanglos vor, einfach nur von schönen Bildchen zu leben. Ich würde gerne etwas Spannenderes oder Weltveränderndes antworten, und diese Trivialität machte mir stets zu schaffen. Und ehrlich gesagt: Ich finde, die meisten Leute haben ihre Vorbehalte vor dieser neuen Berufssparte völlig zurecht.

»Ehrlich gesagt, nein«, antwortet er dann, »war mir auch schon aufgefallen, dass ich nicht weiß, wie du deinen Alltag verbringst, aber ich dachte mir, wenn du es mir erzählen willst, wirst du das schon irgendwann machen. Wir definieren uns alle viel zu sehr darüber, und dann dachte ich mir, eigentlich erfrischend, sich außerhalb davon kennenzulernen. Das macht es irgendwie mysteriös. Und spannend.« Mir imponieren seine Gedanken, und es bleibt dabei, dass er nicht weiß, was ich mache, und das gibt mir ein gutes Gefühl. So, als könnte ich ganz ich selbst sein.

Wir liegen in dieser Nacht noch eine Weile im Dunkeln nackt nebeneinander, und ich frage ihn zu seinen Gedichten, woher er die Inspiration nimmt, ob das in Wellen kommt, ob er wieder löscht, was er schreibt, oder ob immer die erste Formulierung bestehen bleibt. Ob sich der Gedanke erst optisch auf dem Papier in ein Bild formt oder alles vorher schon im Kopf besteht. Bei jedem Treffen kann ich in meinem Kopf ein paar Puzzleteile mehr zu seiner Persönlichkeit hinzufügen, und das, was ich in meinem Kopf bisher zusammengesetzt habe, gefällt mir äußerst gut.

Er erzählt mir von Wortschnipseln zu Trennungen, dem Ende des Sommers und einem Haus am See, die er als Gedichte notiert hat. Ich erzähle ihm von *Sachliche Romanze* von Erich Kästner und trage es ihm kurz vor.

»Warum genau das?«

»Ich glaube, es ist die einfache Sprache, die ich so gerne daran mag. Dieses … Alltägliche. Man fühlt das in jeder Zeile heraus. Es ist so melancholisch und gleichzeitig eine Liebeserklärung an den Alltag. Also für mich. Und egal, was man durchlebt, das ist so ein Gefühl, das kommt immer mal wieder zurück. Dass Liebe einfach verloren gehen kann. Ich glaube, das Gedicht holt mich in regelmäßigen Abständen in meinem Leben einfach immer wieder auf den Boden der Tatsachen zurück.«

»Leute, ich bin im Arsch«, schreibe ich in die Mädelsgruppe und schicke ein Bild von meinem Make-up zerlaufenen Walk-of-Shame-Gesicht dazu, als ich von seiner Wohnung zur Tram an der Warschauer durchs gerade erwachende Friedrichshain laufe. Sie wissen genau, dass das nur eines bedeuten kann: Dass ich ihn ein bisschen mehr mag, als ursprünglich geplant.

* * *

Ich ertappe mich dabei, wie ich auf Tinder immer wieder die Entfernungsangabe von Nick checke, während ich mich selbst gleichbleibend in meiner Wohnung befinde. Tinder updatet die Kilometerzahl nur, wenn man sich in der App einloggt, wenn man sie einfach nur auf dem Handy hat und tagelang nicht reingeht, aktualisiert sich die Zahl nicht. Aber seine Entfernung zu meiner Wohnung springt fröhlich hin und her. Fünf Kilometer, als er mir schreibt, dass er auf Arbeit produktiv ist, drei Kilometer, als er mir auf WhatsApp ein Foto aus einer Bar in Mitte schickt, einundsiebzig Kilometer, als er seinem Opa im Garten hilft. Sogar von seinem kleinen Dorf aus loggt er sich bei Tinder ein. Mir gefällt nicht, dass ich überhaupt ständig sein Profil aufrufe, um das zu prüfen. Ich stalke. Mir gefällt nicht, was diese Info mit meinem Kopf macht, nämlich dass ich nachdenke, wen er noch datet, mir überhaupt Fragen zu unserer Exklusivität stelle. Zwischen uns ist nichts sicher und nichts fest, ich bin eigentlich gar nicht so, und da ich selbst verantwortlich dafür bin, solche Gedanken in meinen Kopf zu lassen, halte ich den Finger schließlich lange auf diese App gedrückt, bis sie wackelt und das X erscheint, und verbanne sie damit von meinem Handy. Mal wieder. Dabei habe ich ihn bisher kein einziges Mal im Hellen gesehen. Der Winter taucht Berlin in eine zusammenhangslose Dunkelheit.

»So gerne wollte ich in Berlin eigentlich niemanden mögen«, maule ich Janne später bei einem Kaffee vor. »Ich will frei sein und eine gute Zeit haben. Ich mag es nicht, dass ich ihn mag. Das ist doch verrückt. Ich bin verrückt. Mich stört selbst, dass er weiterhin Tinder nutzt. Das kenne ich gar nicht von mir.« Im November hatte ich diese tiefe, undefinierbare Angst in mir, irgendwann an dem Punkt anzukommen, dass ich so zufrieden bin, so gerne Single und alleine, dass ich den Moment verpasse, den richtigen Menschen doch an mich ranzulassen. Und ich habe das Gefühl, dass diese Angst nicht mehr nur unbegründet ist.

»Hast du *Wie wir lieben: Vom Ende der Monogamie* gelesen?«

»Das von Friedemann Karig? Ich hab's angefangen, aber wurde nicht so richtig gepackt. Ich glaube, Polygamie wäre jetzt auch nichts für mich. Wenn ich Lust auf mehrere Menschen habe, dann kann ich das doch haben, ich würde es halt nur nicht Beziehung nennen.« Ich erinnere mich nur gut an meine Boyband vor ein paar Sommern zurück. Die Freiheit, alle, und niemanden zu fest zu wollen. Gerade will ich aber nur Nick. So ehrlich konnte ich zu mir sein.

»Ich liebe das Buch und ich glaube, da ist sehr viel dran. So ein offenes Leben ist das schönste, was man haben kann. So viel Liebe. Du musst einfach nur mit dem Leben mitgehen. Es fühlen.« Ich liebe sie, auch wenn ich ihre esoterische Seite nicht ganz nachempfinden kann.

»Ich versuch's zu fühlen, ehrlich. Aber gerade fühle ich mich einfach nur dauerhaft verwirrt.«

»Was das ist und was du willst, musst du auch nicht jetzt entscheiden. Lass es auf dich zukommen. So oder so: Alles kommt so, wie es kommen soll. Auch das mit der Liebe. Sonst müsstest du dich auch lieber mal zu Hause verstecken, statt das ganze Jahr zu daten. Natürlich ist da irgendwann einer, mit dem es mal funkt und knallt. Das ist wunderschön, ey.«

Zurück zu Hause gebe ich »Single« bei Netflix ein und klicke auf das erste Suchergebnis.

»In dieser Geschichte gehts nicht um Beziehungen. Es geht um die Zeit dazwischen, in der vielleicht, aber nur vielleicht, unser wahres Leben stattfindet …«, holt mich *How to Be Single* direkt ab, und ich tauche ein in diese Theorie. Ich bin so gerne für mich, ich weiß gar nicht mehr, wer ich in Kombination mit jemand anderes sein würde. Aber Janne hat recht: Das ist wunderschön, ey.

vielleicht hat man nur einen moment, einen moment, in dem man absolut an niemanden gebunden ist. einen moment, in dem du ganz für dich bist. wirklich und wahrhaftig single. und dann ist er vorbei.

In Zeitlupe

März

»Ob ich mir jetzt noch eine Falafel holen gehe?«, frage ich Maja nach dem Bastille-Konzert unschlüssig. Wir stehen am S-Bahn-Eingang zur Warschauer Straße, und ich habe diese innere Unruhe aus Hunger, Rastlosigkeit, Sehnsucht, wonach auch immer, und der Lust, einfach noch nicht nach Hause gehen zu wollen. Sie verabschiedet sich von mir, und ich rufe Nick an, während ich den nächstgelegenen Falafelladen ansteuere. »Ich hole mir 'ne Falafel, oder hast du 'ne Idee?«, weihe ich ihn in meine Essenspläne ein. Es ist fast Mitternacht. »Wenn du magst, komm her zu mir, ich kann dir eine Buchstabensuppe machen?« Ich hätte keinen Vorschlag weniger erwartet als diesen. Buchstabensuppe hat mir seit ungefähr siebzehn Jahren niemand mehr angeboten.

Ich grinse den ganzen Weg, während ich die Wühlischstraße entlang stapfe und die Nachrichten des Tages lese. »Lebe so, dass Jens Spahn etwas dagegen hätte«, teile ich in meiner Insta-Story und rege mich kurz innerlich über diesen lächerlichen Fünf-Millionen-Euro-Plan auf, der Frauen absprechen soll, selbst in der Lage zu sein, Entscheidungen über ihre eigene Gebärmutter zu treffen, so sehr, dass ich fast an Nicks Tür vorbeilaufe. Ich klingle. Lebe grundsätzlich so, dass wahrscheinlich sehr viele konservative Personen, etwas dagegen hätten. Lebe so, dass du zu jedem Zeitpunkt selbst entscheidest, was du mit deiner Gebärmutter anstellen möchtest. Und mit jedem anderen deiner Körperteile auch. Lebe so, wie du Lust hast zu leben. Dann macht Nick die Tür auf und nimmt mich in den Arm.

Zwei Tage später liegen wir in meinem Bulli, weil sitzen nicht geht, trinken Rotwein aus Plastikbechern, fast ohne uns zu bekleckern, und essen Schokokekse. Berlin ist riesig und voller Stau und Baustellen, und wir haben fünfundvierzig Minuten bis zum Wannsee gebraucht, wo wir die Nacht verbringen wollen. Einfach mal so. Weil das hier schön und intim und romantisch ist. Morgen früh geht es wieder zurück. Ich habe die Kingsize-Bettdecke ins Auto gelegt, die mir im Schlafzimmer zu dick und schwer ist, aber für acht Grad kalte Nächte im Bulli perfekt scheint. Danach schlafen wir Arm in Arm ein. Ich kann genau den Moment ansagen, in dem er mit dem Gesicht in meinen Haaren vergraben einschläft. Er atmet laut in meinen Nacken, erst lauter und dann irgendwann ganz ruhig und leise, und ich genieße jede Sekunde mit seinem warmen Körper an meinem Rücken, seinem Oberarm unter meinem Kopf und seinem anderen Arm um meinem Bauch. In dieser festen Umklammerung fühle ich mich so geborgen, dass ich auch innerhalb von Sekunden alle Gedanken loslassen kann. Die Straßenlaterne stört trotz der schwarz getönten Scheiben ein bisschen, und ich notiere mir gedanklich, Vorhänge im Bulli anzubringen, bevor ich wegnicke.

Ich habe selten so gut geschlafen wie in dieser kalten Nacht im Bulli. Draußen sind es acht Grad, mein Gesicht ist ein bisschen festgefroren, und die Scheiben sind komplett beschlagen. Er hat die Kapuze seines Hoodies auf und riecht unfassbar gut, ich liege auf seiner Schulter und halte seine Hand in meiner. Um sieben schaue ich ihn so lange an, bis er wach wird, bis um neun liegen wir noch verknäult im Bus und reden genau da weiter, wo wir gestern Abend aufgehört haben, und vielleicht war das das beste Date, was wir bisher hatten. Vielleicht war es das beste Date, was ich schon jemals hatte, einfach weil das hier gerade so präsent, so echt, so perfekt ist. Das mit diesem besten Date habe ich schon oft gedacht. Dieses völlig beseelte Gefühl von ›schöner wird es nicht mehr‹. Und immer immer wieder kommen Momente, die alles toppen oder die zumindest alle gleich anders perfekt sind, die neu und frisch sind, während alte Erinnerungen verblassen. So viel liegt hinter uns und so viel perfektes Glück noch vor uns. »Ich fühl's gerade sehr. Das alles hier.« Das sage ich in letzter Zeit ständig. All diese Momente im Speziellen, mein Leben im Generellen. Zwischendurch auch diese, in denen mein Gesicht der Pfütze vor dem Fenster gleicht. Und immer wieder: Ich liebe Regen.

* * *

Abends schleppe ich ihn in den Film über Ruth Bader Ginsburg, die erste Frau am obersten Gerichtshof der USA. Neunzig Minuten lang sinken wir in schwere Kinosessel und denken nach, jeder für sich, über Selbstbestimmung, Rechte von Frauen, heutige Privilegien und das Erkämpfen derer durch die Generationen vor uns.

Nach dem Kino schlendern wir durch den strömenden Regen zu seinem Auto, das hier im Halteverbot nicht einmal einen Strafzettel bekommen hat, und basteln uns wieder rein auf die niedrigen Sitze des Oldtimers. Ich mache meine Playlist auf seinem Handy an und gucke abwechselnd auf den Song, der läuft, in sein Gesicht und aus dem Fenster. Als mein abwesender Blick ihn kurz streift, merke ich, wie er mich ansieht und lächelt. »Was ist?«, holt er mich zurück aus meinem Tagtraum in die Realität. »Ich wollte gerade was sagen, aber dann habe ich dich angesehen und wollte dich nicht unterbrechen. In deinen Gedanken. Du hast gerade ganz weit weg gewirkt.« Ich kralle meine Hand in seine weichen Haare und lasse den Blick für die restliche Fahrt nicht mehr von ihm los, immer wieder der Satz in meinem Kopf: So etwas Aufmerksames hat noch nie jemand zu mir gesagt.

Er hat kein Spotify Premium, und auf einmal bin ich in eine Zeit zurückversetzt, in der man Lieder nicht mehr unbegrenzt skippen kann, sich erst recht keines aus einer Playlist aussuchen kann.

»Ne gute Metapher aufs Leben eigentlich«, murmele ich und verstärke ein bisschen meine Stimme. »Voll ungewohnt irgendwie. Habe es so gelernt, einfach zu skippen, was mir nicht passt, mir immer nur das Gute rauszusuchen. Aber so ist das Leben ja nicht immer. Manchmal kann man nur sechsmal skippen und dann muss man da eben einfach mal durch. Und auch wenn der Song, der gerade läuft, wirklich nervt, bin ich ganz zufrieden über seinen kostenfreien Spotify-Account und dieser Gratiserkenntnis. Ich mache es mir immer wieder so bequem in meiner Filterblase, dass ich den Blick für alles Unbequeme drum herum völlig verliere.

`wie können wir unser leben gegenseitig bereichern – und müssen wir das überhaupt?`

* * *

Die Wochenenden vergehen. Er schreibt mir um vier Uhr morgens, dass er im Bett liegt, und kurz darauf, dass er seine beste Freundin suchen geht. Fünf Uhr, dass er sie im Club gefunden hat, voll mit Koks, und nach Hause bringt. Sechs Uhr, als er dann selbst auch wieder im Bett liegt. Er ist so gut zu seinem Umfeld, und mit all seinen guten Seiten kann ich ihn überhaupt gar nicht in mir aufnehmen, merke ich doch in seiner Gegenwart, wie ungehobelt ich bin.

Und doch tappe ich immer wieder abends von Prenzlauer Berg nach Friedrichshain, um in seinem Bett zu schlafen statt in meinem eigenen. Den Montagmorgen bleibe ich einfach am Ostkreuz im Park sitzen, als er zur Arbeit verschwindet, habe ja Laptop und alles dabei, sitze in der Sonne und vertreibe mir den Tag zwischen Arbeiten im Café und Secondhandläden, bis er Feierabend hat. Achtzehn Uhr hole ich ihn von der Arbeit an der Spree ab, habe Wein und Erdbeeren und Brot und Hummus dabei, er sich und sein Grinsen, eine Decke und seine schwere Ledertasche. Er trägt eine braune Cordhose und wieder diesen Retrocharme vergangener Tage, ohne sich dessen bewusst zu sein. Euphorisch erzählt er mir von seinem Tag. »Weißt du, was ich am meisten an dir mag«, grinse ich, als wir das Spreeufer entlanglaufen, »deine Begeisterungsfähigkeit. Du feierst jeden kleinen Moment im Leben, und ich mag vieles an dir, aber ich glaube, das mag ich am meisten. Und das ist wohl eines der schönsten Dinge im Leben, völlig sich selbst sein zu können, dafür gemocht zu werden und mit ehrlichen Komplimenten um sich schmeißen zu können, als wäre es Konfetti.« Statt es mit Worten zu kommentieren, nimmt er mich in den Arm.

»Ich glaube, die meisten Frauen, die die Chance hätten, dich näher kennenzulernen, würden sich Hals über Kopf in dich verlieben«, erzähle ich weiter, als wir uns auf seine Picknickdecke setzen. »Du denkst dir Dates aus und unternimmst gerne Dinge, du schlägst Klettern oder Schwimmen oder Kochen vor, du sprudelst über vor Ideen, bist warmherzig und ein echt, echt guter Mensch. Du hast Manieren und bist smart und hast Humor, du bist wirklich ein guter Fang. Ich glaube, die meisten Frauen würden sich dir vor die Füße werfen und schreien: Hier bin ich, heirate mich sofort. Lass uns das Ding direkt festmachen, so eine Chance kriege ich vor 35 nicht wieder!« Ich war mit schriller Stimme in einer kleinen Schauspiel-Performance gelandet und lasse mich theatralisch auf die Decke fallen. »Ja, das kam schon vor. Vielleicht mag ich genau deswegen dich, weil du nicht so bist und so übertreibst. Obwohl …« Er lacht dieses offene, warmherzige Lachen und sieht mich an, als wäre ich ein bisschen verrückt.

Jemanden mit Komplimenten zu überschütten, die ich ganz genau so meine, fällt mir leicht. Aber ich habe erwartet, dass er es abstreitet, dass er mir glauben machen will, dass er nicht so gut ist, wie ich ihn ausmale. Das würden die meisten Leute tun, glaube ich. Sein Zugeständnis verblüfft mich also, dass er Komplimente so annehmen kann. Er ist sich seiner selbst mehr bewusst als viele andere junge Leute in unserem Alter. Nick sieht sich und mich klar, und das imponiert mir. Er weiß, wer er ist und wie er ankommt, spielt aber nicht auf ungute Art mit dieser Tatsache, um zu manipulieren oder sich zu verstellen. Er ist echt und roh und sich seines Daseins auf dieser Welt einfach sehr bewusst, er mag seinen Charakter. Das strahlt er aus und ein bisschen auf mich ab. Ich fühle mich schön und geborgen und gut so, wie ich bin, noch mehr als vor ihm, denke ich noch, als er auf dem Weg von der Spree zu seiner Wohnung das erste Mal meine Hand in seine nimmt.

* * *

Am Abend meiner Einweihungsparty Ende März ist Nick auf einem der vielen dreißigsten Geburtstage, die um ihn herum gerade stattfinden. Er befindet sich bereits in so einem Paralleluniversum, bei dem die Wochenenden aus Hochzeiten oder runden Geburtstagen bestehen, etwas, das bei mir noch in völliger Ferne liegt. Ich hätte ihn sonst eingeladen, aber finde es eigentlich gar nicht schlecht, dass sich unsere Leben noch nicht zu sehr miteinander verweben. An diesem Abend hätte er sonst unausweichlich alle meine Freunde mit einem Mal kennengelernt.

Eigentlich hatten wir Silvester schon eine Party zur Wohnungseinweihung gefeiert, aber weil das Leben kurz ist und wir so jung schließlich nicht mehr zusammenkommen, feiern wir einfach noch eine. Es ist die Nacht der Zeitumstellung, der alten jahrelangen Freundschaften. Freunde, die extra nach Berlin kommen, wie zum Beispiel Nils, genauso wie Tom, Josy und Milli, und eine Popcornmaschine, die nur so halb funktioniert. Josy kümmert sich darum. Es riecht verbrannt. Maja steht in Hoodie und Jeans an der Bar, die auf unserer Küchentheke aufgebaut ist, und mixt die Drinks. Irgendwann zettelt Janne eine lautstarke Diskussion über Männer und Feminismus an, irgendwann steht der Mitbewohner singend auf dem Tisch, irgendwann geht der Gin zur Neige, und während mich jemand unvermittelt küsst, muss ich nur an Nick denken. Ich wehre den Kuss so gut es geht ab und halte mich den restlichen Abend bemüht in der anderen Ecke der Wohnung auf. Der Küssende heißt Louis und war eines der Gesichter, das ich im Januar im Lieblingsclub kennengelernt hatte, so ein großer, erweiterter Bekanntenkreis, eigentlich nicht einmal gut genug, um sich als Bekannte zu bezeichnen, eigentlich ein Kreis Fremder, den ich über unsere Party informiert hatte. Er war mit zwei Freunden vorbeigekommen. Jetzt wusste ich auch, warum. Gegen vier Uhr bemerke ich, dass Louis' Freunde mit Lola und einer Freundin von ihr verschwunden sind und Louis in meinem Bett liegt und eingeschlafen ist. Meine Versuche ihn zu wecken, quittiert er mit einem gemurmelten: »Charlottenburg ist nachts doch viel zu weit weg.« Charlottenburg war nachts und tagsüber gleich weit weg, aber ich verstehe seine Logik total. Es ist schon eine Weile hell, als der letzte Gast aus Berlin geht. Überall liegt verbranntes Popcorn. Ich räume noch auf, Louis liegt noch immer in meinem Bett, inzwischen hat sich Milli zum Schlafen neben ihn gelegt. Irgendwann gegen acht tapse ich ins Zimmer des Mitbewohners, der alleine in seinem Bett liegt, rund herum auf dem Boden Freunde von weiter weg auf Luftmatratzen, klaue jemandem die Decke und schlafe neben dem Mitbewohner ein.

Am Nachmittag bereue ich, dass der Gin nicht schon viel eher leer gegangen ist. Josy hat Louis längst rausgeschmissen. Die Wohnung klebt und stinkt. Nach der letzten Nacht, nach zu vielen Menschen und hauptsächlich nach dem Bier, das jeder einzelne umgestoßene rote Becher großzügig auf dem Parkett verteilt hat. Im Laufe des Tages verabschieden sich meine Freunde von mir, Nils nimmt Josy, Tom und Milli wieder mit zurück nach Hamburg, einer nach dem anderen steht auf, springt unter die Dusche, umarmt mich und verlässt die Wohnung. Ich verbringe den Tag in einem komatösen Halbschlaf.

»Was hältst du von neunzehn Uhr auf der Simon-Dach-Straße, was essen?«, fragt Nick, nachdem ich seinen Anruf angenommen habe, und entschuldigt sich, dass er nicht zu meiner Party kommen konnte. Mein Kopf dröhnt.

»Klingt perfekt, ich muss dringend raus.« Ich brauche einfach nur eine kalte Dusche, frische Luft und dann vielleicht wieder Schlaf.

»Wonach ist dir?«

»Hummus!«, kommt es aus mir rausgeschossen. Eine Stunde später sitze ich halbwegs geduscht, ungeschminkt und immer noch völlig verkatert vor ihm vor Fatoush. Ich bestehe auf Draußensitzen, weil ich frische Luft brauche, er ist völlig amüsiert über meinen desolaten Zustand und reicht mir eine Decke. Es ist April und abends kühlt es merklich ab, es sind vielleicht elf oder dreizehn Grad. Wir bleiben trotzdem hier draußen. Ich brauche ewig, um aufzuessen, er ist schon lange fertig. Er nimmt meine Hündin hoch auf seinen Schoß, wickelt sie mit in seine Decke ein, und nach einer Stunde Rumgestochere in meiner Schüssel mit Koriander-Kartoffeln und Salat lassen wir uns den Rest einpacken. Ich kriege keinen Bissen runter.

»Was ist Berlin für dich? Welches Wort?«, fragt er derweil. »Du bist ja jetzt fast fünf Monate hier.« Hmm, überlege ich. »Ich glaube, unbeobachtet trifft es am besten. Anonym wäre ein Synonym dafür, aber das klingt so negativ und kontaktlos und trifft es deswegen nicht ganz, also doch, unbeobachtet. Weil du hier machen kannst, was du magst, zum Späti im Jogger, ohne dass sich jemand fragt, warum du so aussiehst und warum du morgens um acht dringend eine Cola brauchst. Die Leute sind sich egal, aber auf eine gute Art. Jeder hilft sich gegenseitig, alle sind nett, aber ohne zu verurteilen. Ohne negativ über dich und dein Aussehen zu denken. Falls du durch ihr inneres Raster, wie ein Mensch sollte, fällst, bist du ihnen egal, vielleicht, weil sie keines haben. Du kannst deine Glitzerhose tragen oder deine Plateau-Docs. Ich habe das Gefühl, dass es hier keinen Konkurrenzkampf, keine negativen Vibes zwischen Fremden gibt, weil eh jeder sein Ding macht. Also ja, auf eine gute Art und Weise unbeobachtet. Sich egal. Und dadurch kannst du viel mehr als irgendwo sonst sein, wer du willst. Dich frei entfalten, anonym sein, wenn du es willst, Leute ansprechen, wenn dir danach ist, alleine vorm Späti Croissant und Filterkaffee frühstücken.«

Zwischen uns sind immer wieder diese Momente, in denen ich meinen Blick nicht von seinen braunen Augen abwenden kann, trotz meines Katers haben wir ein wirklich gutes Gespräch. Wir zahlen, jeder wirft einfach das Geld, was er so findet, auf den

Tisch. Getrennt oder zusammen bezahlen war für mich eigentlich nie wirklich ein Ding. Ich finde, es bedeutet nichts, wenn ich als Frau schneller bin und bezahle, genauso wenig etwas, wenn wir einfach beide etwas Geld auf den Tisch werfen. Dass ein Mann einladen muss, egal ob beim ersten Date oder bei denen danach, halte ich für überholt. Nach dem Essen schlendern wir am Boxi vorbei zu ihm nach Hause.

Es ist dieses Level an Vertrautheit, mit dem ich an seinen Schrank gehe und mir dicke Socken raushole, weil ich inzwischen wirklich friere, und nicht mehr frage, welchen von seinen Hoodies ich überziehen darf, welcher wirklich gemütlich ist, weil ich das schon weiß. »Film? Suchst du einen aus?«, gebe ich jegliche Verantwortung für den restlichen Abend ab und wickle mich in seine Kingsize-Bettdecke.

»Meine Mitbewohnerin hat mich auch gefragt, was das jetzt mit uns ist«, eröffnet er, nachdem der Film gerade begonnen hat. *Das erstaunliche Leben des Walter Mitty*, und ich merke an seiner Nervosität, dass der Film ihm gefällt und dass ihm wichtig ist, dass ich ihn auch mag. Dass ihm meine Meinung überhaupt wichtig ist, dass er von Filmen so begeistert ist, das finde ich wirklich sehr charmant.

»Und, was hast du geantwortet?«

»Dass es gerade schön ist.« Ich atme nicht hörbar erleichtert aus. Genau so fühlt es sich für mich auch an. »Sie wollte halt eine Schublade, wo sie das hier reinstecken kann, aber ich kann ihr leider keine geben. Nur die, wie es ist, nicht was. Schön.«

Ich nicke und lächle ihn an. »Ich glaube, es sind immer eher die anderen, die da was definieren wollen, um für sich einordnen zu können, womit sie es zu tun haben. Weil, na klar, ist es einfacher als Freund, wenn man 'ne Definition hat, an der man selbst ableiten kann, wie ernst etwas ist und wie sehr man nachfragen, sich mitfreuen, Anteil nehmen und den Menschen kennenlernen soll. Das ist wahrscheinlich menschlich so unter Freunden. Die einen dazu zu bringen, selbst zu hinterfragen, ob man nicht ein Wort für das Gefühl braucht. Ich find's ohne auch schöner.«

Ich habe selten so gut geschlafen wie neben ihm. Es dauert ewig, bis wir uns am nächsten Morgen aus dem Bett geschält haben und bereit sind, den Montag anzugehen. Es ist schon neun, als ich ihn auf der Sonntagsstraße noch zu einem Kaffee in der Sonne überrede. Das hier ist so ein Moment, den ich um alles auf der Welt festhalten will, deswegen verlängere ich und drücke auf Pause, solange es nur geht. Wir verabschieden uns für eine Woche, weil er in den Urlaub fährt.

Während all die Fernzüge eine Etage drunter auf Gleisen fahren, fährt die Ringbahn am Ostkreuz auf der Hochebene links und rechts ein. Es ist neun Uhr achtundzwanzig, als wir genau in der Mitte der Halle stehen und innehalten, weil keine unserer Bahnen bisher angekündigt wird. Wir müssen in die entgegengesetzten Richtungen, können uns noch nicht ganz voneinander trennen, also verharren wir voreinander. Wie ich da stehe, leicht auf Zehenspitzen, meine Arme um seinen Nacken geschlungen, in einem langen Kuss, sehe ich mich wie in einem Film von außen, als würde ein zweites Ich neben mir stehen und mich beobachten. Wie wir da so stehen, ganz ruhig, zwischen all den Pendlern, die umsteigen, durch die Halle rennen, als würden wir miteinander in Slow Motion existieren, während alles um uns herum sich weiterbewegt. Wenn ich in seine viel zu runden, dunklen Augen verschwinde, ist es immer, als würde das die Stopptaste sein. Das passiert ständig. Ständig bleibt mit uns die Zeit stehen.

Völlig selig tapse ich nach Hause und an meinen Schreibtisch, völlig verwirrt begrüße ich den Mitbewohner, als er abends von der Arbeit nach Hause kommt. »Was ist denn jetzt schon wieder los«, kommentiert er meinen Gesichtsausdruck. Irgendwas zwischen glücklich und schwebend, unsicher und gequält. »Du weißt schon, ich bin verwirrt.« Und er wusste, worauf ich hinauswollte. »Du warst heute einfach nur schon wieder zu viel alleine und hattest zu viel Möglichkeit, über irgendwas nachzudenken.« Das hält er mir ständig vor. Dass ich zu viel hier alleine bin, zu viel nachdenke.

»Genieß es doch einfach mal. Also ganz ehrlich, ich würde mich freuen, jemanden kennenzulernen, für den ich so brenne wie du für Nick.« Der Mitbewohner öffnet vor mir seine mitgebrachte Pizzaschachtel und rollt mit den Augen. Fußball läuft. »Und ich habe keine Ahnung, warum du so störrisch bist, so davor wegrennst.« Er ist nicht der erste, der das zu mir sagt. Und langsam macht es mir Angst. Renne ich vor den wirklich guten Dingen weg, weil ich zu sehr auf meine Freiheit poche?

»Ich weiß auch nicht, wie du das machst. Ich habe Dates, weil ich wirklich Lust habe, jemanden kennenzulernen, jemanden, mit dem es was Echtes ist, jemand, der bleibt. Aber am Ende des Monats bleibt niemand über, den ich weiterhin kennenlernen will. Und du willst das nicht, du willst nur rumtanzen und stolperst trotzdem immer in solche Geschichten rein. Wie verdammt noch mal machst du das?« Ich lache und dann schweige ich wieder. Ich wusste es auch nicht und ich hatte das Gefühl, wir drehen uns im Kreis. Immer noch und vielleicht schon seit Jahren, um uns selbst herum und um diese Welt, die ein einziger Kreislauf war aus schlechten oder guten Dates, aus langen oder kurzen Bindungen mit tollen oder anstrengenden Menschen, nur um sie dann unterwegs zu verlieren, auszutauschen und wieder von vorne zu beginnen, während die Tage länger und kürzer und wieder länger wurden. »Wenn man die letzten Jahre mal als großes Ganzes betrachtet, mal als zusammenhängende Geschichte statt als einzelne, tiefe Episoden, dann ja: Wir drehen uns im Kreis.« Aber wenigstens sind wir zusammen verloren und nicht alleine.

* * *

Er: Maus
Er: Ich muss dir gestehen
Er: Ich habe mich komplett in dich verliebt

… trudeln seine WhatsApp-Nachrichten bei mir ein. Es ist einundzwanzig Uhr drei, ein Donnerstagabend, ich liege schon mit Hund und Buch im Bett. Ich weiß, dass sie keinen Abend Après-

Ski auslassen, jeden Tag ab morgens schon alles am Glas geben. Und kann seine Nachrichten deswegen nicht nur nicht ernst nehmen, sie machen mich fast schon traurig, obwohl ich mich darüber freuen will. Aber wäre nicht ein echtes Gespräch besser gewesen, als so etwas bei WhatsApp rauszuhauen? Diesen ersten Moment, einander zu gestehen, dass man mehr empfindet als für eine übliche Affäre, die man zwischen Drinks, Nächten und Späti ab und an sieht, manchmal aus einem anderen Hauseingang zum Sonntagmorgen kommt und sich aber gut und gerne auch mal einen Tag nicht zurückmeldet. Dass es mehr ist als das, dieser Zauber, nicht zu wissen, was der andere darüber denkt, wo das hier hingeht, dieses Magische zwischen uns, alles Mysteriöse. Das ist mit einem Mal verschwunden. Die Leere, die sein Geständnis hinterlässt, erdrückt mich.

Was antworten? Ich finde WhatsApp als Rahmen, um über unsere Empfindungen füreinander zu reden, völlig unpassend, will mich auf dieses Gespräch in diesem Moment gar nicht einlassen – befinden wir uns ja gerade nicht nur 800 Kilometer räumlich voneinander entfernt, sondern sind vor allem emotional gar nicht auf einer Ebene. Ich bin noch nicht einmal sicher, ob er die Nachrichten gerade selbst schreibt oder ob ein Freund sich seines Handys bedient hat und sich einen Scherz erlaubt. Ich bekomme allmählich keine Luft mehr.

Ich habe das Gefühl, dass neben uns die letzten zwei Monate ein Plattenspieler lief, dessen Musik jetzt mit einem Mal verstummt ist, aber nicht allmählich leiser werdend, sondern mit einem Ruck, wie bei diesem Spiel, wo du so lange tanzt, wie die Musik läuft, und sobald sie unvermittelt aus ist, bleibst du wie eingefroren auf der Tanzfläche zurück. Genau so fühle ich mich. Bisher hatte noch nichts eine so klare Reaktion von mir erfordert wie das hier.

Ich hätte mir so vieles hier so viel anders gewünscht. Dass eine Sache mal mysteriös bleibt, dass nicht immer alles sofort so schnell gegen den Baum rast, dass ich keine Lust mehr darauf habe.

Aber ist das so schwer? Eigentlich habe ich doch keine Erwartungen, außer, dass alles leicht bleibt, eigentlich bin ich doch gut damit, den Dingen ihren Lauf zu lassen, aber dann doch wieder nicht zufrieden, weil alles zu schnell zu fest wird, und zwar auf eine Art und Weise, mit der ich nichts anfangen kann. Mein Kopf ist wie betäubt. Alle Leichtigkeit ist mit einem Mal verschwunden.

Grautöne

April

»Was ist, wenn das jetzt auch nur wieder einer ist, für den ich drei Monate schwärme oder vielleicht sechs, bis der nächste kommt?«, frage ich in die Runde, als Milli und Josy nach meiner Party für eine Berufsmesse in Berlin sind und wir uns zur gemeinsamen Kaffeepause verabreden. Die letzten Tage hatte ich mich mit Arbeiten abgelenkt und meinen Kopf sortiert.

»Was ist, wenn Liebe kein Zufall ist, sondern vielleicht einfach nur eine Entscheidung? Wenn du dem Ganzen nicht willenlos ausgeliefert bist, wie lang dieses Schwärmen anhält, und ob da wieder jemand Neues kommt?«, kontert Josy und erinnert mich mit ihren Worten an Anton aus dem letzten Sommer. »Was ist, wenn du selbst einfach irgendwann erkennst, jetzt gerade hier bin ich bereit für dich. Was ist, wenn es nicht an den Männern liegt, dass sie dich nicht weiter fesseln können, sondern du einfach zu zögernd und rastlos bist? Vielleicht gibt es nicht den Richtigen. Vielleicht behält man einfach mal jemanden und beißt rein.« Wir lachen. »Vielleicht bin ich aber auch einfach nur faul. Ich weiß doch auch nicht, ob Tom der richtige ist«, resümiert Josy, dabei wissen wir beide, dass sie so nicht wirklich denkt. Sie will ihre Liebe für uns nur in nahbarere Verhältnisse setzen, irgendwie mehr dazugehören. Manchmal macht man das, sein eigenes Glück in den Schatten stellen, um seine Freundinnen nicht zu nerven oder um niemanden ein schlechtes Gefühl zu geben. Das braucht sie vor uns nicht, das weiß sie, aber wir wissen auch, dass sie es trotzdem gerne tut.

»Naja, wenn es danach geht, dann ist gefühlt jeder für mich der Richtige. Im Gegensatz zu ihr hier, die ja keinen will, will ich einfach ungefähr jeden.« Milli zeigt auf mich, und ich mag die ironische Selbsterkenntnis ihrer Stimmlage. Die, die bemerkt, dass sie sich viel zu übereifrig in etwas stürzt, während ich sehr gut jede Menge Spaß haben kann, ohne jemanden zu nah an mich ranzulassen.

»Ich kann das einfach nicht abstellen«, legt sie den Kopf auf die Tischplatte ab, direkt zwischen den leeren Cappuccino und das angebissene Brot. »Sobald ich jemanden date, geht dieses Kopfkino los. Wie seine Eltern heißen und welche Namen man wofür verwenden könnte, wie sich sein Nachname zu meinem macht und wie wir nebeneinander auf unseren Hochzeitsbildern aussehen werden. Ich kann einfach nicht daten, ohne jeden Typen direkt am Altar zu sehen und mit meinem Kind vor sich im Kinderwagen. Ich habe mir deine Worte letztens in London, Josy, echt zu Herzen genommen, aber trotzdem kann ich nicht ausbrechen. Als würde mein Kopf abchecken wollen, ob er in allen Vorstellungen, die ich so habe, auch funktioniert. Als gäbe es da Bilder, die ich fertigmalen muss. Oder als wäre das einzig Wichtige so ein scheiß Hochzeitsfoto und das Erreichen dieses Lebensziels. Als wäre die Liebe, die Zuneigung, der Alltag nicht auch wichtig. Aber das sehe ich nie. Ich sehe: Heiraten, Babys, Heiraten, Babys. Ich sehe, wie sehr meine Mutter sich freut, dass ich ›doch noch jemanden finde‹. Ich wünschte, ich könnte das abstellen. Aber ich krieg's nicht hin. Sobald ich jemanden sehe, geht meine Fantasie mit mir durch. Das macht alles so kompliziert und mich so unentspannt. Ich würde gerne einfach so aus Lust und Laune daten, mich einfach nur auf das Gespräch und den Moment konzentrieren. Aber ich kann's nicht.«

»Was sind wir denn? Die Beziehungsunfähige, die Faule und die Übereilige?«, lache ich. Angestachelt und irgendwie berührt von ihrer Offenheit, vom Eingestehen, was sie falsch machte, nehme auch ich mir ein Herz, tieferzugehen. Eigentlich war ich gut darin, solche Sachen erst einmal mit mir selbst auszumachen.

»Und ich verschließe mich und renne weg, sobald jemand echtes Interesse bekundet. Nick hat mir gesagt, dass er sich in mich verliebt hat. Naja, geschrieben, diese Woche, via WhatsApp. Das hat mich so auf dem falschen Fuß erwischt, ich würde gerne kopflos weglaufen.«

»Er hat was?«, echoen sie mich im Chor an. Ja, ich hatte bislang nichts davon erzählt.

»Ich weiß, du willst das nicht hören, aber wie schön ist das denn?« Milli hat scheinbar schon wieder jeden Zweifel beiseite geworfen und ist direkt Feuer und Flamme. »Du magst ihn, er mag dich, sogar verliebt scheint er zu sein, du bist das auch, also …«

»Per WhatsApp?« Josy verschränkt wenig begeistert die Arme und lehnte sich auf ihrem Stuhl zurück. »Ich hasse diese ganzen Apps«, kommt wie ein Murmeln hinterher.

»Eigentlich habe ich mich darüber gefreut. Oder naja, eigentlich wollte ich mich gerne freuen. Aber ich hätte auch nichts dagegen gehabt, das Ganze offenzulassen«, versuche ich mich zu erklären. »Aber ich fand den Moment komisch, und über WhatsApp sowieso und ach … ich weiß auch nicht. Wir sind so umeinander getanzt die letzten acht Wochen. Ohne Erwartungen aneinander, ohne Zukunft. Einfach nur im Jetzt. Alles war wie ein Zauber, wie in einer Blase. Ich habe das Gefühl, die ist jetzt geplatzt. Dass ich mich jetzt entscheiden muss, wie es weitergeht. Was aus uns wird, ob ich verliebt bin und wenn ja, wie sehr, ob ich mein Leben mit ihm teilen will. Ich sehe meinen Single-Status schwinden und ganz viele Entscheidungen auf mich zurollen und wenn ich ehrlich bin, macht mir das Angst.« Ich hatte lange nicht mehr so ehrlich über Gefühle geredet, über diese Gefühle, die ich mir selbst nicht erklären konnte.

»Wann seht ihr euch wieder?«, fragt Josy nach einem kurzen Moment der Stille, in der sie mich beide eingehend studiert haben.

»Heute Abend ist er aus dem Skiurlaub zurück.«

»Ich weiß, das willst du nicht hören, aber: Du predigst immer, dass man das Leben auf sich zukommen lassen soll«, klinkt sich

Milli ein. »Ihr habt mir eine Standpauke gehalten, dass ich mich nicht so verkrampfen soll und versuchen soll, mein Leben zu beschleunigen, meinem Schicksal nicht durch meinen Übereifer dazwischen grätschen soll. Das Leben auf sich zukommen lassen, heißt nicht nur, das Single-Leben zu genießen und aus allem eine gute Zeit zu machen, sondern heißt auch …«

Und ich weiß, was jetzt kommt, und ich weiß genauso sehr, dass sie recht hat. Und dass diese Worte eigentlich von mir stammen können.

»… heißt auch, es anzunehmen, zu genießen und zu feiern, wenn dann doch der richtige Mensch vor einem steht.«

Ich weiß nicht, wieso ich mit so schönen, weisen und schlauen Freundinnen gesegnet bin. Von unserem Treffen wieder zu Hause und mit einem großen Glas Leitungswasser zurück auf dem Balkon, überfallen mich diese Gedanken, die ich versucht hatte, von mir wegzuschieben. War ich auch verliebt? Und wenn ja – was hatte das zu bedeuten?

»Man kann sich nur lieben, wenn man sich kennt«, hat irgendein Drehbuchschreiber am Anfang von *Fucking Berlin* die Protagonistin denken lassen, und da ist viel Wahres dran. Das, was ich bei Gustav letzten Sommer noch nicht richtig in Worte fassen konnte, wird mir jetzt deutlich. Ich kenne ihn doch gar nicht richtig. Kenne seine Kindheit nicht und warum seine letzte Beziehung wirklich zu Ende gegangen war, weiß nicht, was er in seinem Leben bereut. Weiß viel, aber nicht alles. Kann ich also so schnell lieben? Oder war verlieben und lieben eigentlich doch ganz etwas anderes?

Es ist das erste Mal, in diesem knapp einen Jahr, dass ich jetzt date, mir fremde Männer mit Drinks zuprosten, dass ich knutsche und durch die Nacht tanze, das erste Mal in diesem knappen Jahr, dass ich jetzt Single bin, dass es etwas gibt, was mir ein bisschen zu sehr meinen Kopf verdreht. Das erste Mal, dass Anziehung, echtes Interesse aneinander besteht und das auch noch nach dem fünften Date auf Gegenseitigkeit beruht.

Ich hatte Freundschaften und Erlebnisse gefunden, gute Geschichten abgespeichert, aus Fehlern gelernt und war an mir und anderen gewachsen.

War ich nach diesem Jahr Dating ohne Ziele nun kurz davor, mich neu zu verlieben? War ich es vielleicht sogar schon? Ich strecke mein Gesicht in die Abendsonne und halte inne, vom Denken. Am liebsten ist es mir immer, die Dinge unter Kontrolle zu haben. Sie rational erklären zu können, selbst das Gefühl zu haben, dass sich alles bewegt und dass sich alles in eine gute Richtung bewegt.

Nur irgendwie – bin ich nicht bereit dafür.

Ich sträube mich ein bisschen gegen mein eigenes Happy End.

So viel Liebe, aber ich kann das hier nicht uneingeschränkt zulassen.

Vielleicht habe ich mir in meinem Single-Dasein etwas vorgemacht – und ich nehme gar nicht das Leben so an, wie es kommt, bereit für alles, sondern bin ein verbohrter Single, der nicht mehr in der Lage ist, jemand Neues an sich ranzulassen. Ich bin gut im Singlesein – und das wollte ich mir nicht nehmen lassen.

`meine tage bestanden daraus, von einem café zum nächsten zu hüpfen und in liegestühlen oder an stehtischen zwischen menschenmassen und autos meinen laptop aufzuklappen, gewichtig reinzutippen und cappuccino mit hafermilch zu schlürfen, und wenn ich keinen kaffee trinken würde, wüsste ich gar nicht so richtig, was ich mit meinem tag stattdessen anfangen sollte.`

* * *

Gegen halb elf blinkt mein Handy auf, und als ich über die Balkonbrüstung spähe, sehe ich ihn da stehen mit seiner großen Reisetasche. »Ich habe mich direkt von meinen Freunden hier bei dir absetzen lassen«, keucht er, sobald er meine Wohnung im ersten Stock erreicht und mich in seine feste Umarmung schließt.

»Du warst die ganze Woche so wortkarg, war die Nachricht zu viel?«, er hat sich ein bisschen aus der Umarmung gelöst, um mich anzusehen. »Nicht zu viel, aber irgendwie der falsche Kanal.«

»Ich war angetrunken und dann wusste ich, das muss jetzt dringend sofort raus. Und du weißt ja, was man sagt. Kinder und Betrunkene sagen immer die Wahrheit.« Er lacht, ich quäle mich zu einem Lächeln.

»Ich weiß trotzdem nicht, was ich dazu sagen soll …«

»Musst du auch nicht. Du musst nichts dazu sagen. Aber zurücknehmen werde ich es auch nicht.« Während das Wochenende an uns vorbeifliegt, kann ich mich kaum auf seine Worte, auf unser Tun, auf meine Gefühle konzentrieren oder die Satzfetzen in meinem Kopf in meinem Tagebuch in Form bringen.

»Sehen wir uns dann Samstag?«, frage ich ihn, als wir in meinem Türrahmen stehen. Es ist Montagmorgen, für die Woche ist sonst nichts ausgemacht. Samstag wollen wir in eine Ausstellung gehen. »Wieso denn erst Samstag?«, er wirkt ehrlich bestürzt.

»Eher?«

»Ja.«

»Danke fürs Aufpassen aufs Hundebaby«, texte ich ihm, als ich in der Tram stehe. »Und auf mich.«

So richtig hatte mich dieses ganze Thema nicht losgelassen. Das mit dem Suchen, mit dem Gerne-Single-sein, Gerne-eine-Beziehung-Wollen. War es okay, überhaupt zu daten, wenn man keine feste Beziehung wollte? Und sollte man zu jedem Zeitpunkt im Leben wissen, was man wollte? Liege ich falsch damit, das Treibenlassen so zu wählen?

Es brodelt in mir und lässt mich den ganzen restlichen Tag nicht los.

* * *

Als ich am Dienstagmorgen neben ihm und in seinen Armen aufwache, bin ich völlig verheult. Über Nacht hat mich eine Traurigkeit befallen, die ich bis dato nicht kannte und mir nicht erklären kann. Jegliche Fröhlichkeit, jegliche Lebensfreude und Lust auf diesen neuen Tag ist weg. In mir ist nur noch Melancholie.

»Warum bist du so traurig? Möchtest du drüber reden?«, fragt er mich tröstend und streichelt mir über die Wange. Er bemerkt jede meiner Stimmungen. Dass er so gut ist, so besorgt, macht mich noch trauriger. Ich liege auf dem Rücken, er mir zugewandt, küsst meine Stirn. Meine Tränen laufen in sauberen Bächen seitlich aus meinen Augen und über meinen Ohren aufs Kissen. Mein restliches Gesicht bleibt trocken. Ich schiebe es auf einen Traum, den ich nicht weiter erklären möchte, um um eine Erklärung an ihn herumzukommen. Ich habe das Gefühl, definitiv nicht gut genug für ihn zu sein, ihn mit all seiner Liebe nicht verdient zu haben. Das ist kein schönes Gefühl.

»Ich glaube, mir macht das alles einfach Angst«, tippe ich bei WhatsApp ein, nachdem wir aufgestanden sind und uns angezogen haben, unten an der Haustür verabschiedet, und er mit dem Fahrrad davongefahren ist. Erst jetzt, wo ich sein lachendes Gesicht nicht mehr vor Augen habe, mich nicht mehr darin verliere, kann ich wirklich darüber nachdenken, was mit mir los ist. »Ich bin voll neben der Spur«, füge ich hinterher.

»Mir auch«, antwortet er fünf Minuten später, und ich stelle ihn mir vor, wie er gerade halbherzig sein Fahrrad abschließt und mir nebenbei einhändig zurückschreibt. »Mich verletzlich zu machen. Jemanden wirklich nah an mich ranzulassen«, kommt weiter.

»Auch verletzt zu werden?«

»Ich glaube, damit kann ich umgehen. Das gehört doch zum Leben dazu. Gefühle zuzulassen und alles zu fühlen und dann manchmal verletzt, aber manchmal auch belohnt zu werden. Das ist doch das Schöne am Leben.«

Ja und nein denke ich, stecke das Handy zurück in die Tasche meiner Jeansjacke und trotte zu meinem nächsten Termin. Ich sehe ein paar Jungs nicht komplett zu Ende gerauchte Zigarettenstummel vom Boden aufsammeln. In Lichtenberg ist der ganze Bahnhof voller Obdachloser. Während ich gerade meine Mate aufdrehe, fragt mich schon jemand, ob er die Pfandflasche haben kann, »aber, die ist doch noch voll«, stammele ich. Erst als er weitergezogen ist, setze ich an, um zu trinken.

Abends im Restaurant bemühe ich mich, den Stuhl gegenüber zu nehmen, auch wenn Nick sich neben mich mogeln will, um mir nah zu sein. Ich wollte ihn endlich mal wieder vor mir haben. Richtig ansehen. Wenn wir redeten, in einer Bar, abends im Bett, morgens nach dem Aufwachen, befand sich sein Gesicht immer nah vor meinem, er hing an meinen Lippen und küsste mich in jeder Wortpause und manchmal auch während ich redete. Oft eigentlich. Dann schob ich ihn von mir weg, weil sonst unser Gespräch immer zu einem reinen küssenden Murmeln wurde. Unsere Diskussionen über das Leben und die Liebe waren der Leidenschaft gewichen. So richtig viele Erkenntnisse gibt mir der Abend nicht, und die darauffolgenden Tage verschwimmen ohne große farbliche Abweichungen.

Morgens immer das Gleiche, wir wachen in meiner Wohnung auf, dann hüpft er in die gelbe Tram vor meiner Tür, und ich ziehe den Hund frierend in den nächsten Kaffeeladen. Während vor fünf Tagen noch Frühling bei einundzwanzig Grad war, fühle ich mich jetzt beim Kaffee draußen an der Kreuzung so, als würden mir gleich die Finger und auch alles andere an meinem Körper abfrieren. Die Temperaturanzeige ist zurück auf fünf Grad gesprungen. Genauso fühle ich mich auch: Innerlich ein bisschen eingefroren, zurück hinter meiner Mauer, ja keine Gefühle auftauen, das kostet nur unnötig Energie.

Es ist dieser Morgen, an dem ich mein erstes graues Haar finde. Dieser Morgen, als Josy mir schreibt, dass sie und Tom erst einmal eine Pause eingelegt haben, auf unbestimmte Zeit, weil sie gerade nicht wissen, ob es miteinander weitergehen soll, und ich ein bisschen den Glauben an die Liebe verliere. Dieser Morgen, als ich eine zur Bahn hetzende Frau beobachte, die ihre noch brennende Zigarette auf die Gleise schnippst, während ihr Kind an ihrer Hand ob ihres Tempos taumelt und letztendlich das Gleichgewicht verliert. Meine Augen fühlen sich wimperntuscheverklebt an, und ich pule sie mit den Fingern ein bisschen sauber, um mir die dreckige Stadt genauer ansehen zu können. Wolkenverhangen, immer kurz vorm nächsten Regen. Ich habe eine zu große Jeans zum Hoodie an, Haare und Gesicht in einer Kapuze versteckt, und die drei Männer vorne im Müllauto johlen mir dennoch zu. Alles in mir will sich übergeben.

Der Mitbewohner und ich, wir waren wegzogen aus Hamburg, um es hier in Berlin anders zu machen, neu zu machen, wollten wegziehen, um unseren Alltag zu verändern, neue Impulse zu haben, aus der eigenen Routine auszubrechen – und tun hier genau das Gleiche. Unsicher durch einen Alltag tappen, der sich nach ein paar Monaten immer mehr ähnelt. Die gleichen Clubs, Bars, irgendwann keine mehr, die gleichen Menschen, irgendwann nur noch einer hier. Und alles fliegt in Grautönen an mir vorbei.

* * *

»Ganz ehrlich, du lernst mehr Männer kennen als ich wahrscheinlich in meinem ganzen Leben, du wachst alle paar Wochen in einem neuen fremden Bett auf, hörst dir berufliche Werdegänge bei 'nem Wein an und Gejammer über die letzte Ex, wenn ihr aus der Bar torkelt. Und dann wunderst du dich, dass du auch mal jemanden gut findest? Dass du auch mal dein Herz verlierst? Dein Ernst? Was hast du denn erwartet?« Ich habe Milli am Telefon über Facetime eingeweiht, in meine Gedanken, in meine aktuelle Traurigkeit. Und sie mich in die ganze Geschichte mit Markus, die schon vorbei war, bevor sie angefangen hatte. Sie streicht ihre schwarzen Haare glatt, und ich meine zu erkennen, dass ihr dieses neue Ende nähergeht, als sie zugeben möchte.

Sie schnaubt mich an, genauso entsetzt wie verständnislos, irgendwie sauer, vielleicht, weil sie genau das Gefühl selbst vermisst, jemanden mal wieder richtig gut zu finden, sauer, weil ich es nicht hinreichend wertschätze, sondern mich davor verschließe.

»Ja natürlich kann das passieren. Aber … Timing halt. Jetzt ist da er, und alles an ihm passt, aber ich wäre lieber noch ein bisschen ungebunden geblieben. Nicht, dass das zwischen uns ein Wort bräuchte, wir benennen es nicht, wir tun uns einfach gut und haben eine gute Zeit. Aber …«

»Timing, ach komm. Das ist doch nie perfekt. Man kann sich das Leben halt nicht basteln. Und die perfekte Person steht halt genau dann vor dir, wenn es dir eigentlich nicht in den Kram passt. Und es trotzdem funktioniert. Das ist ja auch irgendwie das Schöne und Besondere daran. Und überhaupt, unkompliziert halten, du siehst ja, wie gut das funktioniert. Du machst dir trotzdem Gedanken und stammelst hier rum. Unkompliziert halten, es langsam angehen lassen, nichts überstürzen, das ist so unsicher und so Großstadt. Ein Synonym dafür, nicht zu wissen, was man will.«

»Ich finde uns nicht unsicher. Aber ich stürze mich so oft Hals über Kopf in alles rein, da schadet es doch nicht, unterwegs mal einen Gang rauszunehmen, wirklich abzuchecken, ob man auf der richtigen Straße ist, sich Zeit zu nehmen, um die andere Person kennenzulernen, und überhaupt …«, maule ich, »Was bist du denn so zynisch?«

»Ich glaube, du bist nur nicht in der Lage, eine Beziehung zu führen, du sträubst dich so dagegen.«

Damit schlägt sie in die gleiche Kerbe wie Marlene. Milli ahnt nicht, wie traurig mich ihre Worte machen. Weil ich von mir weiß, dass ich zu Bindungen sehr wohl fähig bin, aber mich einfach langsamer und bedachter für solche entscheide, mein Single-Leben sehr genieße, einfach gerne mit mir alleine bin. Wenn ich dann einen Menschen in mein Herz lasse, dann hat das wirklich etwas Großes zu bedeuten.

Den ganzen Freitag sitze ich da, laufe meine Erledigungen ab, treffe Leute und verschanze mich am Schreibtisch, ohne meinen

Gedanken zu verlieren, die Frage, die mich seit dem Aufwachen quält. Verlieben, Gefühle, das fand ich eigentlich total gut. Nur der Rahmen, in den man die Liebe nach einem Wimpernschlag schon pressen wollte, kam mir viel zu konstruiert vor.

Michael Nast beschreibt in seinem Bestsellerroman *Generation Beziehungsunfähig*, wie viel weniger wir in der Lage sind, uns zu binden, vor allem im Vergleich zu allen Generationen davor. Aber bei meinen Urgroßeltern war die Bindung aneinander auch eine lebenssichernde Maßnahme, zu zweit eine Einheit zu formen, machte vieles leichter, diese Einheit zu verlassen war unmöglich. Aus gutem Grund sind die meisten Ü70-Jährigen in jahrzehntelangen Ehen. Es gab einfach nie eine Alternative dazu. Eine Trennung in den 50ern hätte gesellschaftlichem Selbstmord geglichen.

›Generation Beziehungsunfähig‹ klingt negativ, so nach ›schade, aber ihr habt's einfach nicht drauf‹, nach einem Fehler im System. Aber ist dieses, bleiben wir bei dem Wort, Beziehungsunfähige in uns tatsächlich etwas Schlechtes? Oder vielleicht sogar eine Weiterentwicklung von einem Wir zu einem Ich? War nicht vielleicht meine Generation die erste, die ihre Träume wirklich verfolgte, unabhängig von Systemen und Normen? Die schlichtweg machen konnte, was sie wollte, der die Welt offenstand? Ich kann daran nichts Schlechtes erkennen. Ich glaube, es ist was sehr Gutes, dass wir uns nicht mehr an den Erstbesten binden und bleiben. Ich glaube, vielleicht ist es sogar gut, dass wir zeitweise beziehungsunfähig sind. Weil es zeigt und davon zeugt, dass wir hinterfragen, reflektieren, uns selbst und unser eigenes Glück an erster Stelle sehen. Wir sind auf eine gute Art und Weise selbstbezogen. So ist mein subjektiver Eindruck.

Zu so vielen Meinungen gibt es da einfach diese andere Seite, eine andere Erklärung. Vor allem in dem Pauschalisieren einer Generation finde ich es wichtig, sich alle Auswirkungen anzusehen.

Auch Sätze wie »Single-Ladys, es gibt auch für euch Hoffnung!« unter Fotos von Instagrammerinnen, die »jetzt endlich einen

Freund haben«, lassen mich aufhorchen. Es kann nicht länger das einzige Lebensziel sein, so schnell wie möglich in eine feste Beziehung zu kommen. Das vorrangige Lebensziel sollte sein, was man selbst im Leben erreichen wollte, was man sehen und ausprobieren wollte, was einem wichtig ist – und wer man selbst ist. Ganz alleine und für sich. Wer ist das, dieses Ich?

Wir werden nicht als einzelne Hälften geboren, die halb vollständig und halb viel wert durch die Welt taumeln, bis wir endlich jemanden finden, mit dem wir unsere Hälfte aneinander pappen können. Wir werden vollständig geboren. Viel mehr noch als nur das. Heutzutage geht es nicht mehr um einen Status, um Sicherheit und gesellschaftliche Akzeptanz, sondern um Liebe. Nicht mehr um jemanden aus der Nähe, der einigermaßen passt, sondern jemanden, der perfekt passt. Heute geht es nicht ums Sich-so-früh-wie-möglich-Binden, sondern erst einmal darum, sich selbst in dieser Welt zu finden. Um sich selbst und um die Liebe. Und ich konnte mir das Leben nicht schöner als das vorstellen.

nach zwei oder drei nicht so guten tagen, eher traurig, nachdenklich in meinem kopf, war der abend gestern genau das, was ich gebraucht habe. eigentlich nichts vorhaben, doch spontan noch rausgehen, tanze und stampfe und hüpfe und fühle zu diesem electrobeat, der durch den ganzen raum, durch alle leute, durch meinen körper geht, und kann mit dem grinsen nicht mehr aufhören. weil ich in jeder sekunde hier daran denke, wie sehr du diesen techno feiern würdest, und das macht mich so glücklich, dass ich ihn gerade für dich fühlen kann. zeit und raum und menschen werden einfach so ein rausch, ein gutes gefühl, fühle mein gesicht und verstehe nicht, wie man so breit grinsen kann, gefühlt von ohr zu ohr. heute ganz beseelt von diesem gefühl, nicht mal schlafen gekonnt, weil so viel energie in mir, was `aber auch an den drei mate liegen könnte, aber schlafen dann später. glück`

* * *

Es dauert ein bisschen, das alles zu reflektieren und mich wieder von diesen Gedanken freizumachen. Wieder bei mir selbst anzukommen. Dann wird mir wieder klar, und ich habe das Gefühl, dass sich für mich alles verändert: Ich kann gerne Single sein und mich trotzdem irgendwann verlieben. Ich kann mich auf jemanden einschießen, ohne mich so zu fühlen, dass ich nur die Hälfte von etwas bin. Mein Freitagabend ist ein Rausch, obwohl ich mich seit halb eins am selben Wodka Mate festklammere, schon abgestanden, ist das Glas die ganze Zeit halb voll in meiner Hand, fest umklammert, während ich diesen Abend in mich aufsauge, Menschen anlächle, meinen Körper durch die Menge bewege und mit ihr eins bin. Ich bin endlich mal wieder tanzen, nicht betrunken, eigentlich fast nüchtern. Männer und Frauen, Berliner und Touristen schieben sich an mir vorbei, jeder eine so andere Art, sich zu bewegen und dem Fühlen der Musik Ausdruck zu verleihen. Jeder auf seine Art, dabei echt und wunderschön. Ich schlafe grinsend und glücklich alleine in meinem Bett ein, nachdem ich meine Freundinnen in die Nacht verabschiedet habe. Das Leben ist eben kein stringenter Hollywood-Film, der ungebremst aufs stereotypische Happy End zusteuert. Das hier ist die Realität voller Irrungen und Wirrungen. Das hier ist menschlich.

Auch meine Schwester wäscht mir in den nächsten Tagen den Kopf, wie gut Nick und ich zusammenpassen. »Du musst ihn ja nicht gleich heiraten«, kommentiert sie am Telefon, »aber erlaub es dir doch einfach nur, für ihn Gefühle zu entwickeln. Jeder sieht, dass es das ist, was du willst. Also lass es endlich zu.« Es kribbelt in mir, weil dieser Moment, ihre Worte und mein Bejahen mir so sehr ins Herz gehen.

Als ich am nächsten Morgen ganz früh mit Hund durch die Straßen meines ausgestorbenen Kiezes streife, fällt mir plötzlich die Hausfarbe auf, die meiner Lieblingsfarbe so nahekommt. Ein ganz blasses Koralle. Und wie schön sie zu den dunkelgrünen Fensterrahmen passt. Das Vogelzwitschern, und wie schnell die Wolken am Himmel vorbeiziehen. Dass im Café neben jedem Kuchennamen kleine, unterschiedliche Blumen gemalt sind, und die regenbogenfarbenen Socken einer Frau, die mir entgegeneilt und mich anlächelt.

Das Leben in Grautönen vorbeifliegen lassen, das hat man selbst in der Hand. Man kann die Welt auch anhalten und sich kurz bunt malen, und das jeden einzelnen Tag. Ich kann das hier als rastlosen und immer gleichen Alltag sehen, ich kann mich darin verlieren und gar nicht so auf die Uhrzeiten achten. Unsicher herumtappen, Tage, die sich völlig ähneln. Oder ich konnte es so verstehen, dass ich aus jedem Tag das beste herausholte, einfach inzwischen genau wusste, was ich wollte. Dass es mir reicht, Impulse nur von einem Menschen zu bekommen, dass meine Routine selbst gewählt und daher superschön ist. Das Leben, das sich letzten Juni noch wie ein großes Puzzle anfühlte, hat sich nach und nach ineinandergesteckt.

Die Wolken sind endlich wieder aus meinem Kopf verschwunden.

Mehr Abenteuer geht ja kaum

»Wollen wir mal zusammen wegfliegen, einfach so? Drei Tage?«, texte ich ihm.

»Wohin?«

»Irgendwas Schönes… wie wäre nächstes Wochenende die Tage vor Ostern?«

Und noch mal Ich: »Okay, jeder schreibt kurz seine Top-5-Kurztrip-Orte auf!«

Ich muss unentwegt grinsen, während ich sein kursives *»schreibt…«* beobachte.

Fast gleichzeitig schicken wir ab. *Lissabon, Tel Aviv, irgendwo Kroatien, Stockholm, Porto.*

Rom, Budapest, Oslo, Prag, London steht da bei ihm.

Während ich seine Orte lese und mich an meine Trips dorthin erinnere, huschen meine Finger aufs nächste Online-Flugportal. Ich gebe »Von: Berlin Tegel« und »Nach: Alle Orte« ein, ein Datum in zwei Wochen und klicke auf Absenden. Die günstigsten Flugziele werden mir für das Datum angezeigt, ganz oben und allen voran: Lettland.

»Lettland?«, tippe ich also und schicke mein favorisiertes Datum hinterher.

»Also Riga?«, tippt er zurück.

»Yes.«

»Klingt gut!«

Ich klicke auf Buchen, kompensiere unsere Flüge via *Atmosfair* und leite ihm die Mail mit der Buchungsbestätigung weiter. »Geil! Gib mal deine Kontodaten.« Seine Frage ignoriere ich erst mal, ich will nicht geizig wirken oder die vibrierende Stimmung aus Abenteuer und Verrücktheit stören, später, später, obwohl ich das Geld zurück brauche.

Die Airbnb-Unterkunft geht dann auch auf meine Kappe, ich buche für die drei Nächte ein fabrikähnliches kleines Loft mit Küche nahe der Altstadt, weil ich so etwas Individuelles abenteuerlicher finde als ein Hotelzimmer bei einer großen Kette, und weitere hundertsechzig Euro und ein leeres Konto später frage ich mich, wessen Idee dieser Urlaub eigentlich war. Meine. Natürlich. Jetzt ist es gebucht. Ich glaube, das Witzigste an dieser Idee ist das Buchen. Das Sich-gegenseitig-Aufputschen und Hypen, Rumspinnen, Vorfreude. So ein ›Hey, fliegen wir zusammen weg? Lass mal gemeinsam abhauen?‹ ist schnell gesagt, während Puls und Adrenalin in die Höhe schießen, dann mit Reisezielen um sich zu schmeißen und auf Buchen zu klicken auch. Der wirklich entscheidende Part, das Reisen, ist es aber nicht. Das ist dann, wenn aus einem Spaß ernst wird. Man kommt nicht umhin, sich bei allem auch zu fragen ›Was habe ich mir dabei eigentlich gedacht?‹

Die neun Tage bis zum Kurztrip verbringen wir mit schönen Dates und Pläneschmieden. Mit dem Packen bin ich relativ überfordert, und werfe einfach zwei Kleider und Strumpfhosen, mein Iron-Maiden-Bandshirt und eine Jeans, einen Hoodie und weiße Turnschuhe in meine kleinste Reisetasche. Es ist April, in Berlin sind es gerade zweiundzwanzig Grad, es ist mittags, als ich das Haus verlasse. In Riga nur zwölf. Die Jeansjacke müsste doch reichen oder? (Spoiler: Tut sie natürlich nicht.)

Ich bin eine halbe Stunde eher als Nick am Gate und setze mich so hin, dass ich die Sicherheitskontrolle im Visier habe, von denen Tegel an jedem Gate eine eigene hat. Zwei Minuten vor Boarding sehe ich ihn, wie er seinen Gürtel und Schal in die Boxen legt und mich kurz darauf auch entdeckt und anstrahlt. Ich stehe auf, schultere meine kleine Reisetasche und nehme ihn in den Arm. Er riecht frisch geduscht und nach Jil Sander *Sun Men*. Wir haben bislang noch nie zweiundsiebzig Stunden am Stück miteinander verbracht. Das wird interessant, denke ich noch, als ich hinter ihm her zum Boarding-Schalter und ins Flugzeug tappe.

Ich mache mir vorher eigentlich nie Gedanken, wie ich vom Flughafen in die Stadt komme, irgendeinen Bus gibt es immer, der vom Flughafen losfährt, und dann schaue ich eben unterwegs, dank Google Maps und dem blauen, sich bewegenden Punkt auf der Karte, wo ich am klügsten rausspringe und den Rest zum Apartment laufe. Er tickt da ähnlich ungeplant, merke ich, als wir aus dem Flughafengebäude rauslaufen und uns nach dem Bus umschauen. Eine halbe Stunde später stehen wir vor unserem Maisonette-Apartment, das sich als wirklich gemütlich und perfekt von mir ausgesucht herausstellt.

Unsere Taschen nur kurz abgeworfen, ziehen wir los. Die befahrene Straße entlang in die Altstadt, über den Marktplatz und an der großen Kirche vorbei, einmal durch jede kleine Gasse durch, bis wir ein Restaurant finden, das auf den Außenplätzen noch Sonne hat. Ich frage nach landestypischem lettischem Bier und wähle ein dunkles und dazu Pasta, er wählt ein helles und dazu Knoblauchbrot. Während wir da sitzen und reden, die Stille mit unseren Gesprächen füllen und uns immer wieder in die Augen sehen, wird Riga und alles um uns herum dunkel und ruhig. In meiner Jeansjacke friere ich mir ordentlich einen ab.

»Wie verrückt ist es, dass wir jetzt einfach hier sitzen?«, bricht er die Stille zwischen uns wieder auf.

»Voll. Ich war noch nie mit jemandem verreist, den ich nur drei Monate kenne. Schön, dass ich dich hierzu überzeugen konnte.«

Ich genieße das hier sehr. Es ist schön, immer wieder in den Arm genommen zu werden, zu zweit Erinnerungen zu schaffen, auch wenn dieses zu zweit hier vielleicht nur ein temporäres zu zweit sein wird. Wer sagt denn eigentlich, dass Erinnerungen nur wertvoll sind, wenn man die betreffende Person, mit der man sie macht, sein restliches Leben an seiner Seite behält? Ich finde das hier eigentlich ziemlich aufregend.

Ich muss nicht irgendwie funktionieren. Weil im Zweifel sehe ich ihn nie wieder. Eigentlich ist mit jemand noch Fremden verreisen wie alleine reisen. Ohne Zwang und Druck. Gleichzeitig total frei und ein bisschen anstrengend. Aber schön. Fordernd schön.

Wir laufen einträchtig nebeneinander her, über die groben Pflastersteine der Altstadt. Ich habe nichts dabei außer meine Kreditkarte in der linken Tasche meiner Jeansjacke, mein Handy in der rechten und seine alte Polaroidkamera mit Trageriemen um den Körper. So fühle ich mich ganz leicht, ohne Ballast durchs Leben zu gehen und dadurch noch viel mehr in diesem Moment hier zu existieren. Riga also.

Am nächsten Tag stehen wir früh auf, sieben ist es vielleicht. Im *Miit* gehen wir Pancakes, Avocado-Toasts und Hafermilch-Latte frühstücken. Für mich das perfekte Frühstück, und bei jedem Bissen strahle und lächle ich ihn an, weil ich mich wirklich auf den vor uns liegenden Tag freue.

Wir melden uns morgens für den gleichen Tag zu einer Free-Walking-Tour an und stehen fast pünktlich um zehn Uhr fünf vor der St.-Pauls-Kirche. Er saugt interessiert alle geschichtlichen Informationen auf, ich entferne mich dagegen immer wieder von der Gruppe und fotografiere oder nehme die Stadt in mich auf. Ich bin verantwortlich für die Polaroidkamera und die zwanzig Fotos, die wir mithaben. Damit wollen wir den Urlaub hauptsächlich festhalten. Direkt an die Altstadt von Riga grenzt ein weitläufiger Park mit einem Kanal, an den wir uns anschließend in die Mittagssonne setzen. Nur zwei Minuten später ist er mit dem Kopf auf meinen Beinen im Gras eingeschlafen. Ich halte diese ruhige Szenerie mit einem Polaroidfoto fest.

Den Sonnenuntergang am zweiten Abend gucken wir uns von der Skyline-Bar des Radisson Blu an.

* * *

Der nächste Morgen. Wir laufen zum Frühstücks-Café, das ich rausgesucht habe, das an diesem Karfreitag aber zu hat. Das nächste bietet nur Mittagessen an. Es ist erst halb elf. Die Sonne brennt durch meine Lederjacke, und ohne Kaffee und Essen im Bauch werde ich so langsam quengelig. Ich hatte auf Pancakes gehofft, auf Croissants oder belegte Brote, auf Obst und guten Kaffee, vielleicht auf frischen Orangensaft. Nicht einmal einen Starbucks-Verschnitt oder ein ähnliches Kaffeehaus tut sich auf, sogar eine runtergerockte Bäckerei ohne vegane Optionen würde es inzwischen für mich tun. Ganz egal, Hauptsache was zu essen. Wir sind vier Kilometer gelaufen, meine Laune ist auf dem Tiefpunkt, etwas, das ich gar nicht von mir kenne, als wir zurück in Old Town endlich etwas finden. Das berühmte Teehaus am Ufer des kleinen Kanals, der sich durch die Parkanlagen schlängelt. Er bemerkt meine Stimmung, weil ich nicht mehr rumspringe und voller Energie durch die Straßen heize, sondern inzwischen ruhig und wortkarg bin.

Sonst finde ich treiben lassen immer super, will keine Pläne, gerade verfluche ich es. Manchmal bedeutet, sich treiben zu lassen nämlich auch, so spontan nichts Gutes zu finden.

Ich fühle mich unwohl, mein Hemdkleid ist zu eng an den Ärmeln und ich merke, wie sich Schwitzflecken ausbreiten, meine Strumpfhose rutscht mir vom Bauch. Alles fühlt sich unangenehm an und überträgt sich auf meine Laune und meine Ausstrahlung. Ich fühle mich nicht mehr fröhlich oder zu Scherzen aufgelegt, nicht wohl und erst recht nicht schön oder selbstbewusst. Ich merke das selbst – aber kann aktiv nichts daran ändern, als wäre ich Gefangener meiner selbst. Das macht mich noch wütender. Ich bin überfordert. Vom Tag, von dieser intensiven Zeit hier, von seinen Blicken, von unseren Gesprächen. Davon, dass man sich auf so einem Kurztrip ja wirklich richtig kennenlernt.

Alles ist so – intensiv. Immer wieder laufen mir Tränen das Gesicht runter, die ich, so gut es geht, versuche zu verbergen. Alles ist ein Hin und Her, ein Auf und Ab der Emotionen. Ja doch, ich bin schlichtweg überfordert. Genau das versuche ich ihm nicht zu zeigen. Er bemerkt es trotzdem und bestellt mir einen Kaffee zum Tee, macht ein Polaroid von mir, auf dem ich meckere, um mich zum Lachen zu bringen, und schlägt vor, nach dem Essen noch einmal zurück zum Apartment zu gehen, damit ich mich umziehen kann. Dieser Mann ist die absolute Wucht, und schon im selben Moment ist meine ungute Laune wie weggeblasen. Und wir wissen beide, dass das ihm und seiner unerschütterlichen Gelassenheit zu verdanken ist. Ich bin hingerissen. Fast wieder am Apartment angekommen, holt er uns noch ein Eis und fragt mich nach meiner Wahl. Weil sie kein Maracuja haben, nehme ich Zitrone. »Zum Glück kein Stracciatella«, kommentiere ich zusammenhangslos. »Niemand mag Stracciatella«, kommt von ihm zurück.

Abends, als ich loswill zum Dinner, was zu essen suchen und vielleicht noch einen letzten Rest Sonne, sitzt er in diesem großen braunen Ohrensessel und schreibt in sein ledergebundenes Tagebuch. Alles an dieser Situation sieht so melancholisch perfekt aus, dass ich ihn eigentlich nicht stören will. In seinen Gedanken. Es ist faszinierend zu beobachten, wie jemand anderes auch diese Inseln der Ruhe braucht, um kurz aufzuschreiben und zu verarbeiten, vielleicht etwas zu notieren, was einem aufgrund all der Inspiration in einer neuen Stadt in den Kopf gekommen ist, oder vielleicht einfach nur ein Gefühl für später in Worte zu fassen. Dass er Tagebuch schreibt, mag ich sehr. Ich setze mich in den anderen Sessel, auf der anderen Seite des Raumes, und scrolle durch unsere Fotos, leise und ohne auf mich aufmerksam zu machen, bis er aufblickt.

»Schreibst du?«

»Hmhm.«

»Über das hier?«

»Ja, und über dich.«

Beim Abendessen im *Vest* nebenan reden wir über seine und meine Exbeziehungen und warum sie gescheitert sind, diskutieren, ob wir einen festen optischen Typ haben, auf den man steht (er auf große Frauen, ich auf strahlende Augen und Charisma), oder ob es doch mehr charakterliche Eigenschaften sind, die immer wieder anziehen. Wir reden über gewisse Zeiten in unserem Leben und was sie uns gebracht haben, über jede, in der wir uns verlaufen haben, und über das Gefühl, sich selbst nach so einer Zeit wiederzufinden. Übers Sich-Verlieben und Fühlen.

»Ich glaube, ich kündige meine Jobs«, eröffnet er dann unvermittelt. »Wieso das?« Ich stelle mein großes alkoholfreies Bier ab, aus dem ich eben gerade noch getrunken habe. »Ich habe das Bedürfnis, was zu verändern. Wieder weiterzugehen. Ich glaube, ich habe da alles gelernt, was sie mir beibringen konnten. Ich muss weiterziehen.«

»Zum Lehramt, oder ganz woanders hin?«

»Ich glaube, erst noch woanders hin, und dann zum Lehramt. Ich will noch mehr lernen, bevor ich lehren kann. Manchmal muss man woanders hingehen, um wirklich bei sich anzukommen.«

Ich nicke, irgendwie berührt. »Als ich von Hamburg nach Berlin gezogen bin, haben das ganz viele nicht verstanden«, eröffne ich ihm. »Ich habe das ja selbst nicht so richtig verstanden. Es war nur so ein Gefühl, dass man mal weggehen, aber ja auch wiederkommen könnte. Eigentlich bin ich nur einer Intuition gefolgt.«

»Und jetzt sitzen wir hier«, ergänzt er und lächelt.

»Denkst du, das ist sprunghaft gewesen? Oder abenteuerbereit? Ist es der Intuition folgen oder weglaufen, weil man sich langweilt? Es gibt da so viele Möglichkeiten, wie man sich selbst interpretieren kann, irgendwie. Eigentlich fand ich es voll gut, alles. Und dann kamen andere und haben mich verunsichert, mich rastlos und sprunghaft und durchgedreht genannt. Vorher habe ich einfach nur gewusst, da ist die Intuition und der gehe ich nach. Die Welt steht mir ja offen, ich bin jung und ungebunden. Ich wäre nie auf diese Einschätzung gekommen, diese vielen komischen negativen Auslegungen. Wieso lasse ich mich überhaupt so verunsichern, wenn ich dahinter steh.« Ich stütze meinen Kopf in die Hände. Er lacht.

»Ich glaube, man kann das positiv oder negativ auslegen. Und egal wie, du liegst immer richtig damit.« Ich denke über seine Worte nach und höre dabei nicht auf, ihm in die Augen zu sehen. Bis auf die zwei, drei Mal blinzeln.« Du kannst es so beschreiben, dass du wegrennst, dass du rastlos bist, dass du dich zu schnell langweilst und nie tief genug gehst, weil du ohne Wurzeln durch die Welt rennst. Dass du immer nur den nächsten Kick suchst, weil du dir selbst nicht genug bist, dass du versuchst, etwas Tieferem durch niemals aufkommende Langeweile keine Chance zu geben, ans Tageslicht zu kommen.« Seine Beschreibung passt haarscharf, und mir kommt Gänsehaut von der Präzision seiner Wortwahl. »Du kannst aber auch sagen, dass du dich in jeder Umgebung schnell zurechtfindest. Dass du dir nie durch festgefahrene Prinzipien selbst im Weg stehst. Und dass, wenn eine Chance kommt, du diese immer ergreifst. Dass du dich mit jeder neuen Stadt in jedem neuen Job selbst ein bisschen kennenlernst. Dass du offener, toleranter und mehr du selbst wirst, je mehr du erlebst. Dass du dir niemals vorhalten wirst, einer Idee keinen Raum gegeben zu haben, dich nicht wirklich ausprobiert und kennengelernt zu haben. Du kennst dich. Du lebst für dich. Und, es sind deine Zwanziger, meine Dreißiger. Die sind ja wohl fürs Ausprobieren da. Letztendlich kann man alles auf diese beiden Arten auslegen. Und am Ende ist es doch egal, was andere denken, Hauptsache deine Entscheidung kommt dir selbst richtig vor. Und wenn sie das in einem Jahr nicht mehr tut, gehst du halt wieder zurück. Ich zu meinem Job, du in diese andere Stadt. Völlig egal, was andere sagen, du lebst doch nur für dich. Letztendlich ist es realistisch betrachtet wohl immer eine Mischung aus beidem, aus der positiven und der negativen Auslegungsweise – weil du dich meist zwischen Abenteuer und Wurzeln entscheiden musst. Aber du entscheidest, was mehr Platz in deinem Leben hat.«

»Ich mag, wie du die Welt siehst.« Platzt es aus mir heraus. Den

Rest denke ich mir, ohne ihn auszusprechen: Du siehst sie genauso wie ich. Und ich sehe sie durch dich noch ein bisschen klarer.

Eigentlich hatte ich für den Abend noch das *Autentika*, den Technoclub schräg gegenüber von unserer Unterkunft anvisiert, aber nach der volkstümlichen Bar und einem Bier fallen wir todmüde im Apartment ins Bett. Der Wecker klingelt um fünf. Den Weg zum Flughafen verbringe ich in einem Halbschlaf, nicht fähig zur Konversation. Eigentlich habe ich mehr Energie. Ich weiß nicht, ob es die vielen gelaufenen Schritte oder die mir fremde Gesellschaft sind, mit den vielen neuen Ideen, die sie auslöst, aber ich bin völlig ausgelaugt.

Als wir wieder im Flieger sitzen, breite ich alle unsere Polaroids auf der Laptophülle auf meinem Schoß aus. »Jeder sucht sich abwechselnd eins aus, okay?«, stupse ich ihn an. Wir haben siebzehn gemacht, drei davon Sonnenuntergänge. Er wählt zuerst das Selfie von uns zusammen in der Sky-Bar, ich danach das von mir beim Obstessen in der Sonne, er das von mir, wie ich im Hoodie und mit nackten, verschränkten Beinen abends am Laptop sitze und arbeite, ich das von uns vor der Häuserzeile, das der Jugendliche, den wir gefragt haben, in quer fotografiert hat und uns fast komplett abgeschnitten hat. Aber die Häuser hinter uns sind schön. Er wählt das von uns beim Frühstück, ich das, wo er in der Sonne schläft. Dann suche ich mir meinen liebsten Sonnenuntergang aus. Als wir fertig sind, bleibt genau eins übrig, der dritte Sonnenuntergang, durch eine verschmierte Fensterscheibe hindurch, aus Versehen mit Blitz und halb verschwommen. Ein perfekter Moment.

Während er den ganzen Flug über schläft und ich lese und ihn beobachte, frage ich mich, was ich wohl in einer Weile, in einem Jahr oder fünf über diesen Urlaub hier denken werde. Manchmal ist es ja so, dass Momente in der Erinnerung viel besser werden, man sie nachträglich glorifiziert und mit einem Glänzen in den Augen immer wieder davon erzählt. Damals, in Riga. Als wir jung waren. Das war schön. Manchmal fragt man sich aber genauso mit etwas Abstand betrachtet, was da eigentlich los war, warum man das machte, oder erkennt im Nachhinein Zusammenhänge und kann die eigenen leise anklopfenden Gedanken viel besser zuordnen. ›Ich fand ihn schon dort doof. Ich wollte es mir nur nicht eingestehen.‹ Ich persönlich bin eher für wehmütiges Schwelgen, für ›damals, in Riga‹. Wer weiß. All das wird nur die Zeit zeigen. Und es gibt keinen Grund, sie zu hetzen, schneller mit Erkenntnissen rauszurücken. Die kommen auch so.

»Super Trip, 5 Sterne, gerne wieder«, tippe ich, als ich zu Hause meine Wohnungstür aufgeschlossen habe, und er kommentiert es mit einem Lachsmiley. Dann krieche ich in mein ungemachtes Bett. Diese spontane Reise mit einem Fastfremden hat alles an mir überwältigt. Und gleichzeitig so sehr meinen Horizont aufgerüttelt, mal wieder, dass alles an meinem Körper nach einem Mittagsschlaf verlangt, vielleicht, um diese Reise zu verarbeiten. Jetzt bin ich wieder hier in meinen eigenen vier Wänden, wo ich erst vor drei Tagen zur gleichen Zeit die Tür hinter mir zugezogen habe, und ein bisschen fühlt es sich an, als wäre das alles nie passiert, vielleicht ein Traum gewesen. Verrückt, wie viel sich in nur drei Tagen tun kann, wie viel es zu erleben gibt, wenn man sich die Mühe macht, die eigene Wohnung, die gewohnte Umgebung und die Komfortzone zu verlassen.

Mehr Abenteuer hatte ich mir zu Beginn des Jahres auf die Kappe geschrieben. Und mehr Abenteuer ging ja kaum.

Ich war nicht nur von Spontanität und diesem Urlaub fasziniert, sondern vor allem auch von ihm. Er interessierte mich wirklich sehr. Ich merkte, wie geduldig er mit mir war und dass er mich genau lesen konnte, dass er auf mich wartete. In seiner Gesellschaft fühlte ich mich so wohl und geborgen. Mit einem Daumenklick lösche ich die Tinder-App wieder von meinem Handy, die ich im Zuge meiner Verwirrung kurz noch einmal installiert hatte. Mir reicht es vorerst, die Tinder-Dating-Storys von meinem Mitbewohner erzählt zu bekommen, der jede Menge witzige Sachen erlebt. Ich will erst einmal nur Nick weiter daten. Ich erwische mich sogar dabei, mir insgeheim den Sommer mit ihm vorzustellen. Und wenn ich ehrlich bin, nicht nur diesen.

Meine Schulfreundin Marlene, zu der der Kontakt inzwischen eingeschlafen ist, würde mein Jahr des Datings als erfolglos beschreiben. Ich stattdessen finde, dass ich gar nicht mehr Erfolg hätte haben können. Nick und ich haben zusammen so eine schöne, intensive Zeit, dass ich wirklich froh bin, all meine Vorbehalte, mein Festklammern an einen Status über Bord geworfen zu haben. Dass ich mich nicht mehr über die Schublade ›Single‹ definiere, sondern merke, dass ich auch außerhalb dieser funktionieren kann. Das hier zieht mir nicht mehr unvermittelt den Boden unter den Füßen weg. Ich merke mit ihm meine Schwachstellen, dass ich doch verbohrter bin, als ich vorher dachte, mich sehr im Alleinsein eingesessen hatte, auch dass ich unsicherer bin, als ich angenommen hatte, mein generelles Misstrauen auf diese eigene Unsicherheit und nur auf mich selbst zurückzuführen ist, ich mich zu leicht verwirren lasse und zu wenig auf meine Intuition höre. Dass ich das schon einmal besser konnte und diese Intuition in Berlin zeitweise ganz erfolgreich ignoriert habe. Die letzten Wochen waren holprig, aber seit einer Weile geht es mir richtig gut mit diesen Veränderungen meines eigenen Plots.

```
man kann sich nur lieben, wenn man sich kennt.
aber: ich kann ihn ja nach all den dingen fragen.
ihn kennenlernen. eine info nach der anderen.
und vielleicht beherzige ich dann endlich mal
meine eigenen ratschläge und lasse mich so richtig
fallen. fallen ins bodenlose, ohne absicherung.
```

Wir machen uns das Leben schon ziemlich, ziemlich schön

Mai

»Manno, warum musst denn ausgerechnet du jetzt jemanden finden, der soooo …«, sagt Milli, als wir nebeneinander im Volkspark liegen. Sie ist für zwei Tage hier, wieder beruflich. Statt ihre Agentur ein Hotelzimmer buchen zu lassen, schläft sie bei mir.

»Ja?«, lache ich.

»… so gut ist. Der so gut ist, so gut zu dir passt, mit dem du so eine schöne Zeit hast. Warum ausgerechnet du?« Ich überhöre die Zwischentöne, dass sie sich so etwas selbst mehr gönnen würde als mir – weil ich weiß, dass sie es nicht so meint. Sie spielt lediglich auf den Wunsch an, den sie hatte, und den ich nicht verspüre. Der nach einer festen Partnerschaft, so bald wie möglich. »Du weißt schon, das ist wie einem Mädchen Barbies schenken, das nun mal lieber mit Autos spielt.«

»Vielleicht mag das Mädchen ja Barbies und Autos? Vielleicht vermisst es die Barbies nicht, wenn es nur die Autos vor sich hat, und sehnt sich Tag und Nacht danach, aber vielleicht ist es trotzdem offen und bereit für Barbies, wenn sie sie geschenkt bekommt. Wer weiß«, lache ich süffisant und fasse meine Erkenntnisse der letzten Woche damit in dieser absurden Metapher zusammen.

»Im Ernst, du? Du wärst bereit für was Ernstes? Jetzt doch?« Sie guckt amüsiert.

»So wie du das sagst, klingt das nach dem Abschließen eines wichtigen Vertrages. So als müsste ich heute fest entscheiden, ob ich morgen heirate. Ich nehme das, was das Leben mir gibt, egal ob Barbies oder Autos oder Beziehungen oder das Single-Dasein. Damit meine ich: Ich mach mir einfach keine Gedanken darüber. Also nicht mehr. Ich hab die Wolken aus meinem Kopf geschoben, da ist jetzt nur noch Himmel.«

Ich sehe nur noch Himmel. Währenddessen sehen Nick und ich uns ein paar Tage nicht, weil wir uns beide in die Arbeit vertiefen. Donnerstag hole ich ihn mit meinem klapperigen Auto von der Arbeit ab, den nächstgelegenen See habe ich im Handy schon anvisiert. Zwanzig Minuten Fahrzeit. Er steigt ein, verstaut seine große Ledertasche zwischen seinen Füßen und küsst mich. Während ich fahre, merke ich, wie er mich beobachtet, eigentlich durchgehend. Das macht mich nervös, und ich habe meine Mühe, mich aufs Fahren zu konzentrieren. Blinken, Schulterblick, Rüberziehen, Abbiegen wiederhole ich wie ein Mantra, bevor ich an der Kreuzung zum Halten komme.

»Sag mal, wollen wir das ganze Wochenende miteinander verbringen? Du bist doch eh ein bisschen angeschlagen, und ich würde auch gerne mal wieder ein Wochenende ohne Ausgehen und Alkohol machen, vor allem jetzt nach Ostern. Dieses Wochenende wäre mir einfach nur nach früh raus und in die Natur fahren und den ganzen Tag spazieren gehen, vielleicht im Wald mit deinem Hund, oder an den nächstgelegenen See fahren, Grunewald ist ganz schön oder Köpenick zur Spree raus, da kenne ich ein paar wirklich schöne Orte«, redet er vor sich hin, ohne seinen Blick von der Straße zu nehmen, und ich tue es ihm gleich und höre nur zu. In meinem Kopf rattert es. Das ganze Wochenende? Ich schätze seine Gesellschaft, und trotzdem fragte ich mich immer wieder, warum er so viel Zeit mit mir verbringen will. Ich war es nicht gewohnt, dass mich Männer für meine Gesellschaft schätzten – für Gespräche, klugen Input. Die meiste Zeit diskutierten wir über irgendwas, hatten etwas zum Anknüpfen oder schmissen uns bei WhatsApp Fragen, Links oder Textfetzen entgegen, wo der andere schrieb: »Wow, heb dir das auf, das müssen wir wirklich in echt diskutieren.« Es gab so viel zu bereden. Das war vielleicht das Schönste daran, einen neuen Menschen in meinem

Leben zu haben. Mich interessierte alles, sein Werdegang, was das prägendste Event in seinem Leben war, wann er vor etwas weggelaufen ist, wie er heute über seine Zwanziger denkt, wie wichtig ihm Familie ist und was er in unserer Welt verändern wollen würde. Ich saugte seine Nähe, seine Worte und sein Dasein in mich auf wie ein Schwamm. Ich konnte nicht genug bekommen.

»Wo siehst du dich in drei Jahren?«, frage ich also mit glänzenden Augen in die entstandene Stille hinein, mit einem Lächeln im Gesicht, keinem Grinsen, sondern so einer wohligen Zufriedenheit. Und ohne seinen Vorschlag zu beantworten, erst einmal. Ich weiß, dass ich gar nicht so viel dazu sagen muss, dass uns beiden klar ist, wie gerne wir Zeit miteinander verbringen, wie unkompliziert das alles ist. Wir konnten unsere Gesichter irgendwie lesen, wussten, dass das, was wir vorschlugen, auf gegenseitigem Interesse füreinander beruhte, dass alles irgendwie wie im Flow war, dass vieles keiner Worte bedurfte, weil wir so gemeinsam fühlten. Wir waren uns in vielem sehr ähnlich, ähnlich einfühlsam, spontan, abenteuerlustig und nähebedürftig. Während ich fuhr, lag die ganze Zeit seine Hand auf meinem Arm. Ich musste die Scheibenwischer anstellen, weil es angefangen hatte zu regnen. Im Hintergrund läuft Jules Ahoi, unterbrochen vom leisen Quietschen der Scheibenwischer durch den prasselnden Regen.

»In drei Jahren?«, fragt er zurück.

»Ja genau. Wo wohnst du, was arbeitest du, wie sieht dein Leben aus? Wenn du jetzt die Augen zumachst und dir das alles vorstellst?«

»In drei Jahren …« Ich sehe, wie er die Augen tatsächlich kurz schließt, seine Hand weiterhin unverändert ruhend auf meinem Arm. »In drei Jahren wohne ich weiterhin in diesem Kiez hier, ich mag Friedrichshain einfach sehr. Vielleicht in einer größeren Wohnung und vielleicht nicht mehr in einer WG, wer weiß, vielleicht mit einer Partnerin zusammen, das fände ich schön.« Er guckt mich an, damit auch ich Depp verstehe, dass er mich meint. »In drei Jahren würde ich gerne tatsächlich als Grundschullehrer arbeiten. Ich möchte jemand sein, bei dem sich Kollegen und Schüler darüber freuen, dass er reinkommt, morgens gerne hingehen, irgendwie einen Unterschied machen. Wirklich etwas bewegen und vermitteln können. Deswegen habe ich diesen Job gewählt, weil ich das Gefühl habe, dass das mein Weg ist, einen positiven Einfluss auf die Welt zu haben. Den Jüngsten schon etwas Gutes vorleben zu können, einfach dadurch, dass ich das da so sehr gerne mache. Vielleicht auch etwas ganz anderes. Hauptsache, etwas bewegen.

»Ich liebe diese Leidenschaft an dir«, werfe ich ein, aber ich habe nicht das Gefühl, als würde er mich hören. Er redet unbeirrt weiter, scheinbar ist er so fasziniert von dieser Vorstellung. Und ich von ihm.

Den Sonntag verbringen wir im Wald und am See, eine Stunde südlich von Berlin. Den Rückweg treten wir erst an, als es draußen schon längst dunkel ist. Ich mag die Nerdbrille, die er zum Autofahren aufsetzt, und kuschle mich auf meinen Beifahrersitz in seinen Hoodie an die Scheibe. Innerhalb von Sekunden bin ich weggedöst, während er uns sicher zurück nach Berlin bringt.

Ich wache auf, als er vor seinem Haus den Bulli einparkt und mein verschlafener Blick seinen streift, sein schiefes Lächeln und die große, schwarze Brille.

Ja, ich hatte mich verliebt.

* * *

»Liest du mir was vor?«, fragt er oft, wenn wir abends im Bett nebeneinander liegen. Und das tun wir inzwischen nach fast jedem Tag. Er meint damit immer mein eigenes Geschriebenes, die Notizen, Fetzen, die ich am Tag aufgeschrieben hatte. Er weiß, dass ich jeden Tag ein paar Zeilen oder Seiten zusammenbringe. Ich lese dann gerne, meistens nur ein paar Zeilen. Dann haben wir etwas zu bereden, weil er die Formulierungen untersucht, fragt, wie sich Regen anfühlt, oder eines seiner Gedichte rauskramt.

Ein bisschen spiegeln wir uns, er mich und meine Melancholie, ich ihn und seine ausdauernde Fröhlichkeit. Unsere Stimmungen und Wesen passten irgendwie zueinander, so wie der wolkenlose Himmel zum vorangegangenen Gewitter passt. Wir näherten uns einander an, und ich sah immer wieder stundenlang in sein Gesicht, in die Furchen, die all seine Erlebnisse und Reisen hinterlassen hatten, die, die ich niemals in Gänze verstehen könnte, in die Augen, die so voller Ideen waren und in seine großen Locken.

»Hm-hm«, nuschele ich und schlage meine Notizen an der Stelle von heute auf. »Also. Heute steht da ...«

```
alles, was du brauchst, ist längst in dir drin.
da bin ich mir sehr sicher.
frage mich, ob es nicht heißen sollte: alles, was
du brauchst, ist in dir drin - und um dich herum.
noch nie so gut gelungen, mit meiner umwelt zu
verschmelzen wie hier. ich könnte ein ganzes buch
mit meinen gedanken über diesen wandel füllen,
stattdessen werfe ich sie nur in losen fetzen raus
auf die kreuzung vor meiner fensterscheibe.
manchmal reicht es auch, die welt aus sicherem
abstand in sich aufzunehmen.
alles, was du brauchst, ist längst in dir drin.
```

* * *

»Wir müssten nur noch rauchen, dann wäre das hier das perfekte Bild von Berlin.« Ich liege nackt auf dem Rücken auf seinem Bett, mit dem Kopf runterhängend, sodass meine offenen Haare den Dielenboden berühren, die Füße an der weißen Raufasertapete abgestützt. Er hat eines dieser typischen Berliner Zimmer im Hinterhof eines Altbaus, und in irgendeiner anderen Wohnung zum Innenhof läuft derber Techno. Ich wünschte, es wäre Klaviermusik.

»Hast du eigentlich noch Tinder auf deinem Handy?«, frage ich ins Nichts. Meine Frage ist eher rhetorisch. Ich hatte Monate nicht mehr reingeguckt, nicht mehr seine Entfernung zu mir überprüft. »Nee.« Er schüttelt den Kopf, und ich atme aus. Ich habe gar nicht gemerkt, dass ich die Luft angehalten hatte.

Ich hatte vor unserem zweiten oder dritten Date ausgestellt, dass ich im Tinder-Matchstapel angezeigt wurde. Wenn ich einen Menschen gefunden hatte, der mich interessierte, gab es für mich keinen Grund, weiterhin zu swipen oder meine Kommunikation mit den vorhandenen restlichen Gesprächspartnern weiterzuführen, ich hörte einfach auf zu antworten.

»Okay cool«, führe ich das Gespräch also betont beiläufig fort, »und … wann hast du sie gelöscht?«

»Vor zwei Wochen oder so?« Er antwortet genauso beiläufig, nur dass es bei ihm echt ist.

»Erst?«, entfährt es mir also, und irgendetwas tief in mir zieht sich zusammen.

»Ja, ich habe noch so ein bisschen aus Langeweile weitergeswipt. Du weißt schon … Gewohnheit.«

Wir dateten uns jetzt seit knapp drei Monaten, hatten schon im ersten Monat ein paar angedeutete Gespräche, dass wir uns erst einmal nur aufeinander konzentrieren wollen, was für mich der Anlass war, alles andere zu kappen. Weil ich ihn wollte und nur ihn.

»Hmm. Gewohnheit, das ist wohl anscheinend das Problem unserer Generation.« Ich weiß, dass das hier alles ein Tick zu vorwurfsvoll ist, dass er ein toller Mensch ist, der meine Kritik nicht verdient hat, ich weiß auch, dass er es ernst mit mir meint, aber irgendwas an seinem Verhalten stört mich trotzdem so sehr, dass ich nicht an mich halten kann. Immer weiter auf der Suche, immer weiterswipen.

»Nein, das hat wirklich nichts bedeutet, wirklich«, er ist sichtlich erschrocken. Höchstwahrscheinlich hat er sich wirklich gar nichts dabei gedacht. Aber mich vor sich sitzen zu haben und in der nächsten Klopause eine App zu öffnen und weiter Ausschau zu halten, wie soll ich das schon finden? Ich war mir da nicht so sicher. Er klingt wirklich aufrichtig, aber meine eigene Erfahrung im Hinterkopf, generell mein grundsätzliches Misstrauen macht mir einen Strich durch die Rechnung. Sein Behalten der App, das sicherlich nichts zu bedeuten hatte, ließ mich schon wieder extrem verwirrt zurück.

Das spreche ich auch beim nächsten Abendessen mit den Mädels in Hamburg an, nachdem Nick und ich einfach keinen gemeinsamen Nenner gefunden hatten und ich letztendlich einfach nachts noch nach Hause gefahren war. Ich bin wieder in Hamburg für einen Abend und muss feststellen, wenn man will, dann klappt das mit der Liebe auf Distanz, mit den Fernfreundschaften sehr gut. Problemlos knüpfen wir an.

»Puh schwierig«, antwortet Milli, aber Josy unterbricht sie, nimmt meine Hand und unterbindet alle meine negativen Gedanken sofort. »Du hast ihn vor dir, ständig. Du siehst ihn jeden Tag. Willst du jetzt wegen so einer kleinen Sache, wie einer App auf seinem Handy, alles, was sich zwischen euch entwickelt hat, innerhalb einer Sekunde kaputt machen? Hör mal auf dein Gefühl und frage dich dann, ob das ihm gerecht wird, was du ihm da unterstellst oder dir ausmalst, oder ob du ihm da nicht vielleicht unrecht tust?«

* * *

Ich sitze vorm Café und belausche die Unterhaltung zweier Mitdreißiger oder -vierziger, die sich über ihr Dating-Leben unterhalten. Eher unfreiwillig, weil sie so laut reden. Der eine, anscheinend fest vergeben, hört dem anderen zu, der wirklich verzweifelt scheint. »Die meisten meiner Dates kommen gar nicht zustande und wenn, dann bin ich nur der Zuhörer und date Männer, die ihre komplette Lebensgeschichte bei mir abladen und alle Probleme loswerden, um dann erleichtert von dannen zu ziehen und sich nie wieder zu melden. Naja, weißt du, was ich meine, ich muss nichts suchen, was ich schon habe, ich hab ja alles. Und ich hab die letzten Jahre immer gesucht. Die sagen immer zu mir: Dass ich so eine Ruhe habe, die ich ausstrahle. Das war mir nie bewusst. Die waren wie so 'n Spiegel. Und jetzt sehe ich mich viel klarer. Ich erkenn mein Thema, ich erkenn mein Muster, ich sehe schon, was ich falsch mache. Aber bessere Dates hab ich trotzdem nicht.«

»Vielleicht ist das so 'n Prozess«, wirft der Ältere von beiden ein, der deutlich leiser spricht und für mich kaum zu verstehen ist.

»Verlass dich auf dein Inneres, das wird dir den Weg zeigen. Wenn sich alles leicht anfühlt, bist du auf dem richtigen Weg. Sobald es holprig wird, bist du auf dem falschen Weg«, sagt der lauter Redende voller Ausdruck. Er kommt mir vor wie ein Schauspieler, der für das ganze Café spricht, und ich kann wieder besser folgen, auch wenn ich nicht ganz sicher bin, ob ich seinen Erkenntnissen so zustimme. Manchmal ist das Leben nicht leicht, sondern hält Prüfungen bereit, das weiß sogar ich. »Achte einfach auf dein Bauchgefühl, und alles läuft leichter.« Da hat er recht. »Die Seele weiß, was sie will, und eigentlich muss man sich selbst nur lehren zu vertrauen. Jeder findet irgendwann seine eigene Wahrheit. Das hab ich endlich begriffen, das war nie so richtig in meinem Herzen angekommen. Endlich – begreife ich.« Er klingt dabei so glücklich und irgendwie aufrichtig, dass ich nicht anders kann, als ein bisschen in mich reinzulächeln. Ich hoffe, sie bemerken mein Grinsen nicht, dass ich hinter einer steinernen und konzentrierten Lesemiene zu verbergen versuche. »Ich find's wunderbar, das Leben ist schön. Das einzige, was für mich im Endeffekt zählt, ist Erfahrungen zu sammeln, egal in welche Richtung.«

Inzwischen habe ich Gefallen am Zuhören gefunden, während ich den gleichen Satz in meinem Buch (Gunda Windmüller – *Weiblich, ledig, glücklich – sucht nicht*, sehr passend zur Situation) immer und immer wieder anstarre, ohne ihn wahrzunehmen. Ich find es wirklich schön, wie sich das Gespräch entwickelt und wie er sein Herz ausschüttet und so gehört wird. Man sollte viel öfter Freunden seine Gedanken ausschütten und Freunde die eigenen Gedanken ausschütten lassen.

»Mit Dates habe ich total oft die besten Gespräche, weil man sich so fremd ist, dass man gar nicht anders kann, als sich gegenseitig zu neuen Erkenntnissen zu verhelfen.«

»Hm-Hm«, der andere nickt nur noch, weil er bei dieser flammenden Rede der Selbsterkenntnisse eh nicht zu Wort kommt.

»Ich habe letztens jemanden kennengelernt. Thomas. Der war ganz pfiffig. Alles, was man sagte, adaptierte er sofort. Für mich haben wir dann diskutiert: Wie kann ich mit einem 24-Jährigen eine Beziehung führen. Ich bin 28 Jahre älter.«

Ich hatte ihn viel jünger eingeschätzt. Das Junggesellen-Leben schien ihm sehr gut zu tun.

»Aber in der Community ist Alter nicht so wichtig. Die Auswahl ist ja auch kleiner. Und man findet sein Pendant halt nicht immer im gleichen Geburtsjahr. Aber für ihn war es ein Problem. Und dann habe ich mich nicht auf ihn eingelassen. Meine Seele ist dann nach rechts eingebogen und ich musste dann einfach mal ans Meer. Und ich saß dann in Rimini und merkte, wie tief ich diesen Menschen nach nur einem Date in mich aufgenommen hatte. Und hab gemerkt, wie lebendig ich mich fühlte. Also ja, Erfahrungen. Das ist echt so etwas Schönes. Ich habe alles laufen und sich entwickeln lassen, und es sollte einfach nicht sein – und selbst das ist doch etwas Wunderschönes, weil ich nicht eingegriffen habe. Aber wir haben uns beide gegenseitig auf unserem Weg bestärkt und kurzfristig gutgetan, geredet und Erkenntnisse übers Leben geteilt.«

Er redet weiter über seine Muster und seine nächsten Dates, greift dem Gegenüber ab und zu an den Arm, wenn er etwas besonders unterstreichen will, gestikuliert so, dass er einen Teller vom Tisch fegt, und ist offensichtlich voll in seinem Element. Und ich irgendwie froh, kurz Teil dieser Szenerie zu sein. Teil eines fremden Lebens und fremder Erkenntnisse, die sich mit meinen glichen und mich inspirieren. Mein Kaffee ist inzwischen leer, ich habe nicht mehr viel Grund, noch länger hier zu bleiben. Und ich hatte seit zwanzig Minuten keine Seite mehr in meinem Buch umgeblättert. Ich packe zusammen und versuche, keinen Blick mehr zurück zu den beiden Männern zu werfen, auch wenn ich mich dafür echt zurückhalten muss, und schlendere in meinen Tag davon.

`sommer ist noch ein ungewohntes gefühl, ein dumpfes déjà-vu, das hier garantiert schon einmal so erlebt zu haben, aber doch so weit weg, dass der bezug dazu noch nicht da ist, und sich erst allmählich und ganz langsam entfaltet. die details fehlen. der geruch der großstadt, der sich in nuancen über den tag hinweg verändert, das packen der tasche, noch ohne routine. das herumtanzen stockend, die bewegungen steif, wir alle zusammen, durch diesen zweiten sommertag. die erste saftige wassermelone, das erste mal an den see.`
`berlin lacht mich an.`
`berlin, du hast sommersprossen.`

* * *

Am kommenden Wochenende bin ich mit meinen Freundinnen verabredet, die wieder den ganzen Weg von Hamburg nach Berlin auf sich nehmen, um Zeit miteinander zu verbringen. Wir sitzen am letzten Abend zusammen bei Maracujaschorlen und veganen Currys irgendwo auf der Danziger Straße, hinter uns der Sonnenuntergang, vor uns viel zu viel zu besprechen und miteinander zu teilen. Dieser Sommer hat rasant Fahrt aufgenommen.

»Ich kann euch noch was Schönes erzählen«, rückt Josy dann endlich raus. Und die drei Köpfe von uns drei anderen wenden sich ihr zu. Ich hänge an ihren Lippen und schaue sie mit großen Augen an, in leichter Erstarrung der Verkündung, die jetzt folgt. »Tom und ich, naja, wir sind wieder zusammen. So richtig fest. Mir war nicht klar, was ich da hatte. Ich habe aufgehört, ihn zu schätzen. Das ist mir jetzt klar geworden. Und würde ich ihn jetzt kennenlernen, ich würde mich immer wieder und wieder in ihn verlieben. Würde ich ihn jetzt erst in einer Bar kennenlernen, das wäre exakt das gleiche Herzklopfen wie damals vor sieben Jahren.

Er ist perfekt. Und ich halte ihn fest.« Sie wird rot, wahrscheinlich, weil es gar nicht so leicht ist, vor unserer Singlerunde über ihr Beziehungsglück zu sprechen, weswegen ich ihr ermutigend in die Hand kneife, und zum Glück erkennt sie dann auch, dass sie vor uns kein Blatt vor den Mund nehmen muss. »Ich glaube, ich bin verliebt wie am ersten Tag, nein, noch viel mehr – ich habe noch nie so geliebt wie jetzt gerade. Offener Kopf, offenes Herz.« Und wir fangen an zu johlen, so sehr, dass die anderen Köpfe der Außenterrasse des vollen Restaurants sich zu uns umdrehen, aber das ist ganz egal. Später stoßen Janne und Maja noch zu unserer Runde dazu.

Ich konnte nicht genug von diesen tollen Frauen bekommen, bei denen sich jede so sehr und aufrichtig für die andere mitfreuen konnte, bei der keine Scheu hatte, ihre Gefühle zu zeigen – auch wenn sie so anders waren. Nur weil sich Milli zum Beispiel so gerne verlieben will, und da mit sich hadert, heißt das nicht, dass Josy ihr Glück vor ihr verstecken musste. Das fällt mir mal wieder auf, als ich beobachte, wie herzlich sich Milli für Josy freut und wie aufgeregt sich die beiden in den Arm nehmen. Es macht so viel Spaß, sich so gegenseitig zu feiern, sich so pur für andere freuen zu können. Und wenn Josy glücklich ist, dann freuen wir uns aufrichtig für sie – weil ihr Weg mit unserem eigenen ja auch gar nichts zu tun hat, und weil sie nichts anderes als das verdient hat. Wir verbringen den restlichen Tag zusammen, wir planen den Frühling und Sommer zusammen in Berlin, Janne schlägt eine Lesung vor, auf die wir gehen sollten, ich erzähle von dieser Ausstellung über die Berliner Mauer, die ich mir im Mai ansehen will, Maja will uns alle endlich mal zum Poetry Slam kriegen, und dann waren da noch die Konzertkarten für Bon Iver an meinem Kühlschrank. *Perth* von ihm war schon immer unser Küchenperformance-Lied.

Milli wechselt gerade in ihrem Job in eine höhere Position, als Teamleiterin, und hat seit Markus niemanden mehr gedatet oder direkt heiraten wollen, Josy ist frisch verliebt in ihren jahrelangen

Freund, ich wohne in einer tollen WG und date, um zu daten, und liebe das Daten, Nick aktuell, und ich habe keine Absicht, damit so schnell wieder aufzuhören, und bin endlich bereit, mich auf eine größere berufliche Veränderung einzulassen, die mich wieder beim Reden von meiner Arbeit strahlen lässt, Janne fliegt morgen für den restlichen Sommer nach Südamerika und Maja gönnt sich eine Pause von allen und allem, um endlich mal wieder »nur alleine zu sein und in der Sonne zu lesen«, wie sie sagt.

»Wir machen uns das Leben schon ziemlich, ziemlich schön, wisst ihr das eigentlich?« Wir verabschieden uns in der Dämmerung, jede Menge Umarmungen, ein paar letzte Komplimente und ausgetauschte Blicke, bis jede in den eigenen Kiez oder zurück zum Bahnhof davonstiefelt, und ich bleibe noch einmal stehen und blicke diesen tollen, unterschiedlichen Frauen nach, voller Liebe für diese Zeit und die Zwanziger, die wir gemeinsam erleben dürfen, und alle Veränderungen, die wir miteinander mitmachen. Das hier – ist perfekt.

* * *

Der Sommer, den ich mir letztes Jahr gewünscht hatte, ging jetzt schon über ein Jahr. Ein Sommer voller Dates. Ein Jahr voller Dates.

An diesem Morgen im Mai wache ich glücklich auf, alleine in meinem Bett.

»Hast du deinen Anzug?«, tippe ich noch bei WhatsApp an Nick ein, »ich bin in zwanzig Minuten da.« Dann wieder: Die schwere Haustür hinter mir zuziehen, über die stark befahrene Kreuzung tappen und im Auto angekommen meine Musik anschließen. Meine *Cabrio-Sommer*-Playlist. Ich freue mich schon seit Ewigkeiten auf diesen einen Tag. Ihren besonderen Tag. Und dann los: Zur Hochzeit einer meiner Freundinnen aus Studienzeiten, an diesem wunderbar sonnigen Tag im Mai.

Ich hatte ihr schon jede Menge Männer vorgestellt, mit denen ich gemeinsam gewohnt oder die ich nur kurz gedatet hatte. Einmal war sie vor ein paar Jahren über mich und ein Tinder-Date gestolpert, als wir beide beim Asiaten essen waren, dann hatte sie mal einen Monat bei mir gewohnt, und ich für sie gekocht, sie hatte mit mir zusammen meine schwierigen Phasen durchgemacht und ich ihre, und während ihr Baby zahnte und ich vor Liebeskummer versank, stützten wir uns gegenseitig.

Noch viel schöner, als dass er mich zu ihrer Hochzeit begleitet, finde ich, dass sie das überhaupt angeboten hat. »Bring ihn doch einfach mit!«, rief sie aufgeregt zwei Wochen zuvor ins Telefon, als ich ihr von Riga erzählte.

»Aber, wir daten uns erst seit zwei Monaten.«

»Naja, magst du ihn?«

»Voll.«

»Dann bring ihn mit. Ich freu mich auf euch.«

Ich fand es nicht selbstverständlich, dass ihr selbst bei den vielen Namen, von denen ich erzählte, bei der wechselnden Besetzung in meinem Theaterstück, nicht die Puste ausging, dass sie jeden Neuanfang so miterlebte und immer wieder mit mir aufgeregt war, wenn es da jemanden gab, der mich begeisterte. Dass ihr nie ein »Schon wieder ein Neuer?« rausrutschte, keinmal in neun Jahren Freundschaft – und ganz ehrlich, manchmal denke ich das ja sogar selbst –, sondern sie sich einfach nur freute und fragte. Details wissen wollte. Und sogar das mit der Hochzeit anbot, ja überhaupt die Möglichkeit bestand, und sie nicht auf eine seit Monaten feststehende Sitzordnung verwies. Dass alles so spontan und entspannt war und dass ich wusste, dass sie ihr Angebot ehrlich meinte, das bedeutete mir eigentlich am meisten.

Deswegen nehme ich Nick mit. Die Popcornmaschine eingepackt geht es über die Autobahn nach Hamburg-Blankenese, kurz in die Pension gegenüber zum Umziehen und dann in die *Villa Mignon*.

Es ist eine schöne, intime Feier voller liebevoll durchdachter Details. Und Nick im Anzug ist mehr als nur eine Augenweide für mich. Wir schießen Polaroids von uns, tippen Texte auf eine Schreibmaschine und verewigen uns in einem Album, er tanzt mit der Braut, wirbelt sie herum, es gibt Wodka und sehr viele innige Umarmungen. »Seid ihr jetzt zusammen?«, fragt sie mich, als wir nebeneinander zu 50 Cent tanzen, sie ihr Kleid hochgerafft, wir beide inzwischen schon barfuß. »Ich finde ihn toll!« Ihre Augen blitzen von ihren 1,60 aufgeregt zu mir hoch, sie sieht so voller Freude aus. Und so wunderschön. Das hier ist ihr Tag.

»Wir lernen uns gerade kennen«, lache ich genauso positiv zurück, »und du weißt ja, ich mag das nicht, dieses sofort zusammen. Das Wort ›Beziehung‹. Ist nicht so wie damals zu deinen Zeiten.« Zu ihren Zeiten, das war so 2003 oder 2004, als sie das letzte Mal Single war, irgendwann zu Schulzeiten. Da waren die Dinge noch ganz anders, Dating war anders. Jetzt heiratet sie ihn. »Wir gehen es langsam an. Wir sind einfach nur verliebt. Und das ist alles.« Sie guckt ein bisschen entsetzt, und ich weiß, dass ein ›Ja, Nick ist mein neuer fester Freund, und wir heiraten bald, genauso wie ihr, und kriegen sehr viele Kinder‹ eher das gewesen wäre, was sie hätte hören wollen. Sie ist einfach ein Familienmensch. Aber sie und ich, das war auch schon immer ein das Leben des anderen feiern, auf Augenhöhe. Egal, an welchem Punkt im Leben man gerade stand und wo man hinwollte. Und so waren mir Freundschaften am liebsten, wenn jeder glücklich ist, wenn es dem anderen gerade gut geht, ohne eigene Erwartungen an die Sache. Jede Freundin für die Phase feiern und supporten, durch die sie gerade geht, ohne das eine besser als das andere zu finden. Einfach Anteil nehmen und da zu sein, zu jeder Zeit. Und heute sollte sich einfach nur alles um sie drehen.

»Das ist alles so frisch. Ich glaube, wir sind Liebesfreunde.« Ein Wort, das ich irgendwann mal erfunden hatte, um ein Wort für all die Menschen zu haben, die ich in meinem Herzen habe. Liebesfreunde waren für mich Freundinnen genauso wie Männer. Aber von letzterem immer nur einer. »Wir gehen gerade gemeinsam durchs Leben. Seite an Seite, und so könnte das Leben in

Berlin nicht schöner sein. Vielleicht benennen wir das irgendwann noch mal anders, vielleicht auch nicht. Ich brauche da nicht so die Einordnung, weil ich ja weiß, wie meine Gefühle sind. Mehr braucht es nicht. Wir tun uns echt gut. Er macht mich glücklich. Wirklich, wirklich glücklich. Ich weiß nicht, wo das hinführt, aber das ist auch gerade nicht so wichtig. Weil der Moment gerade so viel mehr bedeutet, so viel echter ist als jede Zukunftsvision. Der Moment hier gerade ist wichtig. Heute. Du bist es. Die Liebe ist es. Das ist dein Tag.« Und wir stehen im Garten dieser prunkvollen Villa in Hamburg-Blankenese, und ich wirble sie in ihrem weißen Kleid herum, bis sie quietscht. Es ist so fabelhaft zu sehen, wie unterschiedlich unsere Lebenswege bis hierhin waren, aber dass wir jeweils beide mit unserem Weg so zufrieden sind. *Liebesfreunde.*

Auch wenn ich nicht weiß, wo das mit Nick hinführt, bin ich so sehr bei mir, dass ich weiß, dass mein Leben trotzdem genau richtig verlaufen wird. Und alles zur richtigen Zeit passiert. Dass es keinen Sinn macht, den eigenen Lebensweg mit jemand anderes zu vergleichen, dass jeder auf seiner eigenen Reise unterwegs ist. Dass ich auch nicht wissen muss, was daraus wird, wo wir in einem Jahr stehen werden. Genau das macht den Zauber und die Energie des Lebens doch aus. Sich immer wieder neu fallen zu lassen, immer wieder Feuer und Flamme zu sein. Liebe zu spüren und zu taumeln. All diese Gefühle zu fühlen. Ich war gerne alleine, ich datete gerne, ich war gerne mit Menschen zusammen, und wenn sie gingen, war das auch kein Weltuntergang – denn ich hatte ja immer noch mich. Und auch wenn die Zeit rast, sitze ich zumindest am Steuer und bin selbst für jeden Tag, jeden Schritt und jeden neuen magischen Moment verantwortlich. Wenn ich zurückblicke, sehe ich so viel Schönes, was ich mir erschaffen hatte, dass ich nicht anders kann, als dämlich vor mich hin zu grinsen.

Inzwischen ist es nachts, ich bin umgeben von Gekicher und Bewegungen, guter Energie, die über die Tanzfläche schwebt, über uns Lampions und Lichterketten, in der Nähe immer zu seine Locken, unter unseren Füßen nur die Nacht, die es zu erleben gilt, und der schwere, alte Holzboden dieser alten Villa.

»Was ist?«, Nick hat mein Grinsen bemerkt, erwidert es und nimmt mein Gesicht zwischen seine Hände.

»Ich hab gerade nur gedacht, wie glücklich mich das alles hier macht. Dieser Moment.« Ich sehe ihn an. »Du machst mich glücklich«, füge ich dann noch hinterher.

»Nein, du selbst machst dich glücklich,« korrigiert er, und ich tanze mich frei und nicke ihn an.

»Ja, mache ich. Da hast du recht.«